Verwoeste geheimen

NEVA ALTAJ

Auteur: Neva Altaj
Oorspronkelijke titel: *Ruined secrets*
Copyright 2022: Ruined secrets by Neva Altaj
Copyright © 2023 voor de Nederlandse taal: Sisters Press
Vertaling : Missy Veerhuis

www.sisterspress.com

NOTITIE VAN DE AUTEUR

Beste lezer, er worden in het boek een paar Italiaanse woorden genoemd, dus hier zijn de vertalingen en verduidelijkingen:

Tesoro – schat; vertedering.

Stella mia – mijn ster; vertedering.

Piccola – kleintje, klein meisje; vertedering.

Gekleurde littekens

PROLOOG

Heden
(Isabella 19 jaar)

ZE HEBBEN ZIJN HAAR GESCHOREN.

Ik weet niet waarom dat detail me zo hard raakt.

Ik reik naar de hand van mijn man, verstrengel onze vingers en leg mijn voorhoofd op het matras. Ik weet niet wat ik meer haat — de geur van het ziekenhuis, het gepiep van de machine naast het bed die zijn hartslag volgt, of hoe stil hij is.

Er gaan minuten voorbij. Misschien uren, ik weet het niet zeker.

Ik mis het bijna — de kleine beweging van zijn vingers in de mijne. Mijn hoofd schiet omhoog en ik zie twee donkerbruine ogen naar me kijken.

'Oh, Luca...' zeg ik moeizaam, leun dan over hem heen en geef een lichte, snelle kus op zijn lippen.

Hij zegt niets, blijft maar naar me kijken en vraagt zich

waarschijnlijk af hoe ik het lef had om hem te kussen, maar het kan me niet schelen. Ik was zo bang voor hem, en ik had de afgedwongen kus nodig om mezelf ervan te verzekeren dat hij leeft.

Ik laat zijn hand los, ga rechtop in de stoel zitten en wacht tot hij me een preek begint te geven. Als hij spreekt, is zijn stem hees en diep, zelfs dieper dan normaal, en de woorden die zijn mond verlaten, maken me ijskoud.

'Wie ben jij?'

Ik staar hem aan.

Luca houdt zijn hoofd scheef en kijkt me met zijn intense, berekenende blik aan. Ik ben erg bekend met deze blik. Dit is namelijk hoe hij naar me kijkt wanneer hij niet blij is met iets wat ik heb gedaan. Maar deze keer is er een groot verschil. Het zijn zijn ogen. Dezelfde ogen waar ik zo lang op heb gehoopt, dat ze me met liefde zouden bekijken in plaats van met onverschilligheid. Ze staren me nu zonder een greintje herkenning aan.

'Ik ben Isabella,' fluister ik. 'Je... vrouw.'

Hij knippert, kijkt dan weg naar het raam aan de andere kant van de kamer en haalt diep adem.

'Dus, Isabella,' zegt hij en draait zich naar me toe. 'Kun je me vertellen wie ik ben?'

Deel Een

'Voorafgaand'

Hoofdstuk
1

Drie jaar geleden...
(Isabella 16 jaar)

'Isa!' Andrea schreeuwt mijn naam terwijl haar luide voetstappen de trap op stampen.

Ik draai me om in mijn stoel en zie mijn zusje mijn kamer binnenrennen. Ze is slechts twee jaar jonger dan ik, maar gedraagt zich soms alsof ze net naar de basisschool gaat in plaats van de middelbare school. Tegen de tijd dat ze me bereikt, is ze buiten adem.

'Je kunt niet schreeuwend door het huis rennen.' Ik wijs met een potlood naar haar. 'Je bent veertien, geen vier.'

'Hij is er!' Ze pakt mijn hand en begint me de kamer uit te slepen, een enorme glimlach laat haar ogen oplichten.

'Wie?'

'Luca Rossi.'

Mijn hartslag versnelt, net als elke keer als zijn naam wordt genoemd, en ik haast me achter mijn zusje aan en negeer mijn eigen waarschuwende woorden. We rennen door de gang en de grote stenen trap af. Zoals verwacht krijgen we onderweg verschillende afkeurende blikken van de dienstmeid en twee van de mannen van mijn grootvader, maar ik kan mezelf nu niet aan etiquette laten denken. Hij is hier!

We rennen door de dubbele voordeuren en gaan om het huis heen totdat we de grote bos met azalea's aan de achterkant bereiken, op slechts een paar meter van het Franse raam buiten de studeerkamer van mijn grootvader. Zoals we al zo vaak hebben gedaan, hurk ik er achter neer en trek Andrea naast me. Het is een ideale schuilplaats, met een vrij uitzicht op het kantoor van Nonno Giuseppe.

'Ik had me om moeten kleden,' mompel ik, terwijl ik naar mijn afgeknipte jeans en T-shirt kijk. 'Ik kan Luca me niet zo laten zien.'

Andrea bekijkt me van top tot teen en trekt een wenkbrauw op. 'Wat is er mis met je kleren?'

'Ik zie eruit als een schoolmeisje,' zeg ik, terwijl ik snel mijn haarband verwijder en met mijn vingers door mijn haar kam. Mam zegt dat door mijn haar los te dragen ik er een paar jaar ouder uitzie.

'Oh?' Andrea grinnikt. 'Hallo, Isa —je bènt een schoolmeisje.'

'Nou, ik hoef me niet zo te kleden.' Ik pruil en kijk afwachtend naar het raam. 'Als ik had geweten dat Luca zou komen, dan had ik die beige jurk aangetrokken.'

De deur naar de studeerkamer gaat open en Luca Rossi, een van de capo's van mijn grootvader, loopt de kamer in. Ik pak Andrea's hand en knijp erin. Ik ben al door hem geobsedeerd sinds ik zes jaar oud was, toen hij in het zwembad sprong en mijn leven redde nadat die idioot van een Enzo me erin had gegooid. Ik kan me niet herinneren dat ik ooit zo bang ben geweest als toen mijn hoofd onder water ging en mijn mooie jurk me naar beneden trok. Ik was geen goede zwemmer en ik trapte vruchteloos met mijn benen en probeerde naar de oppervlakte te komen. Toen ik zeker wist dat ik zou sterven, grepen twee grote handen me plotseling vast en trokken me omhoog.

Ik zal nooit die lachende ogen vergeten terwijl Luca me naar mijn hysterische moeder droeg. Zijn dure pak was druipnat en de lokken van zijn lange donkere haar zaten tegen zijn gezicht geplakt. Die avond had ik mijn moeder verteld dat als ik groot was, ik met Luca Rossi zou trouwen. Misschien ben ik die dag verliefd op hem geworden.

'Hij is nog heter dan de laatste keer dat ik hem zag.' Ik zucht.

Luca is altijd knap geweest en meisjes en vrouwen struikelden vaak over hun eigen voeten als hij een kamer binnenkwam. Het moet zijn serieuze, ietwat onverschillige houding ten opzichte van andere mensen, inclusief de vrouwen, zijn geweest die hem zo interessant maakte. Hij liep een kamer binnen, deed waar hij voor kwam en ging weer. Geen zinloze gesprekken. Niet blijven hangen voor roddels. Als hij langer moest blijven voor een evenement, omdat het werd verwacht, dan zou hij ofwel bij mijn grootvader zitten om over zaken te praten, of in een van de hoeken zitten loeren en de menigte observeren. Ik vond het toen geweldig om naar hem te kijken, zijn enorme lichaam leunde tegen de muur, zijn donkere ogen gingen door de kamer en observeerden iedereen. Elke scherpe lijn van zijn perfecte gezicht is in mijn hersenen gekerfd. In de loop der jaren zijn zijn gelaatstrekken echter veranderd. Zijn gezicht is volwassen geworden, de lijnen steeds harder en gedeeltelijk verborgen achter een korte baard. Zijn donkere ogen zijn ook veranderd en krijgen op de een of andere manier een hardere, meer sinistere blik. Het enige dat hetzelfde is gebleven, is zijn lange, donkere haar dat in een knot op de bovenkant van zijn hoofd samengebonden zit. In onze kring moet een man een bepaald soort karakter hebben om zijn haar lang te kunnen dragen en niet veroordeeld te worden. Maar Luca Rossi is altijd anders geweest. Iets *meer* dan andere mannen.

'Je bent gek.' Andrea geeft me een elleboog in mijn zij. 'Hij is het dubbele van jouw leeftijd.'

'Het kan me niet schelen.'

'En hij is getrouwd, Isa.'

Pijn doorboort mijn hart bij de vermelding van Simona, Luca's vrouw. Vier jaar geleden had ik een week in bed doorgebracht, mijn ogen uit mijn hoofd huilend, toen ik hoorde dat hij ging trouwen. Hoewel ik toen nog maar twaalf was, wilde ik op een dag alleen maar zijn vrouw zijn. Net zoals de meeste meisjes droomde ik over mijn bruiloft en in elk van die fantasieën uit mijn kindertijd stond Luca altijd naast me als mijn bruidegom. Mensen zeiden dat Simona expres zwanger was geworden om hem te manipuleren om met haar te trouwen, maar het deed niet minder pijn. Ik voelde me verraden. Hij was van mij!

Ik grijp de tak voor me en knijp erin. 'Ik haat die vrouw.'

'Ik hoorde tante Agata tegen mama zeggen dat ze hen weer ruzie had zien maken,' fluistert Andrea, 'in een restaurant vol mensen.'

'Waarover?' vraag ik, zonder mijn ogen van Luca's knappe gezicht af te wenden.

'Het klonk alsof ze ruzie hadden omdat Simona was

vergeten om Rosa bij de kleuterschool op te halen,' mompelt Andrea.

'Hoe kan een moeder haar kind vergeten?' Ik staar haar vol ongeloof aan. Ook al is Simona een kreng, ik had niet gedacht dat ze daartoe in staat zou zijn.

'Ze zat waarschijnlijk bij een van haar Botox-afspraken.' Mijn zusje lacht.

Ik schud mijn hoofd en draai me terug om naar Luca te kijken. Hij zit in een stoel aan de andere kant van het bureau van mijn grootvader, met zijn profiel naar ons gericht. Aan de grimmige uitdrukking op beide gezichten te zien, is er iets ernstigs aan de hand. Ik ken mijn grootvader heel goed. Wanneer Giuseppe Agostini, de don van de Cosa Nostra-familie in Chicago, dat gezicht trekt, dan betekent dit dat er niets goeds gaande is. De frons op Luca's gezicht is echter niet nieuw, maar deze keer veroorzaakt het een brok in mijn keel. Ik heb hem al jaren niet zien glimlachen, en hij is veel hier in huis geweest sinds hij een capo is geworden.

'Ik ga terug.' Ik veeg een verdwaalde traan weg en draai me om om te gaan.

Elke keer als ik hem zie, wordt het moeilijker. Het is alsof er een zwaar gewicht op mijn borst drukt. Ik weet dat hij nooit met mij samen zal zijn. En toch kan ik mezelf niet dwingen om weg te blijven. Andrea noemt me gek omdat ik geobsedeerd ben door iemand die zoveel ouder is. Misschien ben ik dat. Maar ik kan er niets aan doen. Het begon als heldenverering toen hij mijn leven had gered. In de afgelopen paar jaar is die kinderlijke aanbidding echter volledig in iets anders veranderd.

'Wees niet verdrietig, Isa.' Andrea slaat haar arm om mijn middel. 'Er zijn genoeg andere mannen die de grond waarop je loopt zouden aanbidden. Je bent de kleindochter van de don van de Cosa Nostra. Als het tijd is om te trouwen, dan zal er hier een hele rij met hunks op je wachten. Er zal iemand komen, die je zal overdonderen, en je zal Luca Rossi vergeten. Het is gewoon kalverliefde.'

'Ja.' Ik knik en tover een valse glimlach op mijn gezicht, degene die ik met mama heb geoefend. 'Je hebt gelijk. Laten we teruggaan.'

Een jaar geleden
(Isabella 18 jaar)

De menigte is over de tuin verspreid, ze drinken en lachen. Mijn grootvader moet iedereen in de omgeving van Chicago met Italiaans bloed voor mijn verjaardagsfeestje hebben uitgenodigd.

'Die ober is superleuk.' Catalina, mijn beste vriendin, port me met haar elleboog. 'Ik denk dat ik nog een stuk taart ga pakken en hem een beetje beter ga bekijken. Ga je mee?'

'Nee, ik blijf hier,' zeg ik.

'Maar, kijk naar hem! Hij krijgt kuiltjes als hij lacht.'

Ik kijk naar de man die naast de eettafel staat en met een van de gasten praat. Hij is begin twintig, met kort blond haar en een hele mooie glimlach.

'Ga jij maar.' Ik knik naar het lekker ding dat haar interesse heeft gewekt. 'Ik wacht hier op je.'

Catalina giechelt, knipoogt naar me en haast zich naar de tafels vol met eten. Ze gaat naar de schattige ober toe en begint te flirten, en even wou ik dat ik hetzelfde kon doen. Jammer dat ik maar oog voor één man heb.

Ik kijk naar de andere kant van de tuin waar Luca met mijn grootvader en Lorenzo Barbini zit, mijn nonno's onderbaas. Ze lijken zaken te bespreken, en niet echt veel aandacht aan de feestelijke sfeer om hen heen te besteden. Luca heeft niet eens naar me gekeken sinds hij hier is, wat niets nieuws is.

Het is niet altijd zo geweest. Toen ik klein was, rende ik over het gazon zodra ik hem zag aankomen. Hij zou me vangen en ronddraaien als ik in zijn armen sprong, waardoor ik van verrukking gilde. Maar de zomer dat ik dertien werd is hij ermee gestopt.

Ik herinner me die dag alsof het gisteren was. Op het moment dat ik hem zijn auto zag verlaten, rende ik naar buiten en over de oprit naar hem toe. Hij opende die dag zijn armen niet om me te vangen. In plaats daarvan ging hij met zijn hand door mijn haar en ging het huis binnen. Dat is alles wat ik tijdens zijn volgende paar bezoeken kreeg — een lichte streling van mijn haar. Ik denk dat hij besloot dat ik te oud was om rond te draaien, of misschien dacht hij dat het niet gepast was. Toen stopte zelfs die lichte streling van mijn haar. De laatste jaren heb ik hem alleen maar van een afstand bekeken.

Zoals nu.

'Isabella!'

Ik werp een blik over mijn schouder om Enzo, Catalina's idiote neef, in mijn richting te zien komen.

'Shit,' mompel ik en draai me om, met de bedoeling het huis binnen te gaan. Voordat ik kan ontsnappen, staat hij al op mijn pad.

'Zo mooi.' Hij slaat zijn hand om mijn pols en komt met

zijn hoofd naar voren om tegen de mijne te rusten en ademt in terwijl hij dat doet. 'En ruikt naar bloemen.'

'Laat me met rust, Enzo.' Ik probeer me los te wurmen, maar zijn greep is sterk en hij trekt me strakker tegen zich aan.

'Oh, kom op, Isa! Waarom gedraag je je altijd als een ijskoningin?'

'Enzo! Je bent dronken!' Ik kijk om me heen, op zoek naar Andrea of iemand anders die me bij hem weg kan krijgen. Er zijn tientallen gasten in de tuin aanwezig, maar niemand is dichtbij genoeg om me te helpen. Ik zou kunnen schreeuwen, maar ik wil geen scène maken omdat er vanavond te veel belangrijke mensen zijn.

'Natuurlijk ben ik dat.' Hij lacht. 'Het is je achttiende verjaardag. Het is niet meer dan normaal om daarop te drinken, toch? Kom op, laat me je een verjaardagskus geven.'

'Blijf uit mijn buurt,' snauw ik en probeer me weer weg te wurmen.

'Maar het is maar één kus. Kom op, Isa, wees niet zo'n —'

Hij stopt halverwege de zin, zijn ogen richten zich op iets achter me, dan kantelt hij zijn hoofd omhoog totdat zijn blik ver boven de mijne stopt. De kleur in zijn gezicht begint heel snel weg te trekken. Een hand versierd met een dunne, witgouden trouwring reikt van achter me en slaat zich stevig om Enzo's pols. Enzo laat me los, maar de nieuwkomer heeft lange, sterke vingers die de pols van de idioot strakker vastgrijpen totdat hij jammert. Ik besteed geen aandacht aan Enzo. Mijn hartslag gaat omhoog terwijl ik naar de twee armbanden staar die de pols van de ander omringen. De ene is een brede zilveren manchet en de andere een zwarte leren band. Ik heb ze vijf jaar geleden allebei van mijn zakgeld gekocht en ze aan hem gegeven. Ik wist niet dat hij ze echt droeg.

Ik haal diep adem en probeer te voorkomen dat mijn snel kloppende hart explodeert terwijl ik mijn ogen van de armbanden terug naar de trouwring op zijn vinger laat gaan. Er sterft weer iets in me, net als de eerste keer dat ik de ring aan zijn hand had gezien.

'Raak haar weer aan,' zegt Luca's zachte, whiskyachtige stem boven me, 'en je bent dood.'

Enzo knikt als een gek en jammert weer. 'Ja, meneer Rossi.'

'Rot op,' blaft Luca en laat Enzo's hand los.

Ik staar naar Enzo's rug terwijl hij naar de poort rent. Ik durf mijn redder niet onder ogen te komen. Als ik dat doe, dan zou ik uit elkaar kunnen vallen. Tot vanmorgen had ik nog steeds geloofd dat er een kleine kans zou zijn dat ik ooit met Luca samen zou zijn. Dat sprankje hoop verdampte op het moment dat mijn vader me vertelde dat hij ermee had ingestemd om, als ik eenentwintig word, ik met Angelo Scardoni zou trouwen, de jongste van de capo's van mijn grootvader. Ik heb altijd geweten dat ik in een gearrangeerd huwelijk zou eindigen omdat het de enige optie was voor de kleindochter van de Cosa Nostra don, maar ik had nog steeds hoop.

'Alles goed, tesoro?'

'Ja.' Ik knik en houd mijn ogen op de poort gericht. 'Bedankt, Luca.'

'Als hij je weer lastigvalt, laat het me dan weten.'

'Dat zal ik doen.'

'Oké.' Er is een lichte aanraking aan de achterkant van mijn hoofd alsof hij lichtjes mijn haar streelde. 'Gefeliciteerd, Isabella.'

Ik wacht tot ik Luca niet meer achter me voel, draai me dan langzaam om en kijk hoe hij wegloopt, waardoor ik met een overdaad aan emoties die van binnen opborrelen achterblijf. Er knijpt iets samen in mijn borst. Ik vraag me af hoe het zou voelen als hij een keer naar me toe zou lopen. Misschien om een zinloos gesprek te beginnen, al is het maar in het voorbijgaan. Dit is het meeste wat we in de afgelopen twee jaar tegen elkaar hebben gezegd. Ik ben vaak bang dat hij is vergeten dat ik besta.

Ik hoor dat mijn naam wordt geroepen en draai me om, om te zien hoe Catalina naar me gebaart om naar haar toe te komen. Nog een laatste blik over mijn schouder werpend op Luca's weglopende gestalte, ga ik met eten naar de tafels, en laat mijn vingers langs mijn haar gaan waar zijn hand het had gestreeld.

Drie maanden geleden
(Luca 35 jaar)

IK LEUN MET MIJN ELLEBOGEN OP HET STUUR EN KIJK NAAR de video die op mijn telefoon wordt afgespeeld.

Een zwarte broek en een rode jurk, duidelijk snel aan de kant gegooid, liggen in het midden van de kamer op de vloer. Een man in een wit overhemd zit op de rand van het bed, terwijl een blonde vrouw tussen zijn benen knielt en aan zijn pik zuigt. De kamer waarin ze zich bevinden is... mijn slaapkamer. En de vrouw die momenteel in de pik van haar bodyguard stikt, is mijn vrouw.

Ik stop de telefoon in mijn jas, pak mijn pistool uit het handschoenenkastje en stap uit de auto.

Het is half twee 's ochtends en er is niemand in de hal. Mijn voetstappen echoën op de donkere marmeren vloer en het brede trappenhuis. Wanneer ik de tweede verdieping bereik, sla ik rechtsaf en loop door de gang naar de kamer van mijn dochter om er zeker van te zijn dat ze niet thuis is. Rosa heeft een logeerpartijtje bij haar vriendin, zoals vrijwel altijd als ik vanwege het werk een paar dagen niet thuis ben. Zij en haar moeder hebben nooit goed met elkaar op kunnen schieten.

Ik open de deur van Rosa's kamer en gluur naar binnen. Leeg. Ik sluit de deur en loop dan verder naar het andere uiteinde van de gang, naar mijn slaapkamer.

Simona zit nog steeds op haar knieën voor de bodyguard als ik binnenkom. De lamp in de hoek geeft meer dan genoeg licht af zodat ik duidelijk het rode gezicht van de man boven Simona's op en neer gaande hoofd kan zien. Ik til mijn pistool op, richt op het midden van zijn voorhoofd en haal de trekker over. De luide knal laat het nachtkastje rammelen en het bloed sproeit over de witte, satijnen lakens. Simona schreeuwt, springt dan op en springt weg van het lichaam dat nu over het bed is uitgestrekt. Op haar gezicht en in haar haren zitten ook rode vlekken, en er zitten er een aantal op haar borsten en hals. Het lijkt erop dat een deel van de hersenen van haar minnaar op haar terecht is gekomen. Ze huilt als ik nonchalant naar haar toe loop en haar bovenarm pak.

'Laat me los!' schreeuwt ze terwijl ik haar uit de kamer en door de gang sleep. 'Je hebt hem vermoord, jij monster!'

Simona blijft de hele weg naar beneden gillen, terwijl ze zich uit mijn greep probeert te wurmen. Ik negeer haar protesten en loop naar de wijd openstaande voordeur. Twee van mijn bewakers rennen naar binnen, maar stoppen bij de ingang, hun ogen puilen uit als ze ons zien. Een dienstmeid komt de hoek van de hal om waar het personeel hun kamers hebben en bevriest midden in een stap. Ze klemt haar gebreide vest om zich heen met haar blik op Simona's naakte en met bloed besmeurde lichaam gericht. Ik passeer de bewakers en sleep mijn schreeuwende vrouw naar buiten, de vier stenen trappen naar de oprit af.

'Je ontvangt de scheidingspapieren morgenochtend,' spuug ik uit en laat haar arm los.

'Wat? Luca, alsjeblieft! Het was een fout.' Ze strekt zich uit alsof ze mijn hand vast wil pakken.

'Waag het niet om me aan te raken! Verdwijn verdomme uit mijn huis.'

'Dit kun je niet maken!' jammert ze. 'Luca!'

Ik draai me om en ga weer naar binnen. Om de een of andere reden ben ik niet eens boos. Het enige wat ik voel, is walging. Naar haar toe, maar ook naar mezelf omdat ik het niet eerder met die teef heb beëindigd.

'Stuur een dienstmeid om haar iets te brengen om aan te trekken en bel een taxi,' zeg ik tegen Marco, die bij de deur staat. 'Ze mag niet het huis in komen.'

'Natuurlijk, meneer Rossi.' Hij knikt snel.

'Er ligt een lijk in mijn slaapkamer. Laat iemand dat ook afhandelen,' zeg ik terwijl ik naar de trap loop. Ik ben halverwege de tweede verdieping als de stem van mijn broer me bereikt.

'Luca? Wat is er aan de hand?'

Damian staat op de overloop naar de tweede verdieping en draagt alleen zijn boxershort. Achter hem staat een donkerharig meisje in een deken gewikkeld, over zijn schouder te gluren.

'Simona en ik hebben besloten om uit elkaar te gaan,' zeg ik terwijl ik de trap op ga. 'Ze gaat weg.'

'Naakt?'

'Ja.' Ik stop voor hem en werp een blik op het meisje dat achter zijn rug wegkruipt. 'Goedenavond, Arianna.'

'Hoi, Luca.' Ze glimlacht nerveus.

'Weet je vader waar je de nacht doorbrengt?'

'Nee,' mompelt ze.

Ik schud mijn hoofd en kijk weer naar mijn broer. 'Franco gaat je vermoorden.'

'Arianna is eenentwintig. Ik denk dat ze haar eigen keuzes kan maken, Luca.' Hij grijnst.

'Ze is ook verloofd,' zeg ik en blijf de trap opgaan. 'Ik ga slapen. Ik heb morgen om acht uur een afspraak.'

'Luca?' roept hij me achterna. 'Was dat een schot dat we eerder hoorden?'

'Ja.'

'Wil je nog vertellen wat er is gebeurd?'

'Nee. Ga maar weer naar bed, Damian.'

Wanneer ik de tweede verdieping bereik, ga ik langs mijn slaapkamer om de telefoonoplader en schone kleding voor morgen te pakken en ga dan naar Rosa's kamer om te slapen.

Hoofdstuk
3

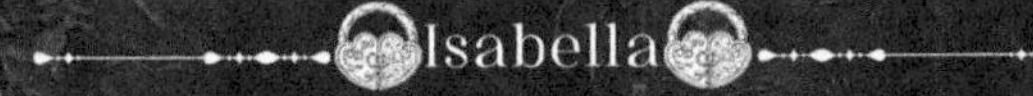

Twee maanden geleden
(Isabella 19 jaar)

IK ZIT OP DE RAND VAN HET BED EN NEEM DE ZWAKKE HAND van mijn grootvader in de mijne. Ik probeer voorzichtig te zijn niet tegen het infuus te duwen, dat hem voorziet van vloeistoffen om hem gehydrateerd te houden. Ik verplaats de buis voorzichtig en zet de paal aan de kant zodat ik er niet per ongeluk met mijn knieën tegenaan stoot. Het nachtkastje aan de linkerkant is bedekt met allerlei potjes met medicijnen. Er staan er minstens tien. De lucht in de kamer voelt muf aan, doordrenkt met de geur van geneesmiddelen die zich aan alles lijkt vast te klampen.

'Nonno,' fluister ik. Zijn wangen zijn verzonken en er zitten grote zwarte kringen rond zijn ogen. Hij ziet er slecht uit. 'Hoe voel je je?'

'Ik voel me geradbraakt.'

'Je hebt een hartaanval gehad. Het hoort erbij. Over een paar dagen zul je je beter voelen.'

Hij lacht droevig. 'We weten allebei dat dat niet waar is.' Ik begin te kletsen, maar hij knijpt in mijn hand en gaat verder, 'We moeten praten. Het is belangrijk.'

'Het kan wachten tot je je beter voelt.'

'Nee, het kan niet wachten.' Hij schudt zijn hoofd. 'Als ik weg ben, zal er chaos zijn. Dat weet je.'

'Je gaat niet dood. De familie heeft je nodig.' Ik druk mijn lippen op elkaar. 'Ik heb je nodig.'

Giuseppe Agostini leidt al twintig jaar de Chicago-tak van de Cosa Nostra-familie, maar hij is ook de rots in de branding van onze eigen familie. Terwijl hij zijn eigen vleugel had, woonden we allemaal in hetzelfde huis. Ik kan me niet voorstellen dat hij hier niet meer is.

'Het is de kringloop van het leven. De ouderen moeten gaan en de jongeren blijven.'

'Je bent negenenzestig. Dat is niet oud.'

'Ik weet het, stella mia. Maar het is niet anders.' Hij zucht en knijpt in mijn hand. 'Je weet hoe de dingen in onze wereld werken. Als een don sterft zonder een opvolger gedefinieerd te hebben, dan zal er een interne oorlog binnen de familie zijn. Ik heb de capo's gebeld om overmorgen te komen, zodat ik mijn vervanger kan benoemen.'

Ik begrijp niet waarom hij me dit vertelt. Hij gaat niet dood. Het was maar een kleine hartaanval. Mensen leven nog jaren nadat dat is gebeurd.

'De man die ik van plan ben te benoemen, heeft de connectie met onze familie nodig om ervoor te zorgen dat niemand hem zal confronteren en de zaken erger zal maken,' vervolgt hij. 'Begrijp je wat ik zeg, Isabella?'

'Nee, dat denk ik niet.'

'We moeten onze families met elkaar verbinden. Door het huwelijk.'

Eindelijk valt het kwartje en er lopen rillingen langs mijn ruggengraat. 'Wil je dat ik ga trouwen? Meteen?'

'Ja. Wil je dat doen, Isi?'

Er beginnen zich tranen in mijn ooghoeken te ontwikkelen. Hij is de enige die me zo noemt.

'Heb je Angelo al gesproken?' vraag ik.

Ik heb niets tegen Angelo. Hij is een aardige vent, en we hebben een paar afspraakjes gehad, maar ik heb nooit iets voor hem gevoeld, zelfs geen vonk. En ik had gehoopt dat ik nog een paar jaar vrijheid zou krijgen.

'Ja.' Hij knikt. 'Ik heb hem gezegd dat de verloving niet doorgaat.'

'Niet doorgaat?' Ik knipper met mijn ogen. 'Ik begrijp het niet.'

'Angelo is een goede jongen, maar hij is te jong om een don te zijn, Isi. De rest van de familie zou hem nooit steunen.'

Ik trek verbaasd mijn wenkbrauwen omhoog. 'Met wie ga ik dan trouwen?'

'De enige man die alle shit die op hem af zal komen aankan en niet instort onder het gewicht ervan.'

Mijn ademhaling wordt oppervlakkig en mijn hart begint zo hard te bonzen dat ik bang ben dat het uit mijn borst zal barsten.

'Je gaat met Luca Rossi trouwen,' zegt mijn grootvader. Dit zijn de woorden die ik al meer dan een decennium lang verlang te horen, en ik kan alleen maar naar hem staren.

'Maar... hij is al getrouwd,' zeg ik met stomheid geslagen.

'Hij en Simona gaan scheiden. Het zou binnen een paar

dagen gebeurd moeten zijn. Ik weet dat je pas negentien bent, en hij is zoveel ouder dan jij...'

Ik schud mijn hoofd en buk me om mijn armen om zijn broze gestalte te slaan. 'Ik zal graag met Luca trouwen, Nonno.'

Luca

Ik klop op de deur van Don Agostini's studeerkamer.

'Kom binnen,' roept een zwakke stem.

De familie weet al geruime tijd dat het niet goed gaat met Giuseppe. Ik heb hem minstens één keer per week ontmoet om hem op de hoogte te houden van de vastgoedactiviteiten, dus ik heb hem met mijn eigen ogen zien aftakelen. Maar de aanblik die me begroet, doet me duizelen. Hij ziet eruit alsof hij sinds de laatste keer dat ik hem zag twintig jaar ouder is geworden.

'Luca.' Hij knikt naar de stoel aan de andere kant van het bureau. 'Ga alsjeblieft zitten.'

'Hoe voel je je, baas?' vraag ik terwijl ik ga zitten.

'Vreselijk, zoals je ziet.' Hij glimlacht. 'Ik zal kort zijn, want Lorenzo en de andere capo's komen over minder dan een uur.'

Ik vraag me sinds ik gisteren door hem gebeld werd al af waar hij over wil praten. In eerste instantie dacht ik dat het over zaken zou zijn, zoals gewoonlijk. Maar als dat het geval zou zijn, dan kan het worden besproken na de ontmoeting met de capo's.

'Ik heb twee dagen geleden een hartaanval gehad,' zegt hij. 'Het was iets kleins, maar zoals de dokter het zo mooi verwoordde, moet ik beginnen mijn zaken op orde te brengen. Snel.'

'Oké. Hoe kan ik je helpen?'

'Door het over te nemen.'

'Oké.' Ik knik.

Giuseppe heeft me de afgelopen twee jaar meer verantwoordelijkheden gegeven. Hij heeft ook de onroerend goed transacties volledig aan mij overgedragen, hij gaf aan dat hij niet alles aankon. Ik denk dat hij van plan is om een ander deel van het bedrijf te delegeren. 'Wat wil je dat ik overneem?'

'De Chicago familie van de Cosa Nostra, Luca.'

Ik staar hem aan. Zeggen dat hij me overrompelde, zou een understatement zijn. Iedereen had verwacht dat de volgende don Lorenzo Barbini zou zijn.

'Hoe zit het met Lorenzo?' vraag ik.

'Lorenzo is een goede onderbaas. Hij heeft de zaken tot nu toe goed georganiseerd en overzien,' zegt Giuseppe. 'Hij is echter niet in staat om beslissingen te nemen die de belangen van de familie in gedachten hebben in plaats van die van hemzelf. Ik heb altijd gepland dat jij het zou worden.'

'Nou, een waarschuwing vooraf zou fijn zijn geweest.'

'Beschouw jezelf als gewaarschuwd.'

'Is dat waarom je vandaag alle capo's bij elkaar hebt geroepen?' vraag ik.

'Ja, een van de redenen.'

'En de andere redenen?'

'Slechts één andere. Ik haal de tijdlijn van een belangrijke kwestie naar voren.' Hij pauzeert, zijn ogen kijken in de mijne. Ondanks zijn zwakke uiterlijk blijft zijn blik stabiel en onderzoekend. Wat hoopt hij te vinden? 'Isabella's aanstaande huwelijk,' vervolgt hij na een tijdje.

'Met Angelo Scardoni?'

Een glimlach trekt over zijn gezicht. 'Met jou.'

Ik sluit mijn ogen en doe ze dan wijd open. Ze zeiden dat het zijn hart was, niet zijn hersenen, waar het slecht mee ging. 'Isabella is negentien,' zeg ik. 'Ik ga niet met een kind trouwen.'

'Ze is geen kind. Haar moeder is op haar achttiende getrouwd. Ik zie het probleem niet.'

'Nou, ik wel. Ik zou technisch gezien haar vader kunnen zijn.'

'Je bent nog geen dertig.'

'Ik ben vijfendertig.' En dat weet hij heel goed, maar hij wuift gewoon met zijn hand door de lucht alsof het niets belangrijks is.

'Isabella is een goede meid, soms een beetje koppig, maar ze is erg slim en zeer goed thuis in sociale interactie en familiezaken. En dan heb ik het nog niet eens over het feit dat ze een uitzonderlijke schoonheid is.'

Dat is ze. Ik heb haar heel vaak gezien en ik kan het voor de hand liggende niet ontkennen. Met haar lange kastanjekleurige haar dat in zachte krullen over haar rug valt, een pront neusje en enorme donkere ogen die bijna te groot zijn voor haar gezicht, is ze verbluffend. Ze is niet erg lang, maar ze heeft een geweldig klein lichaam, een belachelijk kleine taille en de meest perfecte kont die ik ooit heb gezien. En het feit dat ik de kont van een negentienjarige heb opgemerkt, is al helemaal gestoord. Ik ken Isabella ook al sinds ze een kind was, en het idee om met haar te trouwen klinkt volkomen krankzinnig.

Het lijkt erop dat Giuseppe mijn terughoudendheid niet oppikt omdat hij blijft praten. 'Ze zal een goede vrouw voor je zijn. En als je het haar laat zijn, een goede partner.'

'Een partner in wat?'

'In het leven, Luca. Wanneer je in een machtspositie zit, dan is een vrouw waarop je kunt leunen en vertrouwen onmisbaar. Voor mannen zoals wij is het zeldzaam om een partner te vinden met wie je zowel het goede als het slechte kunt delen. En er zal een hoop van het slechte zijn, geloof me.'

Ik schud mijn hoofd. Wie had gedacht dat de don romantisch zou zijn. 'De enige persoon die je echt kunt vertrouwen, ben je zelf, baas. En soms je naaste bloedverwanten. Ik heb die les hardleers geleerd.'

'Niet alle vrouwen zijn zoals Simona.' Hij reikt met zijn hand om een glas water van het bureau te pakken en ik kan het niet helpen dat ik zie hoe zijn vingers trillen. 'Wat is er tussen jullie twee gebeurd? Ik weet dat jullie het nooit goed met elkaar hebben kunnen vinden, maar een scheiding?'

Ik leun achterover in de stoel en sla mijn armen over elkaar. 'Ik heb haar betrapt toen ze haar bodyguard een pijpbeurt gaf. In ons bed. Ik had al geruime tijd een vermoeden, dus heb ik een camera in de kamer geplaatst.'

'Jezus. Leeft hij nog?'

'Nee. En zij is ternauwernood aan hetzelfde lot ontsnapt.'

'Ik vroeg me al af waarom ze zo gemakkelijk instemde met de scheiding. Hoe gaat Rosa met de situatie om?' vraagt hij na een pauze.

'Simona is nooit in haar geïnteresseerd geweest. Rosa was slechts een middel tot een doel. Een middel om mij met haar te laten trouwen.'

'Wat spijtig. Ik hoop dat Isabella het goed met je dochter kan vinden.'

'Dus je meent het serieus over het huwelijksgedoe?'

Met zijn hoofd een beetje gebogen kijkt de don me over

de rand van zijn bril aan. Hij opent een la, haalt een stapel papieren tevoorschijn en gooit ze op het bureau voor me. Een huwelijksovereenkomst. Ik kan niet geloven dat ik er net in ben geslaagd om me van een echtgenote te ontdoen en hij zadelt me al met een kindbruid op voordat mijn scheiding is afgerond.

'Wat moet ik met een negentienjarige doen, baas?'

'Wat je ook doet, je doet het met respect. Isabella is misschien jong, maar ze is nog steeds mijn kleindochter, en iemand die je zal helpen je plaats veilig te stellen als de nieuwe don. Onthoud dat.'

Ik staar naar de stapel papieren voor me. Ik klem mijn tanden op elkaar en geef hem een berustende knik.

Hoofdstuk
4

Isabella

IS HET MOGELIJK DAT DE GELUKKIGSTE DAG VAN MIJN LEVEN ook de droevigste is?

Ik kantel mijn hoofd en bekijk mijn spiegelbeeld terwijl ik op een kleine kruk sta en twee naaisters op de vloer knielen om de lengte van mijn bruidsjurk aan te passen. Er was niet genoeg tijd om een op maat gemaakte jurk te bestellen, dus mijn moeder had me meegenomen naar de meest prestigieuze bruidssalon in de stad en had de duurste jurk gekozen die er beschikbaar was. Hij moest aan mijn nogal aanwezige achterste worden aangepast.

Andrea en ik waren toen we jonger waren op dezelfde manier gebouwd, maar toen de puberteit toesloeg, behield mijn zus haar slanke figuur en ik niet. Het is alsof mijn lichaam uit twee helften bestaat die niet echt bij elkaar passen. Ik ben dol op mijn smalle taille en platte buik. Mijn borsten zijn gemiddeld, maar stevig. Met een petite bovenlichaam kan ik de kleinste maat T-shirts en tops kopen. Mijn onderste helft is echter een heel ander verhaal. Mijn kont en heupen zijn minstens twee maten te groot voor mijn romp. Diëten hielpen nooit veel omdat ze alleen mijn borsten en mijn toch al dunne armen kleiner maakten voordat mijn kont aan de beurt zou zijn.

Andrea zegt altijd dat ik gek ben en dat ze een moord zou doen voor een kont als de mijne, maar ik zie het anders. Hoewel ik nog nooit met problemen met mijn zelfbeeld heb geworsteld, zou ik geen nee zeggen tegen een kleinere kont en slankere dijen. Ik zucht terwijl ik weer naar mijn spiegelbeeld kijk.

'Wat wilt u met uw haar doen, mevrouw Isabella?' vraagt de haarstylist.

'Laat het loshangen,' suggereert mijn moeder vanuit de stoel in de hoek van de kamer. Ze houdt sinds vijf uur vanmorgen toezicht op de voorbereidingen.

'Los is oké.' Ik haal mijn schouders op.

Luca is niet gekomen om me te zien. Niet op de dag dat mijn grootvader aankondigde dat we zouden gaan trouwen, en niet op enig moment in de weken die volgden. Ik denk dat hij het niet nodig vond omdat we elkaar al kennen.

Ik beoordeel mijn reflectie opnieuw en zie de lange, witte, kanten jurk en dure tiara op mijn hoofd. Mijn droom komt eindelijk uit. Maar ik had nooit gedacht dat het zo'n bittere ervaring zou zijn. Op basis van wat ik op die ochtend had gehoord toen ik buiten de studeerkamer van mijn grootvader had staan luisteren, had ik het moeten verwachten.

Wat moet ik met een negentienjarige doen,' had Luca gezegd. Alsof ik een zwerfhond ben die door iemand van de straat is geplukt. Eentje die hij niet kan weggooien, maar die hij er ook niet bij wil hebben.

Ik ben blij dat ik alleen het einde van het gesprek heb gehoord. God weet wat hij daarvoor nog meer had gezegd.

Er wordt op de deur geklopt en mijn vaders hoofd gluurt naar binnen. 'Je bent mooi, Isa.' Hij glimlacht en wendt zich tot mijn moeder. 'Emma, we moeten opschieten of we komen te laat.'

'We komen zo naar beneden,' zegt ze terwijl ze ergens achter me loopt.

Het personeel verlaat eerst de kamer, mijn moeder volgt, dan Andrea en ik als laatste.

'Glimlach, Isa! Je gaat eindelijk met Luca trouwen,' fluistert ze. 'Het voelt nog steeds surrealistisch.'

'Ja.'

'Oh kom op. Het is je trouwdag, in godsnaam. Ik had verwacht dat je dolblij zou zijn. Mensen verwachten dat je gelukkig bent.'

'Ik ben gewoon nerveus,' lieg ik. Ik heb haar niet verteld wat ik Luca in grootvaders studeerkamer had horen zeggen. 'Kijk, al beter?' vraag ik en laat haar een van mijn favoriete valse glimlachen zien.

'Perfect. Ik vind die geweldig, het is me nooit echt gelukt om precies de juiste mix van blijdschap met een klein beetje verlegenheid te krijgen. Je bent altijd mama's beste leerling geweest.' Ze lacht.

Ja, het gaat in onze wereld allemaal om uiterlijk vertoon.

Luca

Mijn scheiding is sinds gistermiddag officieel. En nu, nog geen vierentwintig uur later, sta ik voor een altaar op mijn nieuwe bruid te wachten. Ongelooflijk.

De hoge deuren van de kerk gaan open, en Isabella stapt aan de arm van haar vader naar binnen. Ik maak van de gelegenheid gebruik om mijn toekomstige vrouw te bestuderen terwijl ze dichterbij komt. Misschien is het het licht, maar haar gezicht ziet er anders uit dan de laatste keer dat ik haar voor meer dan een vluchtige seconde zag. Ze is nog steeds adembenemend. Nog steeds hetzelfde lange haar, grote ogen en scherpe jukbeenderen. Ik weet niet precies wat het is, maar er is iets mis. Ze wekt de indruk dat ze gelukkig is. Er is een kleine glimlach op haar lippen te zien en ze houdt haar hoofd hoog — het perfecte beeld van een stralende bruid. Ik dwaal met mijn blik terug naar haar ogen, en dat is wanneer ik het zie. Haar gezicht laat misschien geluk en vreugde zien, maar dat bereikt haar ogen niet. In plaats daarvan lijken ze... leeg te zijn.

Ze neemt de laatste stap om naast me te staan, haar blik is uitsluitend op de priester gericht. Natuurlijk wil zij dit ook niet. Welke negentienjarige zou aan een man gebonden willen worden die bijna twee keer zo oud is als zij? Ze moet bang zijn voor wat er gebeurt. Ik had van tevoren met haar moeten praten, haar netjes voor de bruiloft moeten ontmoeten. Het is niet alsof ik van plan ben om een huwelijk te hebben dat bij de ware betekenis van het woord past, maar toch.

Terwijl de priester begint te spreken, reik ik naar voren om haar hand in de mijne te nemen en hoor haar scherp inademen. Isabella kijkt naar onze handen en richt haar blik dan op om me recht aan te kijken. Haar ogen zijn niet meer leeg en terwijl ze naar me kijkt, zie ik bijna het vuur in hun donkere diepten branden. Ik vind dat veel leuker dan de dode blik.

Nadat de priester klaar is en we ringen uitwisselen, leun ik voorover en geef ik een snelle kus op haar wang. Als ik rechtop ga staan en naar haar kijk, zie ik dat ze me weer met die lege blik aankijkt.

Ik hef mijn glas op en drink van de Seltzer zonder mijn ogen van de hoek van de kamer af te wenden waar mijn jonge vrouw met haar zus en moeder staat.

Op het moment dat we bij de countryclub aankwamen, waar de bruiloftslunch wordt gehouden, verliet Isabella mijn zijde en ging naar het andere uiteinde van de kamer. Ze heeft niet één keer in mijn richting gekeken. Ik zou opgelucht moeten zijn. In plaats daarvan heb ik haar meer dan een uur in de gaten gehouden en elke man opgemerkt die haar in het voorbijgaan een blik geeft. Het maakt me pissig. Niet alleen de blikken die andere mannen haar geven, maar ook het feit dat het me dwarszit.

'Wat een onverwachte wending van gebeurtenissen,' zegt Lorenzo Barbini terwijl hij naast me gaat staan.

'Oh?' Ik neem nog een slok van mijn drankje. 'Bedoel je de bruiloft of het feit dat Giuseppe me als zijn opvolger heeft benoemd?'

'Allebei, om eerlijk te zijn. Ik dacht dat het plan was om Angelo Scardoni met zijn kleindochter te laten trouwen.'

'Plannen veranderen,' zeg ik.

Lorenzo is al bijna vijftien jaar de onderbaas van Giuseppe, wat langer is dan dat ik een capo ben geweest. Het is begrijpelijk dat hij verrast was door de beslissing van de don. Dat was iedereen, inclusief ik. Normaal gesproken wanneer een don sterft of besluit af te treden, is het zijn zoon of schoonzoon die het leiderschap overneemt. Als dat niet het geval is, dan wordt de heerschappij overgedragen aan de onderbaas. Mijn baas had ervoor gekozen om een nieuwe weg in te slaan.

'Weet je zeker dat je alles aankan wat je nieuwe functie met zich meebrengt?' vraagt hij.

Ik heb nooit de ambitie gehad om de familie te leiden. Wapenovereenkomsten sluiten, transacties beheren zodat alles soepel verloopt en geld binnenhalen was mijn belangrijkste focus. Momenteel zijn de activiteiten die ik overzie goed voor meer dan vijftig procent van onze inkomsten.

'Denk je dat jij een betere don zou zijn?' vraag ik.

'Laten we eerlijk zijn, Luca. Je bent een zakenman en je doet het geweldig. Maar je woont zelden familie-evenementen bij en ik ben er vrij zeker van dat je geen idee hebt hoe je met interne zaken om moet gaan.'

Hij heeft gelijk. Ik geef geen moer om hun etentjes, of wie wiens vrouw heeft geneukt. Het aannemen van de hoofdpositie van de Chicago Cosa Nostra betekent het oplossen van een heleboel privézaken, me met schuldenkwesties tussen leden op hoog niveau te moeten bemoeien en het regelen van huwelijken binnen de familie. Het persoonlijke drama van anderen is niet iets waar ik van geniet. Maar hoe weinig ik ook geef om het sociale aspect van de baan, betekent niet dat ik iemand zal toestaan mijn vaardigheden in twijfel te trekken.

'Ja, ik neem aan dat je dat deel beter zou kunnen afhandelen, gezien het feit dat het bijwonen van feestjes het enige is wat je de laatste tijd hebt gedaan. Vertel me eens, Lorenzo, zou jij de familie leiden zoals je onze casino's leidt? Want van wat ik weet, heb je al maanden met aanzienlijke verliezen te maken.' Ik glimlach en geniet van de schok die zich over zijn gezicht verspreidt. 'Ik zou eraan kunnen toevoegen, dat die verliezen werden gedekt door de winsten die ik uit de wapenhandel binnenbracht. Misschien moet je je op het regelen van je eigen shit concentreren voordat je ernaar streeft om meer verantwoordelijkheden op je te nemen?'

'Wie hoog klimt, kan laag vallen,' mompelt Lorenzo in zijn glas.

Ik glimlach en pak de knoop van zijn das vast en trek hem een beetje omhoog. 'Ik hoorde je niet goed.' Ik buig voorover en ga in zijn gezicht zitten. 'Kun je dat alsjeblieft herhalen?'

Lorenzo's neusvleugels trillen als de roodheid zich over zijn gezicht begint te verspreiden. Hij staart me even met uitpuilende ogen aan en knarst dan met zijn tanden.

'Ik zei, je informatie is verkeerd,' snauwt hij, 'Er is niets mis met de casino's.'

'Oh. Mijn fout, dan.' Ik laat zijn stropdas los en knik naar de hoek van de kamer. 'Het lijkt erop dat je vrouw naar je op zoek is.'

Lorenzo kijkt me boos aan, marcheert dan weg en ik draai mijn ogen terug naar mijn jonge vrouw. Franco Conti, de capo die verantwoordelijk is voor het witwassen van geld, praat met Emma, de moeder van Isabella. Ik heb niet veel met Franco samengewerkt, omdat hij alleen geld verwerkt dat uit onze casino's komt. Damian is verantwoordelijk voor het witwassen van wat mijn operaties verdienen, en ik ben van plan om het zo te houden. Naast Franco staat Dario D'Angelo, de oudste zoon van Capo Santino D'Angelo, die in gesprek is met Isabella. Ze glimlacht om iets wat hij zegt, draait zich dan naar haar zus en ik zie hoe Dario's blik over haar lichaam glijdt terwijl ze niet kijkt. Op mijn tanden knarsend, draai ik me om en ga naar de bar. Met wie ze praat, gaat mij niets aan. Ik ben halverwege mijn bestemming als ik een vrouwelijk gelach achter me hoor, dus kijk ik over mijn schouder. Isabella en haar zus giechelen om iets wat Dario zojuist heeft gezegd.

Het zou me niet moeten storen dat een andere man haar aan het lachen kan maken. Maar dat doet het wel. Het is als een verdomde jeuk in mijn zij. Ik negeer de drang om naar haar toe te lopen en Santino's zoon bij Isabella weg te jagen. In plaats daarvan sluit ik me aan de bar bij Orlando Lombardi aan, een andere capo die het gokbedrijf van de familie afhandelt.

'Heb je van de shitzooi van vorige week in New York gehoord?' vraagt hij als ik naast hem ga zitten.

'Ik hou niet van roddels.' Ik gebaar naar de barman dat hij me nog een Seltzer moet brengen. 'Er is meer dan genoegshit hier om mee te dealen.'

'Ajello heeft in één nacht twee Camorra-clans vernietigd. Zevenenveertig mensen. Het lijkt erop dat ze hun vingers in zijn zaken hebben gestoken.' Orlando leunt dicht naar me toe. 'Een van mijn nichtjes is met een man getrouwd die als voetsoldaat voor Ajello werkt. Ze heeft gehoord dat Ajello tijdens de schermutseling is neergeschoten.'

Ik knik en neem een slok van mijn drankje. Wat de don van New York doet, interesseert me helemaal niet, ik heb niets met hem te maken. Maar ik kan niet zeggen dat ik niet een beetje nieuwsgierig ben. Die man is altijd een mysterie geweest. 'Is hij dood?'

'Nee. Maar dat is het enige wat ik weet,' zegt Orlando. 'Zijn manschappen houden hun lippen stijf op elkaar en zijn mannen zijn loyaal tot op het bot. Mijn nichtje heeft het gesprek opgevangen toen haar man over de telefoon met iemand sprak.'

Ik doe mijn best om mijn ogen op mijn drankje gericht

te houden, maar ik kan me niet inhouden om nog eens naar Isabella te kijken. Als ik dat doe, zie ik dat ze naar me kijkt. Op het moment dat onze blikken elkaar kruisen, wendt ze zich weer naar Dario.

'Weet je, ik denk soms dat die man niet bestaat,' vervolgt Orlando. 'Hoe komt het dat niemand hem ooit heeft ontmoet?'

'Giuseppe wel,' zeg ik en kijk weer naar mijn vrouw. Ze praat nog steeds met die idioot. 'Vorig jaar.'

'Niet! Waarom heeft hij daar nooit iets over gezegd?'

'Omdat Giuseppe met niemand hoeft te delen wat hij doet.'

'Hij heeft het aan jou verteld,' zegt hij met een jaloerse blik in zijn ogen. 'Waar ging die bespreking over?'

'Een van onze soldaten was naar New York gegaan om een vriendin te bezoeken die daar voor haar werk was. En hij had geen toestemming gevraagd om Ajello's territorium te betreden. Giuseppe had Ajello ontmoet om het probleem op te lossen.'

'En is dat gelukt? Is het probleem opgelost?'

'Ja.' Ik knik, maar hou Isabella in de gaten.

'Heeft Ajello de man vrijgelaten?'

'Op een bepaalde manier,' zeg ik. 'Hij heeft zijn hoofd via de post teruggestuurd.'

'Jezus fuck.'

Santino's kind staat nog steeds naast Isabella. Ik zet mijn glas op de bar en sta op. 'Ik ben weg.'

'Ga je midden in je eigen huwelijksreceptie weg?'

'Ik heb vanmiddag een bespreking met Sergei Belov.'

Zijn ogen worden groot. 'Ik wist niet dat je zaken deed met de Bratva.'

'Nou, we hebben al vastgesteld dat je niet zoveel dingen weet, Orlando.'

Ik laat Orlando me woedend nakijken en ga mijn vrouw ophalen.

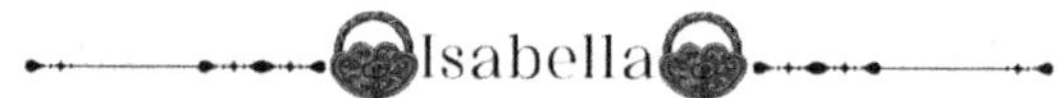

Ik staar uit het raam van de limousine, naar de gebouwen kijkend terwijl we ze passeren en probeer de noodzaak te verstikken om me om te draaien en naar Luca te kijken. Hij heeft ervoor gezorgd dat hij zo ver mogelijk van me vandaan zit, aan de andere kant van de achterbank. We hebben bijna een uur gereden, en hij heeft geen woord tegen me gezegd. In plaats daarvan is hij in beslag genomen door iets op zijn telefoon te typen.

Mijn gedachten gaan terug naar de kerk en onze bruiloft vanmorgen. Ik was zo verdomd opgewonden toen de priester zei, 'Je mag de bruid kussen.' Het is niet dat ik had verwacht dat Luca me in het bijzijn van al die mensen zou verslinden, maar ik had wel een echte kus gewild. En wat heb ik gekregen? Een kus op mijn wang. Vervolgens had hij net zo goed snoep uit zijn zak kunnen halen en dat aan me kunnen geven. Het doet pijn, de manier waarop hij zich gedraagt.

Ik zucht en blijf naar buiten kijken en vraag me af wat ik nu moet doen. Gewoon *wat boeit het* zeggen en kijken waar deze situatie ons heen leidt? Met een man leven die een vreemde blijft omdat we elkaar negeren? Nee, dat sta ik niet toe. Mijn feestje van zelfmedelijden eindigt hier. Ik ben eindelijk met de man getrouwd van wie ik al jaren stiekem hield, en ik weiger door hem genegeerd te worden. Luca geeft nu misschien niets om me, maar ik zal hem verliefd op me laten worden, of ik zal sterven terwijl ik het probeer.

Hij heeft een probleem met ons leeftijdsverschil. Dat heb ik hem duidelijk horen zeggen. Nou, ik kan er niets aan doen hoe oud ik ben, dus het is een van de obstakels die ik moet overwinnen. Ik denk dat ik hem wakker moet schudden. Ik mag dan jong zijn, maar ik weet wat ik wil. Hem. Die van mij houdt. En ik ben klaar om ervoor te vechten.

De limousine stopt voor een groot wit landhuis, en Luca stapt uit en komt naar mijn kant om mijn deur te openen. Ik pak mijn rok, pak zijn uitgestrekte hand vast en stap uit om mijn nieuwe thuis te bekijken. Het is kleiner dan het huis van mijn grootvader, waar ik ben opgegroeid, maar het is nog steeds enorm.

'Breng de koffer van mevrouw Rossi naar boven,' zegt hij tegen de chauffeur en gebaart dat ik hem naar binnen moet volgen. 'Ik neem aan dat je je wilt omkleden en rusten, dus ik zal je naar je kamer brengen. Damian zal je voor het avondeten rondleiden in het huis.'

'Je broer?' vraag ik als we de grote foyer binnenkomen.

'Ja. Ik heb werk te doen.'

'Oh?' Ik ben misschien verliefd op hem, maar dat betekent niet dat ik hem toesta om me als een voetveeg te behandelen. 'Ik herinner me niet dat ik met je broer ben getrouwd, Luca.'

Hij stopt waar hij staat en draait zich naar me toe. 'Wat bedoel je daarmee?'

'Wat ik bedoel, is dat jij degene zult zijn die me het huis laat zien en me aan je personeel voorstelt,' zeg ik met een koude stem en geniet van de manier waarop zijn ogen van ongeloof groter worden. Hij had niet verwacht dat ik een ruggengraat had, of wel? Nou, verrassing. 'Waar is je dochter?'

'Rosa is bij haar vriendin thuis. Ze zal voor het avondeten thuis zijn.'

'Goed. Breng me nu alsjeblieft naar mijn kamer.'

Luca houdt zijn hoofd schuin, kijkt me met interesse aan en gaat dan naar de grote trap terwijl ik een paar passen achter hem loop. Ik heb altijd bewondering gehad voor de manier waarop hij loopt. Zijn pas is langzaam, als een wolf die op jacht is. Ik laat mijn ogen over zijn lichaam gaan, kijk naar zijn lange benen en brede schouders en stop bij de bovenkant van zijn hoofd waar zijn haar in een knot zit.

Ik heb zo vaak gedroomd om dat elastiek los te maken en mijn vingers door die zwarte lokken te laten gaan. Ik vraag me af hoe lang zijn haar nu is. De enige keer dat ik het los heb gezien, was nadat hij al die jaren geleden in het zwembad was gesprongen om me te redden. Zijn knot moet in het proces los zijn geraakt, waardoor zijn haar los kwam te hangen. Het was toen schouderlengte.

Ik herinner me alles van hem. Luca in het geheim observeren was het enige wat ik kon doen, dus ik zorgde ervoor dat ik elk detail opving en in mijn mentale kluis op sloeg, met zijn naam erop. De manier waarop zijn lichaam in de loop der jaren is veranderd, het is gespierder, harder geworden. Vanaf mijn zestiende, stelde ik me voor dat dat enorme lichaam om het mijne was gewikkeld en me stevig vasthield. Me liefhebbend.

Ik was zeventien toen ik mezelf voor het eerst bevredigde, en ik deed het door me voor te stellen dat het zijn hand was die tussen mijn benen zat in plaats van de mijne. Vanaf die dag doe ik het elke avond voordat ik ga slapen. Soms zelfs overdag. Wanneer ik me eenzaam of verdrietig voelde, sloot ik mezelf op in mijn kamer, ging onder de deken liggen en stelde me voor dat Luca naast me lag terwijl ik een orgasme had. Als mensen eens wisten, dan zouden ze misschien denken dat ik dom ben omdat ik verliefd ben op een man zonder hem echt goed te kennen. Het kan me niet schelen.

Wanneer we de tweede verdieping bereiken, knikt Luca naar de deur aan de linkerkant en doet hem open. 'Mijn kamer,' zegt hij.

Ik werp een blik naar binnen en zie een enorm bed onder het raam staan. Het grootste deel van het meubilair is van donker hout gemaakt dat goed werkt met de lichtbeige muren en gordijnen in dezelfde kleur.

'Deze kamer wordt niet gebruikt,' zegt hij, terwijl hij de volgende deur opent. De kamer lijkt even groot te zijn als de zijne, maar het meubilair is hier overwegend wit, met gordijnen en een kleed in een zachte perzikkleur. Er is een verbindingsdeur aan de linkermuur die waarschijnlijk naar zijn slaapkamer leidt. Hij sluit snel de deur en leidt me door de gang tot we de laatste twee kamers bereiken.

'Rosa's kamer.' Hij knikt naar die aan de linkerkant met een grote 'Niet storen'-sticker erop, draait zich dan naar de deur aan de rechterkant en doet deze open. 'Deze is van jou.'

Het is een mooie ruimte. Groot, met verschillende hoge ramen en lichte houten meubels. Mijn koffer staat in het midden van het tapijt naast een grote pluizige bank.

'Ik kom je om zes uur halen om je mee naar beneden te nemen om te eten,' zegt hij en vertrekt.

Ik kijk nog een keer om me heen. Dus hij heeft me op deze verdieping zo ver mogelijk bij hem uit de buurt gezet. Dat gaat hem niet worden. Ik loop naar mijn koffer en pak het handvat. Rol hem voor me uit zodat mijn jurk niet tussen de wielen komt, verlaat de kamer en ga naar het andere uiteinde van de gang. Luca gaat net zijn kamer binnen als hij me hoort aankomen. Hij doet een stap achteruit en kijkt hoe ik naar hem toe kom.

'Is er iets mis met je kamer?' vraagt hij.

Ik stop voor de kamer naast de zijne en til mijn kin omhoog. Zijn halfgesloten ogen kijken naar me, met een uitdrukking die ik niet helemaal kan lezen.

'Helemaal niet,' zeg ik, rol mijn koffer naar binnen en doe de deur achter me dicht.

Luca

Ik kijk naar de deur die mijn slaapkamer met de kamer verbindt die Isabella heeft geclaimd en luister naar de geluiden die van de andere kant komen. Ze blijft echt niet zo dicht bij me. Ik laat het voor nu, maar morgenvroeg gaat ze terug naar de kamer tegenover Rosa. Ik hoor haar bewegen en dan gaat het water in haar badkamer aan. Mijn tienervrouw neemt op slechts een paar meter van mij een douche, en plotseling roept mijn geest beelden op van haar perfecte kleine lichaam onder de straal.

Ik schud mijn hoofd. Wat is er verdomme mis met mij? Ik stel me voor dat ik seks heb met een tiener. En eentje die waarschijnlijk nog nooit met een man naar bed is geweest. Jezus. Ik marcheer de kamer uit en sla de deur achter me dicht alsof het helpt om de beelden van Isabella naakt en nat uit mijn hoofd te wissen. Of de verleiding om haar lichaam vast te pinnen tussen de mijne en de tegels van de muur van de douche terwijl ze haar polsen boven haar hoofd houdt.

Het is kwart voor zes als ik terugkom van de ontmoeting met Sergei Belov. Een van mijn wapenleveranciers had verschillende kratten met door het leger uitgegeven kruisbogen te pakken gekregen, maar niemand wist hoe ze werkten. Belov was de enige die me te binnen schoot die wist hoe hij met die shit om moest gaan. Gebaseerd op zijn grijnzende gezicht toen ik hem het monster liet zien, wist hij er wel raad mee. Op de een of andere manier verbaasde me dat niet. Maar hij verbaasde me wel toen hij vroeg of ik hem een tank kon leveren. Toen haalde hij zijn schouders op en zei, 'Vraag het voor een vriend.' Ze moeten meer dan één gek in de Bratva hebben.

Ik klim de trap op naar de tweede verdieping en klop op de deur van Isabella's tijdelijke kamer. Ze doet open en bekijkt me, en focust zich op mijn spijkerbroek en zwarte shirt. Ik zie een glinstering van verbazing in haar ogen.

'Hoef ik me hier voor het avondeten niet netjes aan te kleden?' vraagt ze terwijl we naar de trap gaan.

'Ik haat pakken.'

Isabella's wenkbrauwen schieten van verbazing omhoog. Zonder iets te zeggen daalt ze de trap voor me af en geeft me een onbelemmerd uitzicht op haar achterwerk. Een roze mouwloze top die in haar nek vastzit, is om haar romp en smalle taille gevormd en benadrukt alleen haar opvallende ronde kont, die in een strakke zwarte broek gekleed is. Er is een enorme wilskracht voor nodig om mijn ogen ervan af te wenden.

Als we op de begane grond aankomen, stopt ze voor het personeel aan de rechterkant van de foyer.

'Dit is Isabella. Mijn vrouw,' zeg ik en stel ze één voor één voor, te beginnen met de huishoudster, dan de dienstmeisjes, twee chauffeurs, de tuinman en tenslotte het keukenpersoneel.

Nu dat gedaan is, draai ik me naar de andere kant waar mijn veiligheidsmensen staan en stel hen ook voor. Ik verwacht niet dat ze zich een van hun namen herinnert, want er werken hier meer dan dertig mensen.

'Dit is de tweede shift,' zeg ik tegen haar. 'Ik zal je aan de eerste shift voorstellen wanneer ze 's ochtends aankomen.'

'Bedankt.' Ze knikt en volgt me naar de eetkamer die een kwart van de begane grond aan de oostkant beslaat.

Ik herinner me de eerste keer dat ik Simona hierheen bracht nadat we in het stadhuis getrouwd waren. Ze was overweldigd door het aantal bewakers en de grootte van het huis zelf, en ze sprong op en gilde als iemand haar met een vuurwapen passeerde. Isabella, daarentegen, neemt dit alles in zich op zonder met haar ogen te knipperen. Voor haar zal het niets nieuws zijn. Ze is in een huis opgegroeid dat twee keer zo groot is als het mijne en met aanzienlijk meer gewapende bewakers.

Damian is al in de eetkamer, hij zit aan de tafel links van de hoofdzetel. Hij ziet ons aankomen, staat op en steekt zijn hand uit.

'Eindelijk.' Hij lacht. 'Ik begon me al af te vragen of Luca had besloten om je voor altijd in je kamer te verbergen.'

'Isabella, dit is mijn broer,' zeg ik en let goed op haar reactie.

Mijn broer is twaalf jaar jonger dan ik en, zoals vrouwen hem graag noemen, "bloedmooi". Mensen richten zich meestal op zijn blauwe ogen, gestylede haar en onberispelijke kleding, terwijl ze hem onderschatten en denken dat hij een playboy is. Hij doet met zijn gedrag zijn best om die indruk vast te houden. Niet veel mensen weten wat een genie zich onder dat dure kapsel verbergt. Damian heeft een talent als het om cijfers en de vastgoedmarkt gaat. Daarom regelt hij de financiën van mijn zakelijke transacties. Hij zorgt ook voor het maandelijks witwassen van miljoenen dollars.

'Gewoon Isa, alsjeblieft,' zegt mijn vrouw.

'Ik moet zeggen dat ik geen naam kon bedenken die beter bij je zou passen, Isa.' Hij lacht naar haar. 'Bella.'

Ik schud mijn hoofd. Hij heeft de charme al aangezet.

'Niet flirten, Damian. Waar is Rosa?'

'Ze zei dat ze op haar kamer zou eten.'

Ik wend me tot het dienstmeisje dat in de buurt wacht. 'Laat mijn dochter beneden komen. Nu meteen.'

Terwijl we aan tafel op Rosa zitten te wachten, leun ik achterover in mijn stoel en observeer terwijl Isabella en Damian bespreken hoe leuk ze het huis vindt. Ze hebben duidelijk vanaf het begin een klik, wat ik had verwacht omdat ze bijna net zo oud zijn. Ik vraag me af of ze hem zal proberen te verleiden zoals Simona had gedaan.

'Je was niet op de bruiloft,' zegt Isabella.

Damian glimlacht. 'Ja, ik probeer familiebijeenkomsten te vermijden.'

'Wat hij bedoelt, is dat hij zijn exen niet wil tegenkomen,' gooi ik erin. 'Vooral omdat de helft van hen al getrouwd was toen hij met hen naar bed ging.'

'Klinkt logisch.' Isabella grijnst naar mijn broer. 'Ga je nog steeds met Franco's dochter naar bed?'

Damian draait met zijn wijn en staart haar aan. 'Hoe weet je dat?'

Isabella glimlacht en reikt naar de karaf met sap.

'Ik ga niet aan dezelfde tafel met die vrouw zitten!' De hoge stem van mijn dochter bereikt me.

Ik draai me om in mijn stoel en kijk Rosa aan, ervoor zorgend dat ze in mijn ogen ziet wat ik van haar geschreeuw vind. 'Kom hier.'

'Nee. Ik heb je toch gezegd...'

'Nu meteen, piccola.'

Ze stampt met haar voet op de grond, steekt haar kin naar voren en marcheert naar de tafel en neemt plaats aan de andere kant van Damian.

'Verontschuldig je nu bij Isabella,' zeg ik.

'Nee.'

Jezus. Begint de puberteit niet rond de twaalf of zo? Rosa is pas zeven, maar ik begin te geloven dat ze er voortijdig mee begint. Toen ik haar vertelde dat Simona en ik gingen scheiden, was haar reactie, 'Opgeruimd staat netjes.' Ze hebben nooit een band gehad en Rosa bracht meer tijd met onze kok door dan met haar eigen moeder. Ik heb vorige week met Rosa gesproken en heb haar de situatie met Isabella uitgelegd, en ze leek er redelijk mee om te gaan, maar ik denk dat we nog een hoop te bespreken hebben. Het maakt niet uit hoe of waarom Isabella hier terecht is gekomen, ik zal niet toestaan dat iemand haar niet respecteert, en dat geldt ook voor mijn dochter. En ik zal zeker dat geschreeuw niet toestaan in mijn huis.

'Weet je het zeker?' vraag ik.

'Ja.'

'Oké. Je kunt teruggaan naar je kamer.'

'Wat?' Ze kijkt me met grote ogen aan. 'En het avondeten?'

'Geen excuses, geen avondeten.'

'Pap!'

'Je bent vrij om te gaan.' Ik knik naar de deur en gebaar met mijn hand naar het dienstmeisje om het eten te serveren.

'Prima,' snauwt Rosa, ze springt van de stoel en marcheert weg.

Ik volg Rosa met mijn ogen terwijl ze weggaat en zie Isabella naar me kijken, haar mond vormt een dunne lijn. Ik wacht om te zien of ze commentaar geeft, maar ze zegt niets, ze draait zich weg en concentreert zich op haar bord. Ze denkt waarschijnlijk dat ik mijn dochter zonder eten laat slapen, en ik ben niet van plan om haar gerust te stellen.

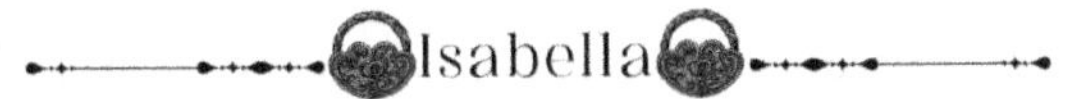

Ik dacht dat de keuken vinden een probleem zou worden, maar als ik op de begane grond kom, is een van de dienst-meisjes die ik heb ontmoet toen ik aankwam de lamp in de hoek aan het afstoffen.

'Anna, kun je me laten zien waar de keuken is?' vraag ik terwijl ik naar haar toe loop.

Ze knippert met haar ogen naar me met een enigsz-ins verwarde uitdrukking op haar gezicht en knikt dan snel. 'Natuurlijk, mevrouw Rossi. Deze kant op.'

Ik volg Anna door de gang aan de rechterkant tot we de achterkant van het huis bereiken, waar ze voor een witte deur stopt. 'Hier is het.'

'Bedankt,' zeg ik en stap naar binnen.

De keuken is ruim. Aan de linkerkant staat een eiland en

een aanrecht. Aan de rechterkant is er een lange houten tafel die plaats biedt aan ten minste tien personen. Dat is waarschijnlijk waar het personeel eet. Ik ga naar de kasten, waar een slanke vrouw van in de vijftig glazen bij de gootsteen poetst.

'Kan ik u helpen, mevrouw Rossi?'

'Zou je een boterham voor me willen maken? Ik zou het zelf doen, maar ik heb geen idee waar je de ingrediënten bewaart.'

'Meteen.' Ze knikt en rent rond, pakt een bord en brood en vraagt dan, 'Wilt u iets specifieks?'

'Het is voor Rosa. Maak het maar zoals ze het meestal lekker vindt. Dank je.'

Het dienstmeisje gaat bezig met het bereiden van het eten, maar ik merk dat ze elke paar seconden mijn kant op kijkt. Als ze klaar is, brengt ze een bord met twee sandwiches en een servet mee en biedt ze me deze aan.

'Ham. Met extra kaas.'

'Dank je, Grace. Fijne avond.'

Haar ogen worden groter als ze me haar naam hoort zeggen, maar ze herpakt zichzelf snel. 'Fijne avond, mevrouw Rossi.'

Ik draag de broodjes naar de tweede verdieping, loop door de gang en klop op Rosa's deur.

'Ik ben er niet!' komt er van de andere kant.

Ik rol met mijn ogen. Het is alsof ik naar mijn zus luister. Andrea wordt extreem chagrijnig als iets niet op haar manier gaat. Ik pak de knop met mijn vrije hand en open de deur. Rosa ligt op haar buik op het bed. Ze is volledig in beslag genomen door wat er op de telefoon voor haar gebeurt.

Als ze me in de deuropening ziet staan, springt ze op en

staart ze me aan. 'Wat doe je in mijn kamer? Ga weg of...' Haar ogen gaan naar het bord in mijn handen. 'Geen mayonaise?'

'Geen mayonaise.' Ik ga naar het bed, zet het bord naast haar neer en draai me om om weg te gaan.

'Hoe heb je mijn vader ontmoet?'

Ik stop. 'Hij is in het zwembad gesprongen en hij heeft mijn leven gered.'

'Je liegt.'

'Nee hoor,' zeg ik over mijn schouder. 'Vraag het hem zelf maar als je wilt.'

'Heeft hij echt je leven gered?'

Ik glimlach vanbinnen en draai me om. 'Wil je erover horen?'

'Ja!' roept ze uit, haar ogen staan wijd open. 'Vertel het me.'

Ik plof op de kleine bank in de hoek van de kamer en leun achterover. 'Ik was iets jonger dan jij. Het was tijdens het feestje voor mijn zesde verjaardag. Alle kinderen waren in de tuin aan het spelen. Een van mijn schoenveters was losgeraakt en toen ik naast het zwembad knielde om ze te strikken, rende de neef van mijn vriendin langs me en duwde hij me erin.'

'Ben je in een zwembad gevallen?'

'Yep.'

'En papa heeft je gered?'

'Hij sprong er zo in, met zijn kleren en alles. Het zwembad was niet diep, maar ik was klein en had kunnen verdrinken.'

'Wauw,' zegt ze en kantelt dan haar hoofd naar me toe. 'Is dat de reden waarom je met hem bent getrouwd? Omdat hij je leven heeft gered?'

Ik lach. 'Nee. Ik ben met hem getrouwd omdat mijn grootvader en je vader het ermee eens waren dat dat het beste zou zijn. Dat is hoe dingen soms werken.'

'Dus je houdt niet van hem?'

Hou ik van hem? Om echt van iemand te houden, zou ik van de persoon moeten houden zoals hij is, het beste en het slechtste van hem. Ik ben al verliefd op het idee van Luca sinds ik me kan herinneren, en ik ben de laatste jaren als een gekke vrouw door hem geobsedeerd geraakt. Is dat liefde? Of gewoon een verliefdheid? Ik heb nog nooit zoiets voor een andere man gevoeld, dat is zeker.

'Ik mag hem graag.' Ik knik.

'Ik heb Tiyana's zus horen zeggen dat mijn vader heet is. Wat betekent dat?'

Ik knipper met mijn ogen, een beetje verward over hoe ik het moet uitleggen. Rosa is pas zeven, ook al schreeuwt haar houding soms puber. 'Het betekent dat hij er knap uitziet.'

'Oh. Oké.' Ze neemt een hap van haar boterham, haar blik blijft op mij gericht. Terwijl ze kauwt, vernauwt ze haar ogen alsof ze me beoordeelt. 'Ga je tegen me schreeuwen?'

'Nee. Waarom zou ik dat doen?'

'Simona schreeuwt altijd tegen me.' Ze haalt haar schouders op. 'Tenminste, als papa er niet is. Schreeuwen mag niet van hem.'

Noemt ze haar moeder bij haar voornaam? Ik probeer dat feit, en de implicaties die het met zich meebrengt, nog steeds te verwerken wanneer de deur opengaat. Luca stapt naar binnen en heeft een dienblad met een broodje op een bord en een glas melk vast. Hij stopt in de deuropening en kijkt naar het broodje in Rosa's hand.

'Isabella was je voor,' zegt Rosa tussen de happen door en wijst met haar vinger naar me.

'Oké, ik ga nu weer.' Ik sta op en loop naar de deur. 'Welterusten, Rosa.'

Luca gaat niet uit de deuropening vandaan waar hij me als een havik aanstaart. Ik kijk op en ontmoet zijn blik, en onze ogen houden elkaar gedurende verschillende lange hartslagen vast totdat hij eindelijk opzij stapt. Ik zorg ervoor dat mijn bewegingen opzettelijk traag zijn en loop door de gang totdat ik mijn kamer bereik. Iets, noem het intuïtie, vertelt me dat hij me nog steeds in de gaten houdt terwijl ik mijn kamer in glip zonder achterom te kijken.

Op het moment dat de deur achter me dichtgaat, adem ik uit en leun ik met mijn rug tegen de deur. Ik dacht dat het gemakkelijk zou zijn om te doen alsof ik onverschillig ben, maar ik heb het gevoel dat een enkele vriendelijke daad van mijn kant ertoe zal leiden dat hij zich nog meer terugtrekt. Ik kan het niet riskeren. Nog niet.

Zo dicht bij Luca zijn na al die jaren en weten dat hij niets met me te maken wil hebben... doet pijn. In zekere zin was het makkelijker toen ik wist dat ik geen kans maakte. Ik ver-wachtte nooit iets. En nu, nu ik hem eindelijk zo dichtbij me heb, voelt het alsof hij nog verder weg is dan eerst.

Ik sluit mijn ogen en herinner me de dag van mijn acht-tiende verjaardag toen hij me *tesoro* had genoemd. Blijkbaar droeg het woord niet echt de genegenheid die ik me had voorg-esteld. Het was maar een woord dat terloops werd gezegd. Toch had ik daarna nog dagen aan dat moment en zijn lichte aanraking op mijn haar gedacht.

Nou, ik geef niet op. Hij kan zich maar beter voorbereiden op oorlog, want dat is wat ik hem ga geven. Ik zal hem en zijn onverschilligheid elke stap van de weg aanvechten.

'Je kunt er maar beter klaar voor zijn, Luca Rossi,' flu-ister ik naar de lege kamer, 'want in liefde en oorlog is alles geoorloofd.'

IK GOOI MIJN JAS OP EEN VAN DE FAUTEUILS IN MIJN KAMER, ga op de rand van het bed zitten en luister naar het gemompel van Donato dat uit de telefoon komt. Er zijn wat problemen geweest met een van de panden die we hebben gekocht en ik heb gisteravond en de hele dag in mijn kantoor in de stad doorgebracht om te proberen die shit op te lossen. Ik kan vandaag niet nog een fuck-up gebruiken.

'Oh, in godsnaam, Donato. Kun je niet op zijn minst een deel van die shit zelf afhandelen?' zeg ik in de telefoon en knijp in de brug van mijn neus. 'Hoeveel kratten?'

'De vrachtwagen is net binnengekomen. We hebben de eerste paar geopend, maar waarschijnlijk zit er meer van het-zelfde in, Luca.'

'Fuck.' Ik sluit van frustratie mijn ogen. Wat moet ik in godsnaam met een hele lading met een verkeerde kaliber mu-nitie doen?

Een laag, kreunend geluid bereikt me vanuit de richting

van Isabella's kamer en ik kijk op, naar de deur starend die onze kamers met elkaar verbindt. Ik heb haar na gisteravond toen ik haar in Rosa's kamer vond niet meer gezien. Ze had mijn dochter avondeten gebracht. Ik weet niet wat ik daarvan moet denken. Of over het feit dat ik de hele dag aan haar heb gedacht. Fuck. Ik moet tegen Viola zeggen dat ze haar spullen terug moet brengen naar de kamer tegenover die van Rosa.

'Wat moet ik de Roemenen vertellen?' vraagt Donato en hij trekt me weg van de gedachten aan mijn jonge vrouw.

'Bel Bogdan. Zeg hem dat ik hem morgenochtend om acht uur in het magazijn verwacht.'

'Wat als hij zegt dat hij niet kan komen?'

'Dan zal ik naar hem toe komen en persoonlijk elke verdomde kogel in zijn reet duwen. Vertel hem dat maar.' Ik gooi de telefoon op het bed. Verdomde Roemenen.

Ik ga naar de andere kant van mijn slaapkamer, om naar de badkamer te gaan, maar stop voor de verbindingsdeur naar de kamer waar Isabella slaapt. Daar is het weer, een ander zacht gekreun zoals ik dacht dat ik een paar ogenblikken geleden had gehoord. Ik ga dichter bij de deur staan en vraag me af of er iets mis is, maar er is alleen stilte van de andere kant te horen. De deurklink voelt koel aan als ik hem vastpak en de deur zo stil mogelijk open, terwijl ik naar binnen kijk.

Eerst denk ik dat Isabella onwel moet zijn, want het enige wat ik in de duisternis kan zien is haar lichaam op het bed, die iets naar de zijkant is gedraaid. Ik doe de deur iets meer open en een deel van het licht uit mijn kamer valt naar binnen, waardoor ik haar duidelijker kan zien. Op het moment dat ik dat doe, klemt mijn hand zich om het handvat.

Isabella tilt haar hoofd van het kussen en kijkt me recht aan terwijl haar hand in haar zijdezachte pyjamabroek tussen haar benen blijft bewegen. Ik kijk gebiologeerd toe terwijl ze haar kont optilt en een kreun aan haar lippen ontsnapt. Mijn ademhaling versnelt en ik voel mezelf hard worden terwijl ze haar benen verder opent en haar andere hand onder de tailleband schuift. Ik moet me omdraaien en de deur achter me dichtdoen, maar ik kan mezelf niet dwingen om weg te gaan. Ik sta als aan de grond genageld naar de aanblik van mijn tienervrouw te kijken terwijl ze zichzelf bevredigd, haar ogen blijven de hele tijd op mij gericht. Ze tilt haar bekken weer op en begint te hijgen, haar lippen zijn gedeeltelijk geopend. Ik pak de deurpost met mijn andere hand vast wanneer ze haar lichaam kromt en haar hoofd achterover gooit terwijl trillingen haar gestalte laten schudden. Het duurt een paar seconden voordat ze op het bed zakt. Ze ademt langzaam uit, haalt haar handen uit haar broek en knippert nog een keer met haar ogen naar me terwijl ze onder de deken glijdt.

Ik staar haar een tijdje aan, draai me dan om en knal de deur dicht.

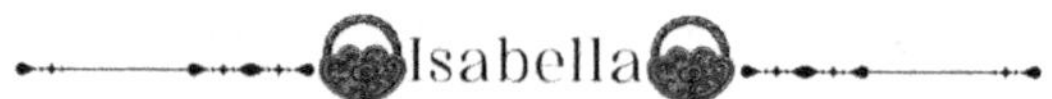

'Goedemorgen,' zeg ik naar Rosa en Damian glimlachend terwijl ik aan de eettafel ga zitten waar al koffie is geserveerd.

'Je lijkt vandaag vrolijk te zijn. Heeft dat een specifieke reden?' vraagt Damian terwijl hij naar zijn koffie reikt.

Natuurlijk ben ik dat, en er is een heel specifieke reden. Elke keer als ik aan de geschokte blik op het gezicht van mijn man denk toen hij de deur opendeed en me met mijn poesje zag spelen, komt er een glimlach op mijn lippen. Ja, hij is terug naar zijn kamer gegaan en sloeg de deur achter zich dicht, maar op basis van de manier waarop hij de deur vastgreep terwijl hij keek, hebben we een goed begin gemaakt.

'Geen reden.' Ik knik naar de lege stoel aan mijn linkerkant. 'Waar is Luca?'

'Er waren wat problemen die hij moest afhandelen, dus hij is vroeg vertrokken. Hij was echter in een heel vreemde stemming,' zegt Damian, terwijl hij me over de rand van zijn kopje aankijkt.

'Oh? Hoe dat zo?'

'Prikkelbaar. Hij snauwde tegen het personeel. Dat doet hij zelden. Ik vraag me af waardoor hij zo geïrriteerd was.'

'Hij heeft een stressvolle baan.' Ik haal mijn schouders op, en ben het toonbeeld van onschuld.

'Ja, dat moet het zijn,' zegt hij, maar ik zie hoe hij met een kleine glimlach op zijn lippen naar me kijkt.

'Ik heb een chauffeur nodig,' zeg ik. 'Mijn grootvader voelt zich niet goed. Ik wil even bij hem langsgaan om bij hem te kijken.'

'Tuurlijk. Maar we zullen moeten wachten tot Luca terugkomt om te zien wie hij als jouw beveiligingsteam zal aanwijzen.'

'Ik heb vandaag geen bodyguard nodig. Ik ga rechtstreeks naar het huis van de don en terug, ik ben niet van plan om ergens anders te stoppen of onderweg uit de auto te stappen.'

'Luca zal het niet leuk vinden als je zonder het terrein verlaat, Isabella.'

'Papa moet altijd het laatste woord hebben, Isa,' voegt Rosa lachend toe.

Goed om te weten.

Een dienstmeisje brengt in een enorme mand versgebakken broodjes en plaatst het in het midden van de tafel. Rosa springt op en pakt twee croissants, maar voordat ze ze op haar bord legt, werpt ze een zijdelingse blik op mij.

'Is er iets, Rosa?' vraag ik en reik naar voren om wat broodjes voor mezelf te pakken.

'Ik heb echt honger,' mompelt ze.

'Dan moet je ze eten voordat ze koud worden.' Ik knik naar de croissants die ze nog steeds vasthoudt.

'Allebei?'

'Je zei dat je honger had.'

'Maar dan word ik dik.'

Mijn hoofd schiet omhoog. 'Oh, lieverd, je wordt niet dik. Waar heb je dat idee vandaan?'

Rosa buigt haar hoofd en haalt haar schouders op. 'Simona had tegen me gezegd dat ik moest opletten hoeveel ik at vanwege mijn meta... hm, metalisme.'

Jezus Christus. Er is iets ernstig mis met die vrouw. Ik leg mijn handen op de tafel en leun naar Rosa toe. Damian blijft de situatie observeren zonder commentaar te geven, alsof hij wacht om te zien wat ik zal doen.

'Je bedoelt metabolisme, lieverd. Je bent een kind. Kinderen moeten goed ontbijten, want ze groeien nog steeds.' Ik reik naar voren, neem de croissants uit haar handen en leg ze op haar bord. 'Je hoeft je voor minstens een decennium geen zorgen te maken over je metabolisme. Oké?'

Een kleine glimlach vormt zich op Rosa's lippen en het volgende moment begint ze haar ontbijt te eten. Als ik achteroverleun in mijn stoel, merk ik dat Luca's broer naar me kijkt en ik trek een wenkbrauw naar hem op. Damian grijnst en gaat verder met zijn koffie.

Ik loop het magazijn binnen waar mijn mannen de rest van de kratten uitladen die gisteravond binnen zijn gekomen. Donato volgt een paar stappen achter me. Bogdan en twee van zijn mannen staan naast de vrachtwagen te discussiëren.

'Wat is er met mijn zending gebeurd?' Ik knik naar de kratten die nog in de vrachtwagen staan.

'Gavril heeft de modelnummers op een aantal containers verwisseld,' zegt Bogdan en draait zich dan om naar de lange man aan zijn rechterkant. 'Ik heb tegen je gezegd dat je alles twee keer moest controleren!'

'Hoeveel kratten?' vraag ik.

'Twaalf. Over twee weken heb ik de juiste munitie. In het ergste geval over drie weken.'

Ik kijk weer naar Donato. 'Wanneer zouden we die afleveren?'

'Maandag.'

Ik keer me terug naar Bogdan. 'Ik heb zondag de juiste munitie nodig.'

'Ik kan de komende tien dagen niets krijgen, Luca. Al mijn vrachtwagens zijn al geladen en staan in routes gepland. Wat dacht je van het weekend hierna?'

Hoe spijtig. Ik loop naar de open kratten die naast de vrachtwagen staan, pak een Beretta en reik dan naar een magazijn in de aangrenzende container. 'Ik heb het gevoel dat je onze regeling niet serieus neemt, Bogdan.' Ik laad het magazijn in het pistool. 'Laten we daar eens verandering in brengen.'

'Oh kom op. Je weet hoe het is. Fouten gebeuren.'

'Inderdaad.' Ik span het wapen aan. 'Het punt is, Bogdan, ik heb de laatste tijd een extreem slecht humeur. Ik kon dit er vandaag niet bijhebben.'

Ik hef het pistool op en schiet de klootzak neer die blijkbaar deze clusterfuck heeft veroorzaakt, en raak hem midden in zijn voorhoofd.

'Wat de fuck!' schreeuwt Bogdan, terwijl hij naar de dode man staart die nu aan zijn voeten ligt.

'Zie je, ik heb Gavril net voor jou aangezien. Fouten gebeuren,' zeg ik en schiet Bogdans andere man neer. Zijn lichaam valt naast het eerste lichaam. 'Moet ik doorgaan? Alleen jij bent nog over. Ik ben er vrij zeker van dat ik de derde keer geen fout zal maken.'

Bogdans ogen puilen uit, zijn mond opent en sluit zich als een vis op het droge.

'Ik wil mijn munitie hier op zondag hebben. Kun je dat voor me doen?'

Hij knikt.

'Mooi. Ik ben blij dat we een taal hebben gevonden die voor jou gemakkelijker te begrijpen is.' Ik gooi het wapen terug in de kist. 'Vraag rond en kijk of je een tank voor me kunt regelen.'

Mijn wapenleverancier staart me alleen aan.

'Kun je dat?' vraag ik opnieuw.

'Een tank... als in... een echte tank?'

'Verkoop je soms ook denkbeeldige tanks?' Ik schud mijn hoofd. 'Belov klonk geïnteresseerd toen we elkaar ontmoetten. Hij zegt dat hij het voor een vriend vraagt.'

'Ze zijn allemaal gek, die Russen,' mompelt hij.

'Laat me weten wat je ontdekt.'

Mijn telefoon gaat als ik achter het stuur kruip en het laat Isabella's naam zien. Ze heeft Damian waarschijnlijk om mijn nummer gevraagd, omdat ik het haar nooit heb aangeboden. Maar ik heb er wel voor gezorgd dat ik die van haar heb. Het is een waardeloze zet, ik weet het, maar ik heb al veel meer aan mijn vrouw gedacht dan ik zou moeten doen. Ik wil niet dat ze me belt, vooral niet nu ik alleen maar aan de geluiden kan denken die ze gisteravond maakte.

Ik laat de telefoon rinkelen en gooi hem op de passagiersstoel. Misschien als ik haar vermijd, dat ik kan vergeten hoe eetbaar ze er gisteravond uitzag. Zodra ik thuiskom, zal ik haar bevelen die verdomde kamer te verlaten.

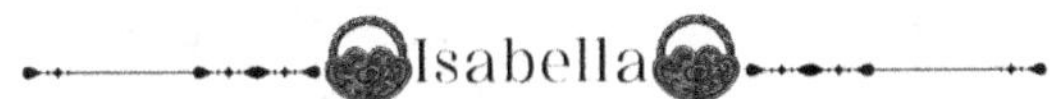

Het is al vijf uur 's middags en Luca is nog steeds niet terug. Ik heb meerdere keren geprobeerd om hem te bellen, maar elke oproep bleef onbeantwoord. Uiteindelijk besluit ik dat ik klaar ben met op hem te wachten, dus ga ik naar beneden naar de begane grond en ga naar de beveiligingsman die bij de voordeur staat.

'Kun je alsjeblieft een auto en een chauffeur voor me regelen?'

'Natuurlijk, mevrouw Rossi. Heeft meneer Rossi het goedgekeurd?'

'Ik heb mijn man niet nodig om iets voor me goed te keuren. Geef me alsjeblieft een auto.'

Hij staat wat te friemelen, zichtbaar onzeker wat hij moet doen, en het lijkt erop dat ik hem zal moeten helpen beslissen.

'Negeer je mijn directe verzoek, Emilio?'

'Nee, natuurlijk niet, mevrouw Rossi. Ik zal meteen een auto voor u regelen.' Hij pakt snel zijn telefoon.

Ik hou er niet van om bij het personeel te laten zien wie de baas is, maar soms is het nodig. Het is niet gemakkelijk om in maffiakringen een vrouw te zijn. Ik heb te vaak gezien dat mijn moeder genegeerd werd als ze probeerde deel te nemen aan de 'mannengesprekken' tijdens familiediners. Hoewel ze een diploma in economie heeft, heeft niemand behalve mijn grootvader ooit om haar mening gevraagd. De maffiawereld wordt door mannen geregeerd en vrouwen worden vaak als minder belangrijk en zwak gezien. Het is absoluut noodzakelijk dat ik mijn standpunt vanaf het begin duidelijk maak als ik als gelijkwaardig wil worden behandeld. Ik heb in het huis van mijn grootvader nog nooit een probleem met autoriteit gehad. Hoewel ik de vrouw van een capo ben, zien ze me hier nog steeds als een negentienjarig meisje, en dat is niet iets dat Luca of ik ons kunnen veroorloven. Hij wilde me misschien niet, maar hij kreeg me, en ik zal niet als een last of een trofee vrouw eindigen.

Ik heb me er lang geleden bij neergelegd om de vrouw van een capo te worden. Ik ben er al sinds mijn tiende klaar voor. Terwijl andere meisjes van mijn leeftijd speeldates hadden en geobsedeerd waren door hun nieuwste verliefdheid op beroemdheden, leerde ik hoe ik interesse kon veinzen, zelfs wanneer een gesprek me dood verveelde. Ik heb geleerd hoe ik moet glimlachen en wat ik moet zeggen om mensen zich open te laten stellen en informatie te delen die ze normaal niet zouden delen. Evenals hoe ik mezelf een beetje dom kan laten lijken, als de situatie het vereist. Er waren belangrijke lessen over hoe je kunt doen alsof je het geweldig naar je zin hebt, zelfs als het enige wat ik wilde was naar mijn kamer gaan en alleen zijn. Maar de belangrijkste training die ik ooit heb gekregen was om nooit zwakte te tonen. Huil nooit als iemand het kan zien, en laat nooit zien of hun woorden je pijn doen. Ik kan in een tank vol haaien, mezelf niet toestaan om te bloeden, anders eten ze me levend op.

Terwijl mijn vriendinnen leuke jongens op social media aan het stalken waren, bracht ik uren zittend met mijn moeder door op sociale evenementen. Ik luisterde naar haar en leerde wie wie was in onze wereld en over hun rol in de familie, terwijl ze het uitlegde. Maar bovenal ontdekte ik de vuile was van iedereen, en daar was veel van. Ik glimlach vanbinnen bij de herinnering. Wat zou ik graag de gezichten zien van al die mannen die geloofden dat mijn moeder gewoon een mooi, onschuldig gezicht was. Ze hadden geen idee hoe gevaarlijk ze was.

Ik heb officieel nog niet meer dan de helft van de mensen in de familie ontmoet, maar dankzij mijn moeder weet ik wie affaires heeft met wie, wie een beetje te veel van gokken houdt en wiens tong er loskomt als ze een paar shots op hebben. Dat klinkt misschien als triviale dingen, maar in de Cosa Nostra betekent informatie macht. En macht is de belangrijkste valuta van alle spelletjes in de maffia-wereld.

Een zilveren sedan met getinte ramen parkeert aan de voorkant bij de stenen treden. De chauffeur stapt uit, opent de achterdeur en knikt naar me. 'Mevrouw Rossi.'

'Dank je, Emilio.' Ik glimlach naar de bewaker en ga de trap af, op weg naar de auto. 'Naar het huis van de don, Renato.'

De chauffeur kijkt me verbaasd aan, maar hij trekt zijn

kin recht en sluit de deur achter me. Ik geniet van de schok op de gezichten van mensen als ik ze bij hun naam aanspreek. De eerste les die mijn moeder me leerde was om elke naam te onthouden van elk persoon die ik ooit ontmoet.

Luca

Ik klop op de deur van Isabella's kamer en krijg geen antwoord.

Ze heeft me vandaag nog een paar keer gebeld. Ik was echter nog steeds te boos op mezelf over gisteravond, dus ik bleef haar negeren. Alsof niet met haar praten op de een of andere manier het beeld zou uitwissen dat ze haar rug kromde terwijl ze voor mijn neus masturbeerde, of het feit dat ik onmiddellijk na het verlaten van haar kamer een lange, koude douche moest nemen.

Ik klop weer. Niets.

'Isabella?' Ik doe de deur open en zie dat haar kamer leeg is.

Ik heb de woonkamer en de bibliotheek op de begane grond al gecontroleerd, maar ze was er niet. Misschien is ze bij Rosa. Ik loop door de gang en open Rosa's deur. Mijn dochter ligt uitgestrekt op het bed op haar rug en kijkt weer naar wat rotzooi op haar telefoon.

'Pap?' Ze kijkt naar me op. 'Mag ik mijn wenkbrauw piercen?'

'Wat? Nee, je mag niets piercen. Kijk je weer naar TikTik?' Ik ga die shit van haar telefoon verwijderen. Het heeft een slechte invloed.

'Het is TikTok, pap.' Ze giechelt. 'Hoe zit het met tatoeages?'

'Je bent zeven. Je kunt de komende vijftien jaar tatoeages of piercings vergeten, Rosa.'

'Wanneer heb jij je tatoeages gekregen?'

Twintig jaar geleden. Maar dat ga ik haar niet vertellen. 'Toen ik dertig was. Je kunt ze zelf ook nemen als je dertig bent.'

'Nee!'

Ik trek mijn wenkbrauwen naar haar op. 'Ja. Heb je Isabella gezien?'

'Ze was beneden voor de lunch. Maar ik heb haar daarna niet meer gezien.' Ze haalt haar schouders op en kijkt weer naar haar telefoon.

Perfect. Waar is die vrouw? Ik ga naar de eerste verdieping waar Damian zijn kamers heeft. Zijn slaapkamer is leeg, dus ik ga naar zijn kantoor.

'Waar is Isabella?' vraag ik vanuit de deuropening.

'Ik heb geen idee,' mompelt Damian zonder zijn ogen van het laptopscherm te halen. 'De vastgoedprijzen zijn opnieuw gestegen. We moeten een deel van de panden die we niet gebruiken verkopen.'

'Ze is niet in haar kamer of ergens anders in het huis.'

'Dan is ze waarschijnlijk nog steeds bij de don. Ik verkoop de appartementen die we in het centrum hebben. Ze kosten alleen maar geld, omdat je me niet toestaat ze te verhuren, en als we —'

'Wat!'

Hij kijkt naar me op. 'Wil je ze niet verkopen?'

'Wat doet ze in godsnaam bij de don? Wie is er met haar

meegegaan?' Ze zou toch niet zo roekeloos zijn geweest om zonder beveiliging weg te gaan.

'Ik weet het niet. Ik heb haar je nummer gegeven en nam aan dat je haar een bodyguard had toegewezen?'

Ik sluit mijn ogen en vloek. Ze is er zonder enige bescherming heen gegaan en het is mijn schuld. 'Ik heb haar telefoontjes niet opgenomen.'

Damians wenkbrauwen komen omhoog. 'Waarom niet?'

'Ik heb haar ontweken. Wie heeft haar naar het landhuis van Agostini gebracht?'

'Jij ontwijkt geen mensen. Is er iets gebeurd?'

'Wil je mijn verdomde vraag beantwoorden?'

Hij leunt achterover in zijn stoel en vouwt glimlachend zijn handen achter zijn hoofd. 'Waarom ben je ineens zo bezorgd? Het kon je nooit iets schelen wanneer Simona ergens heen ging zonder je te informeren.'

Omdat het me geen reet kon schelen als er iets met Simona gebeurde. Het idee dat Isabella het huis verlaat zonder bodyguard, ontketent echter een golf van paniek in mijn borst.

Ik doe een stap naar binnen en zet hem vast met mijn blik. 'Damian.'

'Jezus fuck. Het was tijdens Renato's dienst.'

Ik knars met mijn tanden. 'Zoek uit wie haar zonder een bodyguard het terrein heeft laten verlaten en laat hen weten dat als dat opnieuw gebeurt, er gevolgen zullen zijn. Bel dan Renato, en als ze nog steeds bij de don zijn, zeg hem dan dat hij daar moet blijven totdat ik er ben.'

'Waarom stuur je niet een van de beveiligers?'

'Doe het,' snauw ik en verlaat de kamer, terwijl ik Damian hoor lachen op het moment dat ik de deur achter me dichtdoe.

Het kost me dertig minuten om bij het landhuis van

Agostini te komen, meer dan genoeg tijd om mijn grillige gedrag te analyseren en geen conclusies te kunnen trekken. De kans dat er tussen het huis van de don en het mijne iets met Isabella zou kunnen gebeuren is bijna nihil, en toch blijf ik als een maniak het gaspedaal intrappen. Ik had Marco kunnen sturen om haar terug te brengen. Ik was toch van plan om hem als Isabella's bodyguard aan te stellen, maar ik heb een vreemde dwang om er zeker van te zijn dat ze in orde is.

En het idee dat ze tijd alleen doorbrengt met een andere man, zit niet lekker bij me. Misschien voel ik me overbezorgd omdat ze zo jong is. Ja, dat moet het zijn. Er is geen andere verklaring.

De bewakers bij de poort laten me doorgaan zonder te stoppen. Als ik het huis bereik, parkeer ik naast een zilveren sedan. Ik herken hem meteen als een van de mijne. En dat is voordat ik de eikel op de motorkap zie leunen.

'Ga terug naar huis,' blaf ik naar Renato op het moment dat ik uit mijn auto stap. 'En als je mijn vrouw ooit weer van het terrein laat gaan zonder beveiliging, dan ben je dood.'

'Ja, meneer Rossi.' Hij gaat rechtop staan, knikt en haast zich om in het voertuig te stappen.

Ik loop om het landhuis naar de tuin aan de andere kant waar ik Isabella altijd tijdens een bezoek aan de don heb gezien en ga richting het prieel. Isabella zit in een witte ijzeren stoel met haar rug naar mij toegekeerd en haar zus zit tegenover haar. Andrea ziet me als eerste en zegt iets tegen Isabella, waarschijnlijk om haar voor mijn aanwezigheid te waarschuwen. Ik verwacht dat mijn jonge vrouw gespannen raakt of zich verrast om zal draaien. Misschien zelfs een beetje bang zal zijn, omdat ze heel goed weet dat ze niet zonder een bodyguard weg had moeten gaan. Wanneer ze haar hoofd draait, ziet ze er in plaats daarvan volledig onverstoord uit.

Ik pak de arm van de stoel en draai hem om met Isabella erin, terwijl ik de krijsende geluiden negeer die de stoelpoten op het steen maken.

'Luca.' Ze knippert onschuldig naar me. 'Ik had jou hier niet verwacht. Wil je iets te drinken?'

Ik pak de andere armleuning en buk totdat we oog in oog zijn en ik in haar enorme ogen staar. 'Waarom heb je het huis verlaten zonder het me te laten weten?'

'Oh? Ben ik verplicht om mijn dagelijkse schema met je te delen?'

Mijn greep op de stoel wordt strakker. Ja, ik wil dat ze haar dagelijkse schema met me deelt. Ik wil weten wat ze doet en waar ze heen gaat. En dat is absoluut idioot.

'Nee,' laat ik mezelf zeggen. 'Maar je kunt het huis niet zonder een bodyguard verlaten.'

'Nou, als je een van mijn telefoontjes had beantwoord, dan zou ik het met je hebben besproken.' Ze haalt haar schouders op. 'Maar als het je van streek maakt, dan zal ik het niet meer doen.'

'Goed.'

'Betekent dat dat je vanaf nu zult opnemen als ik bel?'

Oh, ze houdt er echt van om me uit te dagen. Het maakt me pissig. En het windt me ook enorm op. Ik vraag me af of ze net zo pittig onder me zou liggen, als mijn pik in haar begraven zou zitten. Alleen al eraan denken geeft me een stijve.

'Misschien,' snauw ik.

Isabella kantelt haar hoofd een beetje omhoog en er is een nauwelijks merkbare beweging van haar lippen. 'Dat is goed genoeg.'

'Ben je klaar met je bezoek?'

'Ja,' zegt ze en de hoeken van haar lippen komen iets meer omhoog. 'Nemen we de stoel mee?'

Ik laat de stoel los en ga opzij. Isabella grijnst naar me terwijl ze naar haar zus loopt, die tijdens deze hele beproeving zwijgend naar ons heeft gestaard, en geeft haar een afscheidskus op haar wang.

'Tot zaterdag,' zegt Andrea en werpt een snelle blik in mijn richting.

Ik loop twee stappen achter Isabella terwijl ze over het gazon naar de oprit loopt en ik doe mijn best om mijn ogen van haar kont af te houden. Ze draagt vandaag een witte spijkerbroek, gecombineerd met een zijdezacht marineblauw shirt en sandalen met hoge hakken in dezelfde kleur. Terwijl ik naar mijn vrouw kijk, blijft de hak van haar linkerschoen achter iets in het gras hangen en struikelt ze een beetje. Onmiddellijk spring ik naar voren en grijp haar om haar middel, terwijl ik haar ondersteun. Isabella's lichaam spant zich onder mijn hand, maar het duurt maar een seconde of zo.

'Bedankt,' zegt ze, herwint haar evenwicht en blijft lopen, terwijl mijn hand van haar af valt.

Ik kijk naar beneden naar de ongelijke grond en dan naar haar hakken, die minstens tien centimeter hoog zijn. Ze zal haar been breken op die dingen. Ik zet twee snelle stappen en sla een arm om haar middel. Ik plaats de ander achter haar knieën en til haar op. Er is een nauwelijks hoorbare snak naar adem van verbazing, maar anders dan dat, zegt ze geen woord terwijl haar arm zich om mijn nek slaat. Ik vermijd oogcontact en houd mijn tanden op elkaar geklemd terwijl ik haar op weg naar de voorkant van het huis draag.

'Waar is Renato?' vraagt ze nadat ik haar naast mijn auto heb neergezet.

Ik doe de passagiersdeur open. 'Ik heb hem teruggestuurd.'

Isabella trekt een wenkbrauw op, stapt dan in het voertuig en kijkt recht vooruit door de voorruit.

Terwijl ik achteruit rij, vraag ik, 'Wat is er op zaterdag?'

'Een vriendin van ons geeft een verjaardagsfeestje.'

'Ga je?'

'Ja. Is dat een probleem?'

'Nee,' zeg ik en knijp in het stuur. 'Je neemt twee bodyguards mee.'

'Prima.'

We rijden een tijdje in stilte, maar ik blijf aan dat feest denken. Het zal waarschijnlijk in het huis van haar vriendin zijn. Ze zullen junkfood eten en films kijken. En roddelen.

'Waar is het?' vraag ik.

'Waar is wat?'

'Het feest. In het huis van je vriendin?'

Isabella kijkt me aan en lacht. 'We zijn geen twaalf. De meiden en ik gaan naar een club.'

Mijn knokkels worden wit van mijn doodgreep op het stuur. 'Welke?'

'Oeral.'

'Dat is de club van de Bratva.'

'Dat klopt.' Ze grijnst.

'Je gaat niet.'

'Natuurlijk ga ik wel. Mijn grootvader heeft een verdrag met hen getekend, dus we zijn nu bevriend met de Russen. Het is volkomen veilig,' zegt ze. 'Milene Scardoni komt ook, en aangezien ze haar zus meeneemt, is er geen reden tot bezorgdheid. Niemand durft ons te benaderen als Bianca's man daar is. Je kunt zelf ook meegaan als je wilt.'

'Ik ga niet naar het verjaardagsfeestje van een tiener.'

'Nou, ik had dat ook niet van je verwacht. Je zou er sowieso niet tussen passen.'

'Hoe dat zo?'

'Je bent te oud, Luca.'

Ik knars op mijn tanden, focus me op de weg voor me, en trap het gaspedaal helemaal in.

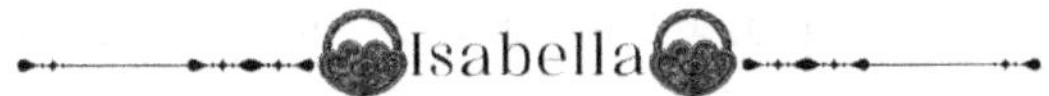Isabella

Ik open de bovenste la van het dressoir en bekijk mijn collectie sexy ondergoed en kanten nachthemden.

De meeste van hen heb ik op dezelfde dag gekocht dat Nonno me had verteld dat ik met Luca ging trouwen. Ik was zo verdomd opgewonden dat ik Andrea mee naar het winkelcentrum had gesleept om alle lingerie te kopen die ik kon vinden. Terwijl ik set na set probeerde, stelde ik me voor dat Luca elk van hen van mijn lichaam scheurde. Toen we thuiskwamen, had ik twee enorme tassen die tot de rand gevuld waren met zijde en kant.

Als ik een van de witte babydoll-nachtponnen optil, overweeg ik het, maar verander van gedachten en leg hem terug in de lade. Wit gaat hem niet worden. Te onschuldig. Laten we vandaag voor de zwarte gaan. Ik trek een korte zwarte nachtjapon en bijpassend slipje aan, doe de lamp uit en klim in bed. Het is showtime.

Net als de vorige nacht, zelfs geen minuut nadat ik ben

begonnen, gaat de deur die mijn kamer met die van Luca verbindt open en onthult het zachte licht achter hem zijn grote gestalte. Hij staat op de drempel en zijn handen grijpen het deurkozijn aan weerszijden van hem vast. Ik kan zijn gezicht niet zien, alleen de verlichte vorm van zijn lichaam, maar ik weet dat hij naar me kijkt.

Ik laat mijn hand nog verder zakken en schuif hijgend een vinger in mijn poesje. Luca leunt een beetje naar voren, maar grijpt dan het deurkozijn nog harder vast alsof hij in oorlog is met zichzelf over de vraag of hij wel of niet binnen moet komen. Heeft hij een stijve? Ik doe mijn benen iets meer open en plaag mijn clitoris met mijn andere hand, terwijl ik me zijn pik inbeeld in plaats van mijn vinger. De ademhaling die mijn mond verlaat, hapert naarmate mijn bewegingen sneller worden en al snel beginnen trillingen door mijn lichaam te gaan.

Ik bijt op mijn onderlip en, zonder mijn ogen van Luca af te wenden, schuif ik nog een vinger naar binnen. Een zucht verlaat mijn mond terwijl ik een orgasme krijg en bijna een volle minuut op een golf van genot rijd. Als ik van de hoogte naar beneden daal, schuif ik langzaam mijn hand uit mijn slipje en breng hem naar mijn mond, terwijl ik mijn vingertoppen aflik. Een vreemd grommend geluid komt uit de richting van de deur. Ik kantel mijn hoofd naar de zijkant, en kijk naar Luca's dreigende gestalte in de deuropening en spreid mijn benen nog meer in een stille uitnodiging. Hij beweegt niet van zijn plek, staat daar gewoon doodstil en houdt het frame vast. Hij kijkt naar me. Er is een gedempte Italiaanse vloek, en dan draait hij zich om en gaat terug naar zijn kamer en slaat de deur achter zich dicht.

Hoofdstuk
6

IK HOOR ISABELLA'S DEUR NAAR DE GANG OPENGAAN EN weerhoud mezelf er nauwelijks van om naar buiten te rennen om haar te onderscheppen. Ik had haar moeten verbieden naar die club te gaan, haar in haar kamer op moeten sluiten en de sleutel weg moeten gooien.

Ik heb er geen reden voor dat het me een reet zou kunnen schelen waar ze heen gaat. Ze zal Marco en Nicolas bij zich hebben, dus ze zal volkomen veilig zijn. En ik heb ervoor gezorgd dat ze elke man afschrikken die het lef heeft om haar te benaderen. Toch blijf ik naar de laptop staren zonder de cijfers op het scherm te zien. Ik ben te gefocust op het geluid van hoge hakken die op het hardhout klikken terwijl Isabella langs mijn deur loopt.

Er gaan vijf minuten voorbij. Het geronk van een auto als hij de oprit verlaat, bereikt me door het raam. Ik blijf naar het scherm staren. Zeven dagen. Dat is hoelang het geleden is dat ze mijn vrouw werd en ze heeft sindsdien met mijn hersenen geknoeid. Het begon de eerste nacht dat ik haar betrapte toen ze zichzelf bevredigde. Tot dat moment had ik mezelf ervan overtuigd dat ze nog een kind was en dat op een andere manier aan haar denken ziek zou zijn. Nou, ik heb haar daarna niet meer als een puber kunnen beschouwen, ook al heb ik het geprobeerd, omdat ze elke avond met haar poesje blijft spelen. En als de zieke klootzak die ik ben, kom ik elke keer kijken.

Overdag vermijd ik haar ten koste van alles, houd me bezig met werk, maar 's nachts kan ik niet wegblijven. Op het moment dat ik haar eerste kreun hoor, voel ik dat ik naar die verdomde deur getrokken word. En dan open ik hem en sta ik als een psychopaat op de drempel, naar Isabella kijkend die haar lichaam kromt met haar hand tussen haar benen. De eerste paar nachten droeg ze pyjama's, maar toen schakelde ze over op korte zijden nachthemden, haar kanten slipje is het enige dat mijn zicht belemmerde. Ze waren gisteravond roze en ik slaagde er nauwelijks in om mezelf ervan te weerhouden naar dat bed te rennen, de kanten stof van haar lichaam te scheuren en *mijn* hand op haar poesje te gebruiken. Of nog beter, mijn mond.

Er zijn nog twee minuten verstreken. Ik doe de laptop dicht. Ze heeft me zien kijken. En niet alleen dat, maar ze stopt ook niet als ze merkt dat ik in de deuropening sta te loeren. Ze vangt mijn blik en houdt hem vast alsof ik haar gevangene ben, zonder haar ogen ook maar een seconde af te wenden tot het laatste moment waarop de trillingen haar lichaam overnemen voordat ze komt. Ze weet dat ik elke keer kijk, en door dat feit word ik nog harder. Ik moest mijn eigen ontlading vinden — onder de douche had ik mijn pik vastgepakt en me ingebeeld dat ik in haar zat totdat ik over mijn hele hand explodeerde. Een vijfendertigjarige man die onder de douche aan zijn pik staat te trekken terwijl hij over een ne-gentienjarig meisje fantaseert. Godverdomme.

Alleen maar omdat Isabella zich als iemand gedraagt die veel ouder is, maakt het niet beter. Dat geldt ook voor het feit dat ze de volgende ochtend doet alsof er niets is gebeurd. Ze komt naar beneden voor het ontbijt, helemaal vorstelijk en beheerst — onberispelijke manieren en een kalm gezicht — alsof alles perfect in orde is.

Er kruipt nog een minuut voorbij. Ik ga echt niet naar dat feestje om achter haar aan te gaan. Naar een club vol an-dere mannen. Jongere mannen. Ik sluit mijn ogen en haal diep adem. Fuck.

Ik spring van mijn bureau, pak mijn holster en het jasje van de stoel, vloek weer en verlaat de kamer.

Er zijn minstens honderd andere vrouwen in de club, de meesten van hen dragen strakke korte jurken. En wie heeft de strakste en de kortste? Mijn vrouw. En alsof dat nog niet erg genoeg was, is het wit, waardoor ze onder de neonlichten als een vuurtoren straalt.

Ik pak een glas Seltzer van de bar en hou hem stevig in mijn hand vast. Ik drink geen alcohol, maar als ik Isabella vanaf mijn plek in de donkere hoek bekijk, ben ik serieus ge-neigd om ermee te beginnen. Ze staat aan een hoge ronde tafel, haar zus aan haar rechterkant, en Milene Scardoni en twee meisjes die ik niet herken aan de linkerkant. Nicolas en Marco staan een paar passen achter haar en kijken naar de menigte. Ik zie Bianca Scardoni aan het einde van de bar zit-ten. Ze heeft haar Russische man om zijn nek vast en glimlacht terwijl hij iets in haar oor fluistert. Mikhail Orlov in een nacht-club. Ik schud mijn hoofd. Dat ik dat nog mocht meemaken.

Er zit een groep jongens aan de tafel naast die van Isabella. Ik had ze al gezien op het moment dat ik binnenkwam. Een van hen in het bijzonder. Hij is begin twintig, blond en draagt een strak zwart T-shirt. Hij leunt met zijn ellebogen op de tafel op een manier die zijn slank ogende biceps laat zien. Mijn greep op het glas in mijn hand wordt steviger. Milene en de andere twee meisjes kijken in zijn richting en giechelen, maar hij is op mijn vrouw gefocust, of iets specifieker, haar decolleté. Isabella kijkt niet naar hem. Ze lijkt geïnteresseerd te zijn in Bianca Scardoni en haar man. Terwijl ik kijk, roept het blonde kind de ober, zegt iets in zijn oor en gebaart met zijn hand naar Isabella. De ober knikt en vertrekt. Heeft die kleine klootzak het lef om mijn vrouw een drankje te geven?

Het glas in mijn hand breekt.

Ik kan mijn ogen niet van Milene's zus en haar man afhouden. Ze zitten al aan de bar sinds we aankwamen, en ondanks de menigte, lijken ze zich niet bewust te zijn van alles wat er om hen heen gebeurt. Ik herinner me niet dat ik ooit een man naar een vrouw heb zien kijken zoals Bianca's man naar haar kijkt. Het is alsof ze het belangrijkste wezen in het hele universum is. Dat wil ik. Ik zou het geweldig vinden als Luca zo naar me keek, om zijn zon en lucht te zijn en alles wat daartussenin zit.

Ik was op hun bruiloft. Dat was iedereen. Het komt niet vaak voor dat de Bratva en Cosa Nostra besluiten om zich op zo'n manier te verbinden. Ik herinner me nog de collectieve zucht toen duidelijk werd met wie Bianca Scardoni zou trouwen. Iedereen ging ervan uit dat het de blonde, verwaande Kostya zou zijn. Maar toen de enorme, donkerharige man met een zwaargehavend gezicht en een ooglapje voor de trouwambtenaar stapte, was ik in shock, samen met alle anderen. Het geruïneerde gezicht van haar man lijkt Bianca geen moer te schelen of dat hij een oog mist, aangezien ze naar hem kijkt alsof hij de mooiste man op aarde is.

Er komt een ober mijn kant op, en belemmert mijn zicht op het paar. Hij zet een fles witte wijn op de tafel voor me.

'Juffrouw,' zegt hij, 'de heer van die tafel heeft u dit gestuurd.'

Ik krijg niet de kans om het af te wijzen omdat een hand van achter me naar voren reikt, de fles vastpakt en hem terug in de borst van de verwarde ober duwt.

'*Mevrouw* Rossi is niet geïnteresseerd,' blaft Luca's diepe stem boven mijn hoofd.

Ik haal diep adem. Hij is gekomen. Ik voel een dwaze behoefte om van geluk te gillen, maar ik krop het op en hou mijn gezicht in de plooi, terwijl ik over mijn schouder naar hem kijk. 'Was je in de buurt?'

'Ja,' zegt hij, zijn ogen zijn op de tafel naast ons gericht.

Ja, tuurlijk. Ik zucht en neem een slok van mijn sinaasappelsap.

Ik ben maar één keer in mijn leven dronken geweest, op de avond van mijn achttiende verjaardag van amper twee glazen wijn. Nadat de gasten waren vertrokken, had ik een fles uit de keuken gestolen en had Andrea naar mijn kamer gesleept zodat ze me gezelschap kon houden tijdens mijn persoonlijke feestje van medelijden. Ik had geluk dat er niemand anders was dan zij om er getuige van te zijn, want van wat Andrea me 's ochtends vertelde, giechelde ik eerst als een gek, had toen twee uur over Luca gepraat, was toen gaan huilen en heb de rest van de nacht op het toilet zitten braken. De enige twee dingen die ik me herinner zijn 'Total Eclipse of the Heart' van Bonnie Tyler en Andrea die mijn haar vasthield terwijl ik mijn ingewanden eruit kotste. Sindsdien heb ik geen druppel meer op. Niet omdat ik er iets tegen heb, maar omdat ik niet het risico wil lopen om Luca-gerelateerde dingen eruit te gooien met iemand anders in de buurt.

Terwijl ik van mijn sap nip en naar de menigte kijk, vraag ik me af of hij iets gaat doen, misschien een gesprek met me beginnen of me aanraken. In plaats daarvan staat hij vlak achter me, onbeweeglijk en stil, dreigend als een waterspuwer. De man van de groep naast ons werpt een blik in mijn richting en het volgende moment bevinden Luca's armen zich aan weerszijden van mij, terwijl zijn handen de rand van de tafel vastgrijpen. Ik sluit even mijn ogen en probeer mijn innerlijke onrust te bedaren. Aan bijna alle kanten omringd te zijn door zijn lichaam, zijn aftershave in te ademen, en hem niet durven aan te raken, maakt me gek. Wat zou hij doen als ik me omdraaide, mijn handen om zijn nek legde en zijn hoofd naar beneden zou trekken voor een kus? Lieve God, ik stel me al zo lang voor hoe het zou voelen om door Luca gekust te worden, maar het is te snel. Hij heeft tijd nodig om over zijn problemen met ons leeftijdsverschil heen te komen. Ik ga het niet riskeren dat hij zich nog verder terugtrekt. Ik geef mezelf nog een paar seconden om te ontspannen en open dan mijn ogen.

'Wat is er met je hand gebeurd?' vraag ik, terwijl ik naar

een stuk doek kijk dat een keukendoek lijkt te zijn, dat om zijn linkerhand gewikkeld zit.

'Ik heb mezelf aan gebroken glas gesneden,' komt het antwoord van boven mijn hoofd.

Waar heeft hij in godsnaam gebroken glas gevonden? 'Het bloedt nog steeds. Je moet naar huis gaan en die snee schoonmaken.'

'Het gaat prima.'

Het gaat prima. Ik rol met mijn ogen.

Ik draai me om naar Andrea, die doet alsof ze geïnteresseerd is in iets voor haar, maar ik weet dat ze luistert. 'Ik ga naar huis. Wil je blijven?'

'Ja, ik ga met Milene terug.'

'Marco en Nicolas zullen bij je zus blijven,' zegt Luca.

'Ze kunnen naar huis. Gino is bij haar.' Ik knik naar de bodyguard van mijn zus die verder naar achteren tegen de muur leunt en geef Andrea dan een kus. 'Ik bel je morgen.'

Nadat ik afscheid heb genomen van de andere meisjes, draai ik me om en ga weg, met Luca vlak achter me aan — mijn stille, torenhoge schaduw. We zijn bijna bij de uitgang als de man die me eerder aan het bekijken was en drie van zijn vrienden ons afsnijden. Hij zegt iets in het Russisch en glimlacht, in mijn richting knikkend. Het volgende moment vallen al zijn vrienden Luca aan.

Ik staar en sta als genageld aan de grond, terwijl een van hen met zijn vuist naar Luca's hoofd uithaalt. Luca duikt weg en grijpt de schouders van de man en stoot dan zijn knie in de maag van de man. Een van de overgebleven twee jongens grijpt Luca van achteren en de andere slaat zijn vuist in Luca's zij. Een hand slaat zich om mijn bovenarm en trekt me achteruit de menigte in.

Ik schreeuw en probeer te ontsnappen, zonder mijn ogen van Luca af te wenden, die erin geslaagd is om los te komen en in het proces slaat hij het gezicht van zijn aanvaller tot moes. De persoon die me vasthoudt, trekt weer aan mijn arm en ik draai me om om de man te zien die me het drankje had gestuurd. Ik geef de klootzak met al mijn kracht een knietje in zijn ballen. Hij schreeuwt het uit en slaat voorover, terwijl hij zijn kruis vasthoudt.

Als ik terugkijk naar waar Luca net was, lijkt het gevecht voorbij te zijn. Een van de aanvallers ligt bewusteloos op zijn zij. Luca heeft de andere man met zijn gezicht op de grond gedrukt en houdt de arm van de man achter zijn rug gebogen. Ik zie de laatste klootzak niet meteen omdat het enorme gestalte van Bianca's man mijn zicht belemmert. Mikhail heeft zijn hand om de keel van de man geslagen en houdt hem tegen de muur gedrukt. De voeten van de man bungelen een meter van de grond. Luca staat op en duwt zijn man naar het beveiligingspersoneel die hem naar de uitgang sleept.

Ik ren naar Luca toe terwijl hij zich omdraait om me te zoeken. Als ik dichterbij kom, schiet zijn arm naar voren, grijpt me om mijn middel en trekt me tegen zijn lichaam. Hij pakt met zijn vrije hand mijn kin vast en kantelt mijn hoofd omhoog.

'Heeft hij je pijn gedaan?' vraagt hij met een lage stem.

'Nee,' zeg ik schor.

Luca knikt en ademt uit, zijn neusvleugels trillen. 'Je draagt die jurk nooit meer.'

'Oké.' Ik knipper met mijn ogen naar hem. Gaat hij me kussen? Onze gezichten zijn zo dicht bij elkaar, en op basis van de manier waarop hij naar me staart, lijkt het alsof hij dat zou kunnen doen. Ik stop met ademen en wacht.

'Laten we je zus en vriendinnen halen,' zegt hij en laat mijn kin los. 'Ik wil niemand van jullie meer in een Russische club zien.'

Het lijkt erop dat ik die kus toch niet krijg. Terwijl we terug naar de tafel lopen om Andrea en de meisjes te halen, slaag ik er nauwelijks in om de behoefte op te kroppen om van frustratie te schreeuwen.

Luca zegt niets tijdens de rit naar huis van dertig minuten en ik doe alsof ik door mijn raam naar buiten kijk. Wanneer we bij het huis aankomen, opent hij mijn deur voor me en volgt me naar binnen en dan de twee trappen op totdat we onze slaapkamers bereiken. Het lijkt erop dat we terug bij af zijn en ik doodgezwegen word.

'Ik ga douchen en dan kom ik naar je hand kijken.' Zeg ik terloops en ga mijn kamer in.

Als de situatie anders was, zou ik zijn snee hebben verzorgd voordat ik iets anders deed, maar ik heb tijd nodig om van de emotionele overbelasting te kalmeren zodat ik onverschillig kan blijven doen. Waarom maakt hij dit verdomme zo moeilijk?

Nadat ik klaar ben met douchen, kleed ik me in een van de korte zijden nachthemden die mijn decolleté onthult, en ga door de deur die onze kamers verbindt. Ik ben niet van plan om het hem gemakkelijk te maken.

Ik zie Luca nergens in zijn slaapkamer, maar de deur naar de badkamer is open, dus ik ga die kant op en stop bij de drempel. Hij staat in niets anders dan een losse zwarte joggingbroek bij de wasbak en even vind ik het moeilijk om te blijven ademhalen. Ik heb Luca nog nooit zonder shirt gezien en ik kan mijn ogen niet van de perfectie afhouden die zijn lichaam is.

Hij is gespierder dan ik had kunnen vermoeden. Die overhemden verbergen veel te veel. Afgezien van zijn bouw, hebben ze ook zijn tatoeages verstopt. Er is een zwart geometrisch patroon dat een sleeve om zijn rechterarm vormt, terwijl op zijn linkerschouder en biceps een ander zwart en grijs ontwerp zit. De voorkant van zijn romp heeft geen tatoeages, maar ik kan zien dat er iets op zijn bovenrug zit dat op een enorme vogel in vlucht lijkt. Wat mij het meest opvalt, is zijn haar. Het is nat en hangt los en bereikt zijn schouderbladen. De enige keer dat ik zijn haar los heb gezien, was dertien jaar geleden, en als ik het nu zo zie, raakt het me recht in de borst. Het moment voelt op de een of andere manier intiem.

Hij houdt zijn hand boven de waterbak onder de waterstraal. Ik snak naar adem als ik zijn toestand zie. 'Oh, God.'

Er zit een diepe snee in het midden van zijn handpalm en het bloed loopt er nog steeds uit. Ik kan niet precies bepalen hoeveel omdat het snel wordt weggespoeld.

Luca kijkt naar me op, zijn ogen stoppen een paar seconden bij de diepe V-hals van mijn nachthemd, dan trekt hij snel zijn blik weg en zet het water uit.

'Het ziet er erger uit dan het is,' zegt hij zonder me nog een blik te gunnen.

'Dat moet gehecht worden.'

'Damian zal me oplappen als hij thuiskomt.'

Hij pakt een handdoek, wikkelt hem om zijn handpalm en reikt dan naar de EHBO-kist naast de wasbak. Als ik de badkamer binnenstap, sta ik naast hem, pak de EHBO-kist uit zijn hand en begin er kompressen en verbanden uit te halen.

Ik kies voor het grootste kompres, scheur de verpakking open en vouw het gaas meerdere malen op.

'Haal de handdoek weg,' zeg ik, en ik dwing mijn maag te stoppen met zich om te draaien. Het is een understatement om te zeggen dat ik niet zo goed tegen bloed kan.

Luca doet wat ik zeg en ik druk snel het gevouwen gaas tegen de snee. Ik houd hem met mijn linkerhand op zijn plaats en rol het zelfklevende verband om zijn handpalm.

'Strakker.'

Ik knik, rol het verband terug, trek iets meer aan het verband, en probeer mijn onregelmatige ademhaling onder controle te krijgen. Hij is zo dichtbij dat als ik een beetje naar voren leun, mijn voorhoofd tegen zijn borst wordt gedrukt.

'Strakker, Isabella,' zegt Luca naast mijn oor.

Mijn vingers beginnen een beetje te trillen en ik weet zeker dat hij het opmerkt, maar hij zegt niets. Als ik klaar ben, zet ik het verband vast, haal diep adem en hef mijn ogen op om te zien dat hij naar me kijkt. Zijn gezicht staat in harde lijnen, zijn kaak staat strak. *Doe iets, verdomme! Raak me tenminste aan,* wil ik tegen hem schreeuwen. In plaats daarvan staar ik gewoon terwijl hij zich omdraait en de badkamer verlaat.

Ik wil schreeuwen. Ik moet met al mijn wilskracht vechten om niet achter hem aan te rennen en hem zo hard als ik kan op zijn borst te slaan. Misschien zou hij dan een beetje van de pijn waarnemen die me elke keer dat hij me de rug toekeert van binnenuit verscheurt. Ik wil in zijn armen springen, mijn handen in zijn haar begraven en hem verwoed kussen. Overal. Maar ik doe geen van die dingen, en ga gewoon terug naar mijn kamer.

Zal hij zitten wachten om mijn nachtelijke show te beginnen zodat hij weer kan komen kijken? Het is goed om te observeren, maar niet om aan te raken? Heb ik soms de verdomde pest? Nou, hij kan me wat. Hij kan de hele nacht wachten.

Ik verlaat mijn kamer, daal de twee trappen af en sla linksaf de keuken in. Het is bijna één uur in de ochtend en er is niemand in de buurt, dus ik begin de kasten een voor een te openen totdat ik een voorraad wijn vind. Ik pak de eerste fles die ik zie, pak op weg naar buiten de flesopener en een glas en ga de trap weer op naar mijn kamer.

Ik vul het wijnglas bijna tot de rand en laat de fles op het nachtkastje staan. Ik ga op het bed met mijn rug tegen het hoofdeinde zitten, met het glas in één hand en pak mijn telefoon in mijn andere hand. Ik heb een afspeellijst met rockballads waar ik naar luister als ik me down voel, dus ik zet hem op. Ik zit in m'n eentje te drinken en neurie mee met Bon Jovi. Triest. Nou, dat is niets nieuws.

Ik ben met mijn derde glas bezig als de deur tussen onze kamers opengaat. Ik kijk op van mijn telefoon en zie Luca in de deuropening boos naar me staren.

'Vanavond is er geen show,' zeg ik en sluit mijn ogen.

Gedurende een paar seconden is er alleen een stilte en dan hoor ik het gedempte geluid van blote voeten die over de vloer in mijn richting lopen.

'Je bent te jong om alcohol te drinken, Isabella.'

Ik kan niet anders dan lachen. Wat een hypocriet. Ik doe mijn ogen open. Hij staat bij mijn bed, zijn armen zijn over elkaar geslagen en zijn lippen vormen een dunne lijn. Zijn haar zit weer vast. Wat jammer.

'Dus je zegt dat ik dit weg moet gooien?' Ik trek mijn wenkbrauwen op en knik naar het glas in mijn hand.

'Ja.'

'Oké.' Ik haal mijn schouders op. Glimlach. En gooi vervolgens de inhoud van het glas in zijn gezicht. 'Heb je nog andere verzoeken, manlief?'

Luca sluit even zijn ogen, maar als hij ze opent, is de blik die hij me geeft zo vol woede dat ik waarschijnlijk in mijn broek zou hebben geplast als ik niet dronken was geweest. Hij heeft ook een ader aan de zijkant van zijn hals, een die ik altijd ongelooflijk sexy heb gevonden, die momenteel pulseert. Oh, hij is echt boos. Plotseling schiet zijn hand naar voren om me achter mijn nek te grijpen, en hij leunt naar voren zodat onze neuzen elkaar bijna raken. Door de manier waarop hij met zijn tanden knarst, ben ik bang dat hij ze zal verbrijzelen als hij er niet snel mee stopt.

'Je had me moeten vertellen dat dit ervoor nodig was dat je me aan zou raken.' Ik kantel mijn kin omhoog. 'Als ik het had geweten, dan had ik dit de eerste nacht gedaan.'

Hij haalt onmiddellijk zijn hand uit mijn nek. 'Je bent een tiener,' blaft hij. 'Ik ben niet van plan je op enige manier aan te raken.'

'Als dat het geval is, dan zal ik iemand anders moeten zoeken. Iemand die *wel* aan mijn behoeften voldoet.'

'Probeer het,' fluistert hij. 'Je zult het niet leuk vinden wat er dan gaat gebeuren.' Door de manier waarop zijn ogen flikkeren raak ik gespannen, maar ik trek me niet terug.

'Ik ben misschien negentien, Luca, maar ik weet wat ik wil en wat ik nodig heb. Ik wil meer dan mijn eigen hand die me 's nachts klaar laat komen.' Ik leun in zijn gezicht. 'Als jij niet geïnteresseerd bent, dan zal ik iemand zoeken die dat wel is. En je hebt niet het recht om me dat te ontzeggen, omdat je duidelijk niets aan mijn probleem wil doen.'

Luca staart me met uitpuilende ogen aan, zijn ademhaling

wordt sneller en zijn neusvleugels bewegen, waarna hij zijn hoofd opzij draait. Er is een luide knal als hij met zijn vuist het hoofdeinde raakt.

'Prima,' zegt hij tussen opeengeklemde tanden en draait zich naar de deur van zijn kamer. 'Veel plezier.'

Hij loopt naar de deur en ik probeer mijn tranen in te houden, in ieder geval totdat hij de kamer verlaat. Ik kan niet geloven dat hij me liever met iemand anders laat neuken. Wanneer hij de deur bereikt, stopt hij en grijpt hij de deur met beide handen vast. Hij laat zijn hoofd hangen en blijft geruime tijd in die positie staan.

Een gemompelde vloek. Een andere *BAM* weerklinkt door de kamer terwijl hij met zijn handpalm de deurpost raakt. Nog een paar vloeken, en dan draait hij zich om en marcheert naar me terug.

Hij bereikt het bed in twee lange passen en gaat voor een lang moment alleen aan het voeteneinde staan om naar me te staren. Ik haal diep adem en houd hem vast, terwijl ik wacht. Het voelt alsof mijn hart gestopt is met kloppen. Plotseling leunt hij naar voren en pakt met zijn handen mijn enkels. Met een plotselinge ruk trekt hij me naar zich toe. Het glas dat ik vast had, glijdt uit mijn hand en valt op het dikke tapijt naast het bed.

Er is een tik in Luca's kaak te zien en hij fronst terwijl hij zich bukt en de zoom van mijn nachthemd in zijn vuisten grijpt. Zijn onderarmen spannen zich aan terwijl hij mijn nachthemd in één snelle ruk scheurt. Hij is boos. Het is duidelijk in elke beweging te zien en door de manier waarop hij zijn kaakspieren op elkaar klemt. Het kan me niet schelen. Ik heb hier zo lang op gewacht, en ik ga het op elke manier nemen die ik kan krijgen en ik ga van elk moment ervan genieten.

Mijn adem hapert als hij op de grond knielt en mijn benen over zijn schouders legt. Hij begraaft zijn gezicht tussen mijn benen en inhaleert. Ik bijt op mijn onderlip en voel mijn nattigheid het kanten slipje doorweken, de enige barrière tussen mijn poesje en zijn mond. Maar hij trekt hem niet uit. In plaats daarvan drukt hij zijn lippen op het kant, net boven mijn kern, en ademt uit. Ik pak het dekbed vast, krom mijn rug, en kom bijna al doordat ik zijn warme adem voel. De ruwe huid van zijn handpalmen streelt langs mijn dijen terwijl hij zijn handen naar mijn middel schuift en zijn vingers in de tailleband van mijn slipje laat glijden. Zijn onderarmen spannen zich weer aan, en er is nog een scheurend geluid. Hij verwijdert het stukje stof dat ooit mijn slipje was en even later voel ik zijn tong.

De eerste lik is langzaam. Plagend. Ik knijp harder in het dekbed terwijl er trillingen door mijn lichaam gaan. Hij likt me weer, dan duwt hij zijn tong in mijn opening voor een moment voordat hij op mijn clitoris begint te zuigen. Ik hijg al, maar als hij zijn vinger toevoegt, voel ik de druk steeds meer toenemen. Een tweede vinger komt in me en ik sluit jammerend mijn ogen. Ik trek zijn haarband eruit en rijg mijn handen in zijn haar. Het gevoel ervan tussen mijn vingers is meer dan ik me ooit had kunnen voorstellen. Het is nog steeds nat, van zijn douche of van de wijn die ik naar hem heb gegooid. Zijn tong omcirkelt mijn clitoris, dan zuigt hij erop, en tegelijkertijd doet hij iets in me met zijn vinger. Ik slaak een luide kreun terwijl mijn hele lichaam begint te trillen. Ik voel me gewichtloos, alsof ik in de lucht zweef. Wanneer hij zijn duim op mijn clitoris naast zijn tong legt en een beetje druk uitoefent, explodeer ik.

Mijn benen trillen nog steeds als hij ze van zijn schouders laat zakken en ik heb geen energie meer om enig deel van mijn lichaam te bewegen. Luca staat op, schuift zijn armen onder mijn rug en knieën en verplaatst me naar het midden van het bed.

Hij bedekt me met een deken en bukt zich om in mijn oor te fluisteren, 'Als ik zie dat een andere man je aanraakt, dan zal hij sterven. Het zal een zeer onaangename dood zijn.' Hij legt de deken om mijn schouders. 'En je zult je eigen poesje niet meer bevredigen. Als je je probleem, zoals jij het noemde, opgelost moet hebben, dan kom je naar mij. Heb je dat begrepen, tesoro?'

'Ja,' zeg ik hees.

Hij knikt en gaat terug naar zijn kamer, waardoor ik verzadigd en absoluut geschokt achterblijf.

Hoofdstuk

7

Isabella

ALS IK HAD VERWACHT DAT LUCA ME MINDER KOUD ZOU behandelen na wat er gisteravond is gebeurd, dan zou ik me ernstig vergissen. Als ik beneden kom voor het ontbijt, is hij er al met Rosa en Damian. Rosa neemt nog snel een paar happen en haast zich naar haar kamer om haar spullen in te pakken. Vandaag brengt ze met haar moeder door. Luca staat kort na haar op en zegt dat hij werk te doen heeft en verdwijnt, waardoor Damian en ik aan tafel achterblijven.

'Wat is er tussen jullie twee aan de hand?' vraagt Damian op het moment dat Luca uit het zicht is.

'Niets.' Ik neem een slokje van mijn sap. 'Waarom vraag je dat?'

Hij leunt achterover in zijn stoel, slaat zijn armen over elkaar en glimlacht. Een ding dat me aan Damian is opgevallen, is dat niets aan zijn aandacht ontsnapt. Hij kan noncha-lant overkomen, altijd lachen en grapjes maken, maar zijn ogen

verraden hem. Er zit puur intellect en berekening in verborgen. Hij speelt zijn rol van een zorgeloze jongere broer be-
hoorlijk goed. Als ik niet zo bedreven was in het doen alsof,
dan had ik het misschien gemist.

'Je bent verliefd op mijn broer,' zegt hij.

Ja, hij ziet zeker meer dan dat ik dacht.

'Dus?' vraag ik en blijf eten. Het heeft geen zin om het
te ontkennen.

Damian lacht en schudt zijn hoofd. 'Sinds wanneer?'

'Jaren.' Ik haal mijn schouders op. 'Wat heeft me verraden?'

'De manier waarop je naar hem kijkt als je denkt dat niemand kijkt. Weet hij het?'

'Nee. En je gaat het hem niet vertellen.'

'Dat was ik niet van plan. Jullie relatie is niet mijn probleem. Maar waarom zou je het hem niet vertellen?'

Ik vraag me af of ik het wel of niet moet uitleggen. Hij
weet al dat ik verliefd ben op Luca. Misschien heeft hij enig
inzicht in het idiote gedrag van zijn broer.

'Omdat hij me behandelt alsof ik een besmettelijke ziekte
heb,' zeg ik. 'Hij kan zich niet over ons leeftijdsverschil heen
zetten. Hij ziet me als een kind.'

Damian begint met een lepel in zijn koffie te roeren,
hoewel ik hem dat nog geen minuut eerder heb zien doen.

'Ja, ik snap wel dat dat een probleem voor hem kan zijn,'
zegt hij uiteindelijk en kijkt naar me op. 'Luca en ik zijn half-
broers. Zijn moeder heeft zelfmoord gepleegd toen Luca een
baby was.'

Ik knipper met mijn ogen. Dat wist ik niet, en ik dacht
echt dat Damian en Luca dezelfde ouders hadden. Hoe komt
het dat ik dit nog nooit heb gehoord? 'Oké. Wat heeft dat met
mijn situatie te maken?'

'Luca's moeder was achttien toen ze met onze vader trouwde. Het was een gearrangeerd huwelijk,' zegt Damian. 'Mijn vader was veertig.'

Ik sluit mijn ogen. Shit.

'Van wat ik weet, was Luca's moeder mentaal niet stabiel,' vervolgt hij. 'Ze kon niet met de verplichtingen omgaan die gepaard gingen met de positie van de vrouw van een capo te zijn, of met iemand getrouwd te zijn die zoveel ouder was dan zij. Onze vader was een harde man. Ze was jong en afgeschermd opgevoed. Uiteindelijk is ze onder de druk bezweken.'

'Dus, wat had je broer verwacht toen hij met me trouwde? Dat we als huisgenoten zouden leven totdat hij me oud genoeg acht om mijn status naar een vrouw te upgraden en seks met me te hebben?'

Damian krimpt ineen. 'Waarschijnlijk.'

'Oh, dan staat hem een verrassing te wachten.'

'Push hem niet te veel. Je bent er al in geslaagd om goed met zijn hoofd te knoeien. Luca is hels om mee om te gaan als hij geagiteerd is.'

'Ik denk niet dat ik met iets geknoeid heb. Hij geeft nog steeds geen fuck om me.'

Damian neemt langzaam een slok van zijn koffie, maar blijft me in mijn ogen aankijken. 'Weet je wat mijn broer heeft gedaan toen hij Simona met haar bodyguard in bed vond?'

Ik slik mijn sap door. 'Heeft ze hem bedrogen?' Wie zou er met gezond verstand Luca bedriegen?

'Luca heeft de bodyguard in zijn hoofd geschoten en hij heeft Simona midden in de nacht naakt naar buiten gegooid. Toen het dienstmeisje me vertelde wat er aan de hand was, ben ik mijn kamer uitgekomen om te zien of hij in orde was.' Hij schudt zijn hoofd. 'Luca had het personeel de opdracht gegeven om op te ruimen, begroette het meisje dat bij me was, liep toen de trap op naar de tweede verdieping en ging naar bed. De volgende ochtend zei hij dat hij in tijden niet zo goed had geslapen.'

'Dus?'

'Stel je mijn verbazing voor toen ik hem gisteravond woedend het huis uit zag stormen. Ik vroeg wat er aan de hand was, en hij zei, en ik citeer, "Ze is naar een fucking club gegaan", stapte toen in zijn auto en hij was binnen enkele seconden weg.' Damian barst in lachen uit en staat op van de tafel. 'Ik had nooit gedacht dat ik ooit een dag zou meemaken waarop mijn broer achter een vrouw aan zou gaan.'

Ik volg Damian met mijn ogen en vraag me af of hij gelijk kan hebben. Luca jaloers? Vanwege mij?

Luca

'Ik koop niets voordat ik het product heb uitgeprobeerd, Bogdan,' zeg ik in de telefoon en ga door de papieren op mijn bureau. Ik heb de hele ochtend in mijn kantoor in de binnenstad doorgebracht, om de cashflow van onze vastgoedactiviteiten door te nemen.

'Hij heeft een loop van twintig inch en een gassysteem. Een traktatie, geloof me,' zegt hij.

'Hoeveel?'

'Ze zijn een koopje voor zevenhonderd dollar per stuk,' zegt hij, 'maar ik accepteer zes vijftig per stuk als je er meer dan vijfhonderd neemt.'

'Ik neem er vierhonderd voor zeshonderd dollar per stuk.'

'Echt niet, Luca. Ik verkoop het model van vorig jaar voor die prijs.'

'Oké. Ik neem dan wel contact op met Dushku. Misschien kan hij met die prijs werken.'

'Je gaat niet naar de Albanezen!' blaft hij. 'We hebben twee jaar geleden exclusiviteit afgesproken.'

'We hebben ook afgesproken dat je de goederen die ik heb besteld, zult leveren,' zeg ik.

'Het was een eenmalige fout en je hebt heel duidelijk je ongenoegen getoond.'

'Ik ben blij om dat te horen.' Ik sla de bladzijde om en bekijk de getallen op de volgende bladzijde. 'Ik neem er vierhonderd voor zeshonderd dollar per stuk. Of ik ga naar Dushku.'

'Fuck you, Luca,' zegt hij en mompelt dan iets in het Roemeens. 'Oké. Anders nog iets?'

'Een voorbeeldexemplaar om eerst uit te proberen. Als het me bevalt, dan gaan we ervoor. Stuur me ook nog tien kratten met granaten. En Bogdan, als ik weer de verkeerde goederen ontvang, dan is het afgelopen met je. Is dat duidelijk?'

Er is meer gemompel in het Roemeens en dan, 'Overduidelijk. Ik bel je volgende week om de verzendgegevens te bevestigen,' snauwt Bogdan en hij verbreekt de verbinding.

Er wordt op mijn deur geklopt en Donato komt naar binnen. 'Luca. Wat is er aan de hand?'

'We hebben een probleem, Donato. Ga zitten.' Ik knik naar de stoel aan de andere kant van het bureau en leg de stapel papieren voor hem neer. 'Dit is het cashflowoverzicht van de vastgoedsector.'

Hij neemt de papieren aan en begint de cijfers te bekijken. 'Dit lijkt me in orde te zijn.'

'Op zichzelf is het goed, maar niet als het de inkomsten uit wapenverkopen niet kan bijhouden.' Ik pak het vel papier met de verwachte winst die ik van de wapendeals heb berekend en leg het over degene waar hij naar kijkt. 'De vastgoedcijfers moeten verdubbelen, zodat Damian al het geld kan witwassen. Ga met Adam zitten en zoek een aantal panden die aanzienlijke investeringen vereisen. Damian zegt dat hij minstens vijf miljoen per maand kan vrijmaken door middel van renovatiekosten.'

'Oké.' Hij kijkt me zijdelings aan.

'Wat is er?'

Hij schuift heen en weer in zijn stoel zoals hij meestal doet als hij slecht nieuws gaat geven. Hoewel we allebei dezelfde plaats in de hiërarchie innemen, beschouwt niemand hem echt als een serieuze speler. De enige reden dat hij nog steeds de rol van capo vervult, is omdat hij en de don jeugdvrienden zijn. Donato is te oud en te passief om echt werk te doen, dus ik doe het meeste en hij houdt toezicht op de uitvoering.

'Barbini heeft me gisteren benaderd,' zegt hij.

'En wat wilde Lorenzo?'

'Hij vroeg naar je plannen voor wanneer je het overneemt.'

Dat heeft niet lang geduurd. Ik had verwacht dat Lorenzo een zet zou doen, maar ik had aangenomen dat hij zou wachten tot Giuseppe af was getreden. 'Plannen voor wat precies?' vraag ik.

'Familiezaken.'

'Ik zal het de familie laten weten wanneer de tijd rijp is. Voorlopig werken we zoals de don het wil.'

'Oh. Oké. Dan zal ik hem dat vertellen.' Hij knikt en haast zich het kantoor uit.

Ik pak mijn telefoon en begin door de gemiste oproepen van vanmorgen te scrollen en stop wanneer ik Isabella's naam bereik. Ze heeft me twee keer gebeld, de eerste keer rond tien uur en twee uur geleden opnieuw. Ik heb hem beide keren laten rinkelen. Ik leun achterover in de stoel, kantel mijn hoofd en staar naar het plafond en vraag me af wat ik met haar moet doen.

Ik heb geen idee wat me gisteravond overkwam, maar ik doe het absoluut niet nog een keer. En ik ga geen seks met haar hebben tot ze eenentwintig is. Het klinkt misschien belachelijk, maar ik kan het idee niet verdragen om een negentienjarige te neuken. Ze ziet er in het donker misschien niet zo uit terwijl ze uitgestrekt op het bed ligt, met haar hand tussen haar benen. Maar dan zie ik haar in het ochtendlicht, en dan ziet ze er met haar ogen nog opgezwollen van een gebrek aan slaap nog jonger uit, en dan voel ik me een stuk stront. Deze onzin stopt nu. Wat ze in haar kamer doet, is haar zaak. Welke waanzin me bezielde om haar te vertellen naar me toe te komen wanneer ze haar 'probleem' opgelost moet hebben, is nu verdwenen. Ik ga die deur tussen onze kamers niet meer openen. Als ze wil neuken, dan moet ze wachten of iemand anders zoeken. Het kan me geen moer schelen.

De telefoon op mijn bureau gaat.

'Ja?'

'Meneer Rossi,' zegt mijn secretaresse van de andere kant. 'Uw vrouw is hier.'

Wat doet zij verdomme hier? 'Stuur haar naar binnen,' zeg ik door opeengeklemde tanden en loop naar de deur. Een korte blik naar buiten en ik zie dat al mijn werknemers zijn gestopt met wat ze deden om naar Isabella te staren. Ze hebben waarschijnlijk gehoord dat Magda haar aankondigde.

'Aan het werk!' snauw ik naar ze terwijl ik Isabella zie naderen, en haar hakken op de marmeren vloer klikken. Ze draagt een witte mouwloze jurk die haar borst omhelst en vanaf de taille naar beneden valt en haar knieën bereikt. Haar haren zitten aan de bovenkant van haar hoofd in een lange rechte paardenstaart en een oversized zonnebril verbergt haar ogen.

Ze stopt voor me, verwijdert de zonnebril en kantelt haar hoofd omhoog. 'Goedemiddag, echtgenoot.'

'Ga naar binnen.' Ik doe een stap opzij, laat haar passeren en doe de deur dicht. 'Waar is je bodyguard?'

'Je hebt me er nog geen toegewezen. Ik heb geprobeerd je te bellen, maar je hebt me niet teruggebeld.' Ze gaat op de bank in de hoek van mijn kantoor zitten en heft haar kin omhoog. 'We hadden een afspraak. Jij neemt mijn telefoontjes aan. Ik neem je bodyguard mee.'

'Heeft Renato je hierheen gebracht?' Hij is dood.

'Nee. Hij zei dat hij me nergens naartoe kon brengen zonder een bodyguard.'

'Dus hoe ben je hier verdomme gekomen?'

'Met een taxi.'

'Ben je niet goed bij je hoofd?'

Ze leunt achterover en glimlacht. 'Ik ben hier vanwege onze afspraak.'

'Welke afspraak?'

'Die van gisteravond,' zegt ze, en ik staar haar aan terwijl ze haar kont optilt, de rok van haar jurk omhoogtrekt en een beige string verwijdert. 'Ik heb een probleem. En ik wil dat je het oplost.'

Ze lanceert de string door de kamer waar hij op mijn bureau valt.

'Ik ben van gedachten veranderd.' Ik draai me om naar mijn bureau en ga zitten. Ik pak het kanten ondergoed en gooi hem naar haar terug. 'Je mag je hand gebruiken. Ga naar huis. Een van de beveiligers zal je afzetten.'

Ze knippert met haar ogen, pakt de string en stopt hem in haar tas. 'Nou, na gisteravond heb ik besloten dat mijn eigen hand niet meer genoeg is.'

Ik kijk toe hoe ze naar de deur loopt, onderweg door haar telefoon scrolt en vervolgens de telefoon tegen haar oor houdt. 'Ik zie je bij het avondeten,' roept ze over haar schouder.

'Wie ben je aan het bellen?'

'Een probleemoplosser,' zegt ze en doet de deur open. 'Hé, Angelo. Heb je plannen voor vanmiddag? Perfect, laten we afspreken —' De deur gaat dicht en blokkeert de rest van haar gesprek.

Ik staar boos naar de deur en begin tot tien te tellen om mezelf te kalmeren.

Eén. Laat haar gaan.

Twee. Niet jouw probleem.

Drie. Ik spring uit mijn stoel en ruk bijna de deur van zijn scharnieren terwijl ik naar buiten ren en over de open vloerruimte naar buiten, waarbij ik de werknemers negeer die opnieuw zijn gestopt met wat ze ook doen. Als ik Isabella bereik, sla ik mijn armen om haar middel en til haar op. Ik draai me om en draag haar terug naar mijn kantoor. Met haar rug tegen mijn borst gedrukt en haar voeten enkele centimeters boven de grond, wordt haar kont tegen mijn pik gedrukt, die met de seconde harder wordt.

'Angelo, het lijkt erop dat er iets tussen is gekomen, ik zal het vandaag niet redden.' Ze praat nog steeds aan de telefoon alsof er helemaal niets vreemds aan de hand is. 'Ja, ik zal bellen. Beloofd.'

Ze zal hem zeker nooit meer bellen. Daar zal ik voor zorgen. Als ik het kantoor binnenkom, sluit ik de deur met mijn voet en laat ik haar van mijn lichaam glijden totdat haar hakken de vloer bereiken. Ze begint zich om te draaien om naar me te kijken, maar ik span mijn armen om haar heen en trek haar lichaam tegen het mijne.

'Gooi de telefoon weg,' fluister ik in haar oor en schuif mijn handpalmen naar beneden en over haar heupen.

Ik hoor haar scherp inademen voordat ze de telefoon uit haar hand laat vallen.

'De tas en de bril,' zeg ik, terwijl ik mijn handen naar beneden blijf bewegen.

Haar tas raakt de grond en de zonnebril volgt. Wanneer mijn handen de zoom van haar jurk bereiken, begin ik ze weer omhoog te bewegen en trek ik het materiaal langs haar dijen naar beneden. 'Laten we eens kijken of mijn hand het beter kan doen dan de jouwe, hmm?'

'Ik betwijfel het,' zegt ze en kreunt terwijl mijn vinger bij haar naar binnen gaat.

Ik leg mijn rechterhand op haar clitoris en begin in langzame, ronde cirkels te masseren. Ondertussen beweeg ik mijn linkerhand naar haar kern en steek een vinger in haar natte poesje. Door de manier waarop haar prachtige kont tegen me aan drukt, sta ik op het punt om klaar te komen. Ik slaag er nauwelijks in om een kreun te onderdrukken terwijl ik vecht om de controle terug te krijgen.

Ik schuif mijn linkerhand nog lager, haal mijn vinger weg en hoor haar gefrustreerd sissen. Ik duw hem terug naar binnen en voeg er voorzichtig nog een aan toe. Jezus, ze is strak. Ik krom langzaam mijn vingers en versnel mijn bewegingen op haar clitoris. Isabella begint te hijgen en laat haar handen vallen en legt ze over de mijne om de druk te verhogen. Ik voel haar wanden om me heen spasmen, dus ik masseer haar clitoris sneller, van haar kreten genietend terwijl ze een paar seconden later over mijn hand klaarkomt.

Ik buig mijn hoofd totdat mijn lippen haar blote schouder bijna raken en adem haar geur in. Ze ruikt naar vanille.

'Kun je lopen, tesoro?' fluister ik.

'Ja.'

'Oké. Laten we naar het toilet gaan.' Ik begin mijn vinger eruit te trekken, maar ze houdt haar hand boven de mijne, en ze laat me hem er niet uittrekken.

'Nog niet,' zegt ze met een hese stem, terwijl ze harder op mijn hand drukt, en het laat me bijna ter plekke doorslaan en haar neuken.

'Oké.'

Ik sla mijn vrije arm om haar middel en til haar op, draag haar naar het toilet aan de linkerkant en houd mijn vinger in haar begraven. Haar ademhaling is oppervlakkig en hij hapert een beetje bij elke stap. We bereiken het toilet en komen voor een kleine wastafel tot stilstand. Ik til mijn hoofd op, onze blikken ontmoeten elkaar in de spiegel, en ik kan niet beslissen wat ik het leukst vind — de opgewonden uitdrukking op haar gezicht, haar enorme ogen die branden van vuur als ze naar me kijkt, of de aanblik van mijn hand over haar poesje terwijl mijn lichaam over haar heen doemt.

Ik pak de handdoek en leg hem tussen haar benen, trek langzaam mijn vinger eruit en kijk naar haar terwijl ze inademt en haar ogen sluit. Nadat ik haar heb schoongemaakt, gooi ik de handdoek in de gootsteen en pak ik de rand van de was-bak aan weerszijden van haar vast, terwijl ik mijn hoofd laat zakken totdat mijn kin op haar schouder rust.

'Dus, heb ik je probleem opgelost?' vraag ik, terwijl ik mijn ogen in de spiegel op de hare gericht houd.

'Ja. Dank je.'

'Goed. Als je die jongen van Scardoni nog een keer belt, dan breek ik zijn benen. En zijn handen. Is dat duidelijk?'

Haar mondhoek komt omhoog, maar ze antwoordt niet. Oh, ze daagt me graag uit.

Ik beweeg mijn hand weer tussen haar benen en druk zachtjes op haar nog steeds gevoelige poesje, waardoor ze naar adem snakt. 'Is dat duidelijk, Isabella?'

'Ja.' Ze ademt uit.

'Perfect.' Ik haal mijn hand weg en ga rechtop staan. 'Ik zal de beveiliging bellen. Twee van de jongens zullen je naar huis brengen.'

Ik verlaat het toilet, ga achter mijn bureau zitten en pak de telefoon om de beveiliging te bellen. Isabella loopt twee minuten later naar buiten, haar jurk is rechtgetrokken en haar haar zit niet langer in de war. Ze bukt zich voorover om haar spullen van de vloer te pakken, geeft me een uitzicht op haar kont, zet dan haar zonnebril op en gaat naar de deur.

'Ik vind het gevoel van je handen en mond op me heerlijk,' zegt ze over haar schouder. 'Maar je weet dat dat niet genoeg is. Nietwaar, Luca?'

Ze wacht niet op mijn antwoord, laat me gewoon naar de deur staren waar ze doorheen verdween en ik vraag me af hoe een negentienjarig meisje erin is geslaagd om zo geraffineerd met mijn hoofd te kloten.

Het gerinkel van mijn telefoon maakt me wakker. Ik open mijn ogen en staar naar het plafond en probeer de pijn in mijn volledig rechtopstaande pik te negeren — het resultaat van de droom die me elke nacht kwelt. Ik, die met mijn lichaam op die van Isabella ligt, en mijn pik die in haar begraven zit. Ik dacht dat ze de avondshow zou overslaan na wat er vanmiddag op kantoor is gebeurd. Ik probeerde mezelf te bedwingen toen ik zacht gekreun uit haar kamer hoorde komen. En dat mislukte jammerlijk. Amper twee minuten na het eerste gekreun stormde ik Isabella's slaapkamer binnen en genoot van haar zoete poesje totdat ze over mijn hele gezicht klaarkwam.

Het gerinkel stopt en begint dan opnieuw. Ik pak de telefoon en zie Donato's naam op het scherm staan. De cijfers in de hoek laten zien dat het drie uur in de ochtend is.

'Wat is er gebeurd?' vraag ik op het moment dat ik de telefoon aanneem.

'Ik ben in het magazijn. We hebben een van de bewakers betrapt op het stelen van munitie.'

'Dus?'

'Wat wil je dat ik met hem doe?'

Ik druk met mijn duim en middelvinger op mijn slapen en schud mijn hoofd. 'Vermoord hem, Donato.'

'Vermoorden? Weet je het zeker?'

Jezus. Hoe hij in vredesnaam een capo is geworden, zal ik nooit begrijpen. Ik begin hem te vertellen dat een van de jongens de dief moet vermoorden en verander dan van gedachten.

'Ik ben er over een uur,' zeg ik en beëindig het gesprek.

Ik heb iets nodig om de frustratie los te laten.

Onder de douche, terwijl het water over me heen stroomt, grijp ik mijn pijnlijke pik vast en stel ik me voor dat ik van achteren in Isabella stoot, met haar kont recht voor me. Het duurt helemaal niet lang om mijn ontlading te vinden. Ondanks het aftrekken, ben ik nog steeds opgewonden als ik me aankleed en naar buiten ga.

Als ik het magazijn bereik waar we de wapens opslaan, ga ik rechtstreeks op de man af die in de verre hoek zit. Donato staat naast hem, samen met een van mijn andere bewakers, beide richten hun wapens op hem. Ik ben verbaasd over het feit dat Donato weet hoe hij het pistool moet vasthouden.

'Is dat de dief?' vraag ik.

'Ja.' Donato knikt. 'Gianni heeft hem betrapt terwijl —'

Ik wacht niet tot hij klaar is, trek gewoon mijn pistool uit de holster, richt het op de borst van de dief en vuur vier keer. Donato hapt naar adem en strompelt achteruit, naar het bloed starend dat de voorkant van het shirt van de man doordrenkt. Ik draai me om en ga terug naar mijn auto, nog steeds boos en seksueel gefrustreerd als de fuck. Die verdomde vrouw. Laat haar naar de hel lopen.

Hoofdstuk

8

Isabella

IK REIK NAAR DE WATERKARAF DIE IN HET MIDDEN VAN DE tafel staat en kijk vanuit mijn ooghoek naar Luca. Hij is al een paar dagen in een nare bui, maar het heeft vanochtend zijn hoogtepunt bereikt. Hij heeft vanaf dat hij beneden kwam om te ontbijten geen woord gezegd.

We zitten nu al bijna drie weken in deze status quo. We ontbijten met Damian en Rosa, en dan gaat hij aan het werk. Elke dag om twee uur ga ik naar zijn kantoor, waar hij me beetje bij beetje op de best mogelijke manier met zijn vingers vernietigt, en 's avonds komt hij naar mijn kamer en verslindt hij me met zijn meesterlijke tong. Hij bevredigt me zo goed, dat ik daarna alleen nog maar diep in slaap kan vallen.

Verder is er niets veranderd. Hij negeert mijn aanwezigheid gedurende de dag. Hij heeft me op geen enkele manier aangeraakt, behalve wanneer hij 'mijn problemen oplost' en mijn geduld begint langzaam op te raken.

'Is je kantoor in de binnenstad slechts een dekmantel of een echt bedrijf?' vraag ik terwijl ik mijn glas met water vul.

'Het is echt,' zegt hij zonder zijn hoofd op te tillen, aandachtig naar het bord met voedsel voor hem kijkend. 'Vastgoedactiviteiten zijn de beste manier om grote hoeveelheden geld wit te wassen,' voegt hij er na nog een hap aan toe.

'En wie is daar verantwoordelijk voor?'

'Oh, dat zou ik zijn,' zegt Damian met een ondeugende glimlach.

Ik trek mijn wenkbrauwen op. Hij is amper drieëntwintig en we hebben het over het witwassen van miljoenen. Luca moet veel vertrouwen in de capaciteiten van zijn broer hebben.

'Ben je ook bij de wapenhandel betrokken, of handel je alleen het financiële deel af?' vraag ik.

Luca's hoofd schiet omhoog. 'Hoe weet je van onze wapenhandel?'

'Alsjeblieft.' Ik gnuif. 'Waar denk je dat ik mijn hele leven heb gewoond? Onder een steen?'

'Jij bent de kleindochter van de don. Je had je dagen door moeten brengen met door tijdschriften bladeren, winkelen en naar spa's gaan.'

'Het spijt me dat ik je teleur moet teleurstellen. Spa's zijn nooit mijn ding geweest.' Ik haal mijn schouders op. 'En omdat ik de kleindochter van de don ben, ben ik al sinds mijn tiende klaargestoomd voor mijn rol.'

'En welke rol zou dat zijn?'

'Die van de vrouw van een capo,' zeg ik en pak een croissant uit de mand.

'Die niets anders zou moeten doen dan winkelen en naar kuuroorden gaan en door tijdschriften moet bladeren.'

'Nou, ik had niet verwacht dat ik aan een chauvinistisch chagrijn zou worden uitgehuwelijkt, maar het is wat het is.'

Aan de andere kant van de tafel stikt Damian in zijn koffie als hij in lachen uitbarst. 'Sorry, het is alleen...' Hij grinnikt. 'Chauvinistische chagrijn.' Hij lacht weer.

Ik draai mijn hoofd en zie dat Luca me door samengeknepen ogen bekijkt. 'Ik wil dat je vanmiddag in je kamer blijft,' zegt hij.

'Waarom?'

'Simona komt Rosa halen en ik heb een vergadering die ik moet bijwonen. Ik wil niet dat jullie de confrontatie met elkaar aangaan, vooral niet als ik er niet bij ben.'

Ik pak de melk en vul het glas voor Rosa. Toen ik eerder bij haar was gaan kijken, had ze gezegd dat ze zich niet goed voelde en besloot ze in haar kamer te blijven. 'Ben je bang dat ik je ex bijt of zo?'

'Ik maak me geen zorgen over wat *jij* kunt doen, Isabella.'

Oh. Hij maakt zich zorgen over wat zijn grote, slechte ex met zijn delicate jonge vrouw zal doen. Wat lief van hem. Ik wou dat ik weer dronken was, zodat ik mezelf kon toestaan om iets anders in zijn gezicht te gooien.

'Ik zal het ontbijt voor Rosa meenemen en zal er dan voor zorgen dat ik veilig in mijn kamer zit als je ex-vrouw komt.' Ik pak het bord dat ik voor Rosa heb klaargemaakt, draai me om en loop naar de trap.

Damians lach klinkt achter me.

'Wil je dat ik thee voor je haal of zo?' vraag ik aan Rosa.

'Nee,' mompelt ze in haar kussen.

'Misschien moeten we een dokter bellen.' Ik leg mijn hand-palm op haar voorhoofd, maar het voelt niet alsof ze koorts heeft. 'Heb je gisteren iets vreemds gegeten?'

'Nee.'

'Diarree? Heb je het gevoel dat je over moet geven?'

'Nee, ik heb alleen buikpijn. Het gaat wel.'

Ik zit op de rand van haar bed en knijp zachtjes in haar schouder. 'Dus dit heeft niets met het feit te maken dat je moeder komt?'

'Ze wil dat ik haar Simona noem,' zegt ze. 'En ik wil niet met haar mee. Ze neemt me altijd mee naar een winkelcentrum. Het is saai.'

'Kun je haar niet vragen om je mee naar het park te nemen? Of om naar een film te gaan? Wat dacht je daarvan?'

'Ze haat parken omdat ik dan vies word. En ze zegt dat ze niet van films houdt omdat haar ogen dan pijn doen. Ik wil hier blijven.'

'Je zult je hier ook vervelen.'

'Dat zal ik niet. Ik kan Clara bellen. Ze zei dat ze de vol-gende keer dat ze komt, Tomas mee zal nemen.'

'Wie is Tomas?'

'Haar kat. Hij heeft een riem zodat we met hem door de tuin kunnen lopen. En Grace kan broodjes voor ons maken.'

'Heb je je vader verteld dat je niet met Simona mee wilt?'

'Nee. Hij zou het niet begrijpen.'

'Natuurlijk wel. Zal ik hem bellen om naar boven te komen?'

'Ja.'

Ik knik, pak mijn telefoon en bel Luca.

'Wat?' blaft hij.

Een toonbeeld van beleefdheid. 'Kom alsjeblieft naar boven. Rosa wil met je praten.'

'Ik stap net in mijn auto.'

'Nou, stap dan uit en kom met je dochter praten. Het is belangrijk.'

Ik verbreek de verbinding en wrijf over Rosa's rug. 'Hij komt eraan. Als je geen zin hebt om iets te doen, dan moet je het altijd aan je vader vertellen. Oké?'

'Oké.'

'Ik ben in mijn kamer. Kom me halen als je me nodig hebt. Als je wilt, kunnen we later beneden iets kijken. Of we kunnen je vriendin bellen. Afgesproken?'

'Oké.'

Ik knijp weer in haar schouder en verlaat haar kamer.

'Ze is je moeder, piccola.' Ik streel met de achterkant van mijn hand langs Rosa's wang. 'Je moet wat tijd met haar doorbrengen.'

'Dat wil ik niet,' snauwt ze en ze staart me aan. Ze probeert heel hard om haar tranen te bedwingen, maar ik zie dat ze haar neus optrekt en er een verdwaalde traan over haar wang rolt. 'Dwing me alsjeblieft niet om met haar mee te gaan.'

'Ik zal je nooit iets laten doen wat je niet wilt, Rosa,' zeg ik en neem haar in mijn armen. Rosa snift, slaat dan haar armen om mijn nek en begraaft haar gezicht in mijn hals. Dat deed ze altijd al graag, zelfs toen ze nog een baby was.

'Beloofd?' fluistert ze.

Ik pak haar kin tussen mijn duim en vingers en kantel haar hoofd omhoog om in haar ogen te kijken. 'Ik beloof het.'

'Simona heeft tegen me gezegd dat ze naar een soort dienst zou schrijven die me weg zou halen en me bij haar zou laten wonen. Ik wil niet bij haar wonen, papa.'

Ik bal mijn hand in een vuist. 'Dat heeft ze tegen je gezegd, hè?'

'Ja.'

'Dat is niet waar, Rosa. Niemand kan je van me afpakken. Ze probeert je gewoon te manipuleren.'

'Waarom wil ze dat ik met haar meega? Ze houdt niet van me. Waarom kan ze niet gewoon... weggaan?'

Soms zou ik willen dat ik Simona kon vermoorden zodat ik van haar af was, maar dat kan ik Rosa niet aandoen. Simona is nog steeds haar moeder. Ik druk het gezicht van mijn dochter tegen mijn borst en sla mijn arm om haar rug. 'Ze houdt op haar eigen manier van je, Rosa. Ze weet gewoon niet hoe ze het moet laten zien.'

Ik weet niet zeker of Simona in staat is om van iemand anders te houden dan van zichzelf. Soms vraag ik me af of ik Rosa gewoon had moeten nemen zonder met mijn ex te trouwen, maar ik wilde niet dat mijn kind zonder moeder opgroeide zoals ik had gedaan. Ik dacht dat Simona zou veranderen, dus was ik omwille van Rosa bij haar gebleven. Maar ze veranderde niet.

'Mag ik Clara bellen om hierheen te komen?' vraagt Rosa tegen mijn borst. 'We kunnen Grace vragen om tonijnbroodjes voor ons te maken. En die gemberkoekjes met kaneel.'

'Alleen als je er een paar voor mij achterlaat. Jij en Clara hebben de laatste keer alles opgegeten.'

'Oom Damian heeft ze opgegeten! We zeiden dat hij er

een paar moest laten liggen, maar hij zei dat zijn suikerniveau laag was en dat hij ze meer nodig had dan jij.'

Ik lach. Waarom ben ik niet verbaasd?

'Isa zei dat ze samen met mij naar een film zou kijken,' voegt Rosa eraan toe en leunt achterover om in mijn ogen te kijken. 'Ik vind Isa echt aardig, pap.'

'Echt waar?' Ik streel met mijn duim over haar wang en haal haar tranen weg.

'Ja. Ik was gisteren met wat rekenproblemen bezig die we tijdens de vakantie moesten maken en had haar gevraagd om me te helpen. Ze heeft de hele ochtend met me gewerkt. Isa is superslim.'

'Ja, dat is ze.' Ik knik.

Het is de waarheid. Mijn jonge vrouw is een uitzonderlijk intelligente vrouw. Ik kan het niet helpen, maar bewonder de manier waarop ze me dag na dag bespeelt, zonder terug te krabbelen of haar houding te laten wankelen. En met elke dag die voorbijgaat, wordt het steeds moeilijker om weerstand te blijven bieden. Soms merk ik dat ik naar haar kijk en overweeg of ik gewoon moet zeggen, '*Fuck it*,' haar te grijpen en mijn mond tegen de hare te drukken. Ik herinner me geen enkele keer dat ik zo gek was op een vrouw. Het is alsof ze onder mijn huid is gaan zitten en daar haar thuis heeft gemaakt, en het wordt met elke dag die voorbijgaat steeds erger. Elke koppige blik, elke slimme opmerking, elke uitdagende kanteling van haar kin — het draagt er allemaal toe bij dat ze zich nog dieper in me werkt.

Ik schud snel mijn hoofd en geef een kus op Rosa's hoofd. 'Ik moet aan het werk, maar bel me als je me nodig hebt, en dan zal ik meteen terugkomen. Oké, piccola?'

'Ja.' Ze knikt.

Als ik Rosa's kamer verlaat, zie ik Isabella beneden met een van de dienstmeisjes praten. Ze ziet me aankomen en haar ogen schieten onmiddellijk weg voordat ik haar met mijn blik kan vastpinnen. Alsof mijn aanwezigheid op de een of andere manier geen verschil voor haar maakt, vervolgt ze haar gesprek zonder enige aarzeling.

'Ik zal Simona bellen om een nieuw bezoek te plannen,' zeg ik terwijl ik langsloop.

'Wat fijn. Betekent dit dat het veilig voor mij is om vanmiddag door het huis te zwerven?'

Ik besluit haar sarcastische opmerking te negeren en ga naar de voordeur. Ik weet niet zeker of Isabella in staat zou zijn om het tegen Simona op te nemen, vooral niet als mijn ex in een van haar buien is, en ik zal niet riskeren dat ze elkaar ontmoeten terwijl ik er niet ben. Simona is een kreng en alleen al het idee dat ze iets zegt dat Isabella zou kunnen kwetsen, laat mijn bloed koken.

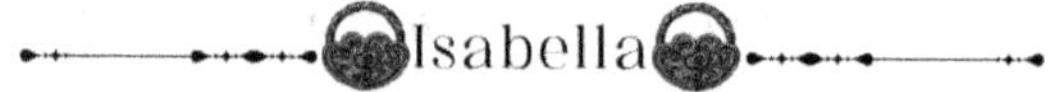

Ik sluit het boek over wereldeconomie, een van de vakken in mijn lesprogramma van het volgende semester, en stop het in de bureaulade. Omdat ik hier niets te doen heb, heb ik besloten om de tijd te gebruiken om de belangrijkste onderwerpen door te nemen en mezelf voor te bereiden voor wanneer de lessen weer beginnen. Ik betwijfel of mijn man weet dat ik als een online student naar de universiteit ga, en omdat hij nooit echt heeft gevraagd wat ik overdag doe, heb ik het hem nooit verteld.

Mijn telefoon gaat terwijl ik naar de badkamer ga om te douchen en me om te kleden voordat ik naar Luca's kantoor ga. Het scherm laat het nummer van de poortwachter zien. Vreemd. Ik kan me niet herinneren dat ik iemand heb uitgenodigd.

'Mevrouw Rossi,' zegt hij als ik de telefoon aanneem. 'Ik heb mevrouw Albano hier. Ze staat erop om binnengelaten te worden.'

What the fuck doet Luca's ex hier? Hij zei dat ze haar bezoek hadden verzet.

'Heb je Luca gebeld?' vraag ik.

'Twee keer. Hij neemt niet op.'

Typisch. 'Laat haar binnen, Tony,' zeg ik, verlaat mijn kamer en ga naar beneden.

Terwijl ik de grote spiegel bij de overloop op de tweede verdieping passeer, kijk ik naar mijn spiegelbeeld en kreun. Als ik had geweten dat Simona zou komen, had ik iets anders aangetrokken, misschien een spijkerbroek en een witte blouse. En hakken. Zoals het nu is, ontmoet ik de eerste vrouw van mijn man in een pastelblauwe joggingbroek en een bijpassend T-shirt, met Hello Kitty op mijn borst. Op blote voeten. Wat leuk.

Ik ben halverwege de voordeur als ik geschreeuw aan de andere kant hoor. De voordeur gaat open en een lange blonde vrouw rent naar binnen, haar hakken klikken op de vloer. Onze bewaker rent achter haar aan.

'Ik heb gezegd dat ze buiten moest wachten, mevrouw Rossi,' zegt hij. 'Ze wilde niet luisteren.'

'Het geeft niet, Emilio.' Ik knik en richt mijn blik weer op Simona Albano, *voorheen* Rossi.

Ik heb haar meerdere keren op verschillende sociale

bijeenkomsten gezien. Het was onmogelijk om haar te missen. Elke keer voelde ik een scherpe pijn in mijn buik. Ik benijdde haar zo erg. De laatste keer dat ik haar zag was zes maanden geleden, en sindsdien zijn haar lippen in grootte verdubbeld, haar borsten zijn groter en ze is minstens vijf kilo afgevallen. Ze ziet eruit als een kleerhanger voor haar dure, beige-met-zwarte-stippeltjes jurk.

Ze staat daar met haar hand op haar heup en bekijkt me van top tot teen, blijft een paar seconden op het Hello Kitty plaatje op mijn borst hangen en barst in lachen uit.

'Lieve God, ik wist dat je jong was, maar ik had geen idee dat ze Luca met een kind hadden laten trouwen.' Ze glimlacht neerbuigend.

'Wat wil je, Simona?'

'Het is mevrouw Albano voor jou.'

'Je ben onuitgenodigd mijn huis binnengekomen,' zeg ik. 'Ik noem je verdomme hoe ik wil.'

Simona knippert met haar ogen en kijkt een beetje verbijsterd. Ze probeert me daarbij te bespotten, maar het enige wat ze uiteindelijk doet, is haar met botox doordrenkte lippen tuiten. 'Ik ben gekomen om Rosa op te halen.'

'Rosa wil niet mee. Luca heeft me verteld dat hij je heeft gebeld om het opnieuw te plannen.'

'Ik heb me bedacht. Waar is mijn dochter? Ik neem haar mee om te winkelen.'

'Heb je het met Luca besproken?'

'Ik hoef niets met hem te bespreken,' snauwt ze.

'Natuurlijk, moet je dat. Je hebt alle ouderlijke rechten aan hem overgedragen. Rosa gaat niet mee tenzij haar vader dat zegt.'

Er flitst woede in Simona's ogen. Ze zet twee stappen naar

voren totdat ze recht voor me staat en haar lippen strekken zich uit in een grijns die haar gezicht van mooi in iets grotesks verandert. 'Geef me mijn dochter! Nu meteen!'

'Nog een fijne dag, Simona.' Ik wend me tot Emilio, die in de deuropening staat. 'Loop alsjeblieft met haar mee naar haar auto en zorg ervoor dat ze het terrein verlaat. En maak Tony duidelijk dat ze niet meer door de poort mag, tenzij Luca het heeft goedgekeurd.'

Ik draai me om om te vertrekken als ik voel dat een hand mijn bovenarm grijpt. 'Hoe durf je me eruit te gooien? Dit was mijn huis!'

'*Was.* Verleden tijd.' Ik kijk naar haar hand en dan weer in haar ogen. 'Laat me los.'

'Wie denk je dat je bent, jij kleine teef?' snauwt ze en ze begint me door elkaar te schudden.

Ik ben geen gewelddadig persoon. Ik geloof in het oplossen van problemen via een discussie, maar ik zal niet toestaan dat iemand me ruw behandelt. Vooral niet de ex-vrouw van mijn man. Ik kijk naar beneden, richt mijn blik op haar tenen die uit haar sandalen gluren en trap er dan met al mijn kracht met mijn rechterhiel op. Simona gilt en laat mijn arm los. Ik maak van de gelegenheid gebruik om een handvol van haar haren vast te pakken en haar hoofd naar achteren te trekken. Ze schreeuwt weer en probeert in mijn gezicht te krabben, maar ik verplaats me om achter haar te komen en trek haar haren nog verder naar beneden, waardoor ze haar rug kromt.

'Waag het niet om me nog een keer aan te raken!' blaf ik en sleep haar naar de deur waar Emilio met zijn mond open staat. 'Haal haar hier weg.' Ik laat Simona's haar los, draai me om en ga naar de keuken. Ik heb wat suiker nodig door mijn adrenalinepiek en mijn benen beginnen te trillen. Terwijl ik de trap passeer, hoor ik gegrinnik en til mijn hoofd op. Damian staat naast de trapleuning met zijn telefoon voor hem.

'Denk er niet eens aan om dat ergens te posten. Ik meen het, Damian.'

'Het is voor mijn privécollectie catfight-video's.' Hij grijnst en verdwijnt in de gang.

Luca

Mijn telefoon gaat en Damians naam knippert op het scherm. Ik laat hem rinkelen waar hij op mijn bureau ligt en blijf de onroerend goed lijst lezen die ik aan het bekijken was. Hij had gelijk. De verkoop van deze appartementen was een goede beslissing. Als we hadden gewacht, dan hadden we een verlies van 10 procent gehad. Hij belt waarschijnlijk om 'Ik zei het toch,' te zeggen. Ik ben daar niet voor in de stemming. Het is bijna half twee en Isabella is nog steeds niet gekomen. Wat als ze toch heeft besloten om dat jong van Scardoni te bellen? Het rinkelen stopt, om een paar seconden later opnieuw te beginnen.

Ik vloek en pak de telefoon. 'Ik heb het druk, Damian.'

'Simona was hier.'

'Wat? Wanneer?'

'Ze is net vertrokken.'

'We hebben afgesproken om haar bezoek uit te stellen tot volgende week.' Ik sla met mijn hand op de tafel. 'En ze weet dat ze niet in mijn huis moet komen wanneer ik er niet ben.'

'Ja, nou, je kent Simona.'

'Wat is er gebeurd? Heeft ze Rosa meegenomen?'

'Nee. Isabella liet het niet toe. Ze heeft tegen Simona gezegd dat ze Rosa nergens mee naartoe kan nemen zonder jouw toestemming.'

'Jezus fuck. Hebben ze elkaar ontmoet?'

'Ja. Het ging niet best.'

Ik sta op van de stoel en grijp de telefoon vast. 'Wat heeft Simona met haar gedaan?'

'Rustig aan. Alles is in orde.'

'Zeg me niet dat ik moet kalmeren.' Ik pak mijn portemonnee en autosleutels van de tafel en ren het kantoor uit. 'Ik ben onderweg.'

'Met Isa gaat het goed. Ze zit met Rosa *Say Yes to the Dress* te kijken.'

'Lieg niet tegen me, Damian. Simona wist dat ik er niet was, en ze is met een doel gekomen. Ik ken mijn ex maar al te goed.'

'Ik heb de hele beproeving opgenomen. Ik stuur je een video.'

'Heb je het opgenomen? Waarom heb je die trut er verdomme niet uitgegooid?'

'Het leek erop dat Isa mijn hulp niet nodig had.' Hij lacht. 'Ze heeft haar er zelf uitgegooid.'

'Wat?' Ik druk op de knop op mijn afstandsbediening terwijl ik naar mijn auto ga. De deuren klikken open als ik naar het handvat reik.

'Kijk er maar gewoon naar, Luca.' Damian verbreekt de verbinding.

Ik stap in mijn auto en speel de video af die Damian me heeft gestuurd. Als ik bij het deel kom waar Simona Isabella's arm grijpt, pak ik het stuur vast, reik dan naar beneden en start de auto, om hem twee seconden later uit te schakelen. Ik kijk met groeiende verbazing toe hoe mijn kleine vrouw mijn ex grijpt, die meer dan een kop groter is, en die Simona bij haar haar naar de voordeur trekt. De video eindigt als ze nonchalant door de hal loopt.

Ik speel de video nog een keer af, en dan nog een keer. Glimlachend leun ik achterover in de stoel en schud mijn hoofd. Kleine duvel. Ik stap uit de auto en ben van plan Simona te bellen om haar te laten weten wat ik van haar bezoek vind, wanneer mijn telefoon weer gaat. Op het scherm staat de naam van Francesco. Ik krijg niet vaak telefoontjes van Isabella's vader.

'Francesco? Wat is er aan de hand?'

'De don is net in het ziekenhuis opgenomen,' zegt hij. 'Weer een hartaanval.'

'Fuck. Is het erg?'

'Ja. Kun je Isa daarheen laten komen? Ik heb het haar nog niet verteld. Ik was bang dat ze alleen zou komen.'

'Tuurlijk.'

Zodra hij me het adres geeft, spring ik achter het stuur en trap het gaspedaal in.

Ik vind Isabella net zoals Damian had gezegd op de bank, terwijl ze met Rosa tv-kijkt in de bibliotheek. Haar linkerarm ligt op de achterkant van de bank en als ik dichterbij kom, zie ik een blauwe plek boven haar elleboog. Ik ga Simona vermoorden als ze ooit nog binnen een straal van vijf meter van mijn vrouw durft te komen. Zonder na te denken, reik ik naar voren en streel ik haar huid met de rug van mijn hand. Isabella's hoofd schiet omhoog, de verbazing staat in haar ogen, en ik haal snel mijn hand weg.

'Ga je tas halen,' zeg ik en geef een kus op Rosa's hoofd. 'Ik wacht op je in de auto. We moeten gaan.'

'Waarheen?'

'Naar het ziekenhuis. Je grootvader heeft weer een hartaanval gehad.'

Ze staart me even aan, springt dan van de bank en verlaat rennend de bibliotheek. Ik verwacht dat ze zich zal omkleden of make-up op zal doen, maar ze rent de trap weer af met haar tas en schoenen aan voordat ik de voordeur bereik.

'Hoe gaat het met hem?' vraagt Isabella als we in de auto stappen.

'Ik weet het niet. Je vader heeft me het adres gegeven en hing op. We zullen het vragen als we er zijn.'

Ze knikt en leunt achterover op de stoel en houdt haar tas op haar schoot vast.

Het kost ons dertig minuten om het ziekenhuis te bereiken en nog eens vijf om een parkeerplaats te vinden. Zodra ik de auto parkeer, stapt Isabella uit en rent ze naar de ingang. Ik ren achter haar aan en als ik haar bereik, pak ik haar hand in de mijne. 'Blijf dicht bij me.'

Isabella kijkt naar onze handen, knikt en laat me haar naar binnen leiden. Als we de lobby binnenkomen, scan ik de mensen in de wachtkamer. Als ik niets verdachts opmerk, begeleid ik ons naar de informatiebalie en vraag ik waar we heen moeten.

Hoe dichter we bij de ziekenhuisunit komen die de verpleegster aangaf, hoe steviger Isabella's greep op mijn hand wordt. We lopen de hoek om en zien twee mannen voor de deur aan het einde van de gang staan en Isabella's vader zit op een stoel tegenover hen. Isabella laat meteen mijn hand los en rent naar hem toe.

Ze omhelst haar vader terwijl hij in haar oor praat en haar waarschijnlijk op de hoogte brengt van de toestand van haar grootvader, en ik verwacht dat ze elk moment instort en begint te huilen. In plaats daarvan knikt ze, gaat in de stoel naast Francesco zitten en staart naar de deur voor haar. Het verbaast me hoe beheerst ze aan de buitenkant lijkt, want ik weet dat ze van binnen gek wordt. Ze kon de angst in haar ogen niet verbergen terwijl we naar het ziekenhuis reden. Ik hoor naast haar te zitten en haar hand vast te houden, maar het voelt niet goed. Ik weet zeker dat ze het niet zou waarderen. Niet na de koude manier waarop ik haar heb behandeld. Ik gedraag me echt als een stuk stront.

Isabella lijkt volwassener te handelen dan Simona, die tien jaar ouder is. Toen Damian me vertelde dat ze elkaar vandaag hadden ontmoet, had ik aangenomen dat ik Isabella huilend in haar kamer zou vinden als ik thuiskwam. Ik had nooit gedacht dat ze haar mannetje zou staan. Damians video bewees mijn ongelijk en liet zien dat ze het heel goed had afgehandeld. Mijn jonge vrouw is nogal een verrassing gebleken en ik vind het moeilijk om haar op afstand te houden.

Het feit is, ik voel me tot haar aangetrokken, en ik bedoel niet alleen fysiek. Ik hou van de manier waarop ze elke keer tegen me in opstand komt — ze trekt zich nooit terug en in plaats daarvan komt ze me halverwege tegemoet. De manier waarop ze dag na dag het spel van onverschilligheid blijft spelen dat ik ben begonnen, maakt me nog gekker op haar. Misschien moet ik gewoon mijn zelfbeheersing loslaten en beginnen om haar als een gek te neuken. Het is niet zo dat ze geen ervaring heeft. Dat is duidelijk uit de manier waarop ze zich gedraagt. En dat besef maakt me woedend. Wat maakt het mij uit of ze al eerder seks heeft gehad? En wat moet ik met deze idiote drang om elke man te vinden die haar heeft aangeraakt en hen te wurgen? Misschien is het haar onvoorspelbare gedrag dat met mijn hoofd kloot. Ze maakt me boos tot het punt dat mijn pik het ene moment explodeert, en het volgende moment is ze een ijskoningin, klaar om me opzij te schuiven voor de volgende idioot die haar 'kleine probleem' zal oplossen.

De deur naar de kamer van de don gaat open en Isabella's moeder en zus lopen naar buiten. Ze wisselen een paar woorden, dan gaat Isabella naar binnen, maar niet voordat ze een snelle blik in mijn richting werpt.

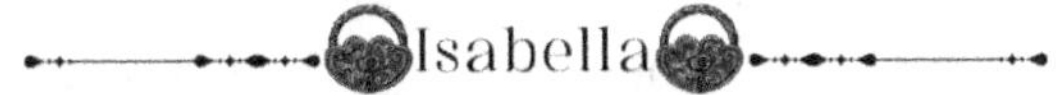Isabella

Lieve God, hij ziet er zo oud uit.

Het is het eerste dat door mijn hoofd flitst als ik de kamer binnenkom en het fragiele gestalte van mijn grootvader op het bed zie liggen. Ik kan dit beeld van hem niet rijmen met hoe ik hem me uit mijn jeugd herinner — een stoere, lange man, met een diepe stem en indrukwekkende aanwezigheid. Hij leek altijd zo sterk, totdat zijn hart hem in de steek begon te laten.

'Isi, kom hier, *stella mia*,' zegt hij.

Ik ga in de stoel naast het bed zitten en neem zijn hand in de mijne. Hij voelt zo licht en breekbaar. Ik wil iets zeggen, maar ik kan de woorden niet vinden.

'Heb ik je ooit verteld hoeveel je me aan je oma doet denken?' Hij glimlacht zwakjes. 'Dezelfde grote ogen. Dezelfde onbreekbare geest die zo groots lijkt voor zo'n klein persoontje.'

Hij klinkt alsof hij afscheid neemt en ik vind het moeilijk om de tranen in bedwang te houden. Dus laat ik ze vallen.

'Niet huilen, Isi. Ik heb een goed leven gehad en het is tijd om verder te gaan. Je moet nu sterk zijn, stella mia, want als ik weg ben, breekt de hel los. Luca zal je nodig hebben. Vooral met de puinhoop die Bruno Scardoni heeft gecreëerd.'

Ik schud mijn hoofd en zucht. 'Ik denk niet dat Luca iemand nodig heeft, nonno. Hij redt het prima in zijn eentje.'

'Mannen kunnen soms koppig zijn. En je man is de meest koppige die ik ooit ben tegengekomen.' Hij steekt zijn hand op en streelt mijn wang. 'Ik moet je iets bekennen, Isi. Ik hoop dat je niet boos wordt dat ik het je niet eerder heb verteld.'

'Ik kan nooit boos op je worden, nonno. Dat weet je.'

Hij kijkt me met zijn donkere, enigszins waterige ogen aan en glimlacht dan. 'Ik wist het, Isi,' zegt hij. 'Ik wist het al jaren.'

'Wist wat?'

'Dat je verliefd was op Luca. Dat is nog steeds zo, voor zover ik kan zien.'

Ik doe mijn mond open om iets te zeggen, maar hij legt zijn vinger op mijn lippen. 'Ik heb die bodyguard betaald. Die ene die Luca in bed met Simona heeft betrapt. Het is niet zo dat ze hem eerder niet bedroog, maar ze was voorzichtig om niet betrapt te worden.'

'Nonno!'

'Luca is een goede man. En ik wilde hem voor jou.' Hij glimlacht. 'Dus ik heb ervoor gezorgd dat je hem hebt, stella mia.'

Ik barst in huilen uit.

'Barbini gaat hem confronteren, Isi. Lorenzo heeft niets gezegd waar ik bij was, maar ik zag het in zijn gezicht. Zeg tegen Luca dat hij voorzichtig moet zijn.'

'Dat zal ik doen,' zeg ik door de tranen heen. 'Maar het

komt wel goed met je, nonno. Pap zei dat de artsen je gaan opereren en je hart zullen herstellen. Je gaat nog nergens heen.'

'Ik hou van je, stella mia.'

De deur achter me gaat open en er komen twee verpleegsters binnen. Ik knijp in de hand van mijn grootvader en kus zijn wang.

'Ik hou ook van jou,' zeg ik en veeg mijn tranen weg. 'We zullen buiten wachten als je uit de operatie komt. Oké?'

'Oké.'

Ik verlaat de kamer en ga naast Andrea zitten, die op de schouder van mijn moeder zit te huilen. Mijn vader staat een paar stappen van ons vandaan en praat zachtjes met de dokter. Terwijl ik mijn hoofd naar rechts draai, zie ik Luca aan het uiteinde van de lange gang staan en met zijn schouder tegen de muur leunen. Ik moet met hem gaan praten, maar ik denk niet dat ik die afstand op mijn trillende benen aankan. Ik pak de telefoon uit mijn tas, druk op zijn nummer en kijk hoe hij het gesprek aanneemt.

'De operatie zal enkele uren duren. Je hoeft niet te blijven,' zeg ik. 'Ik weet dat je werk te doen hebt.'

'Ik blijf, Isabella.'

Hij legt de telefoon weg en blijft staan waar hij is, naar mij omkijkend. Zuchtend leun ik met mijn hoofd tegen de muur en sluit mijn ogen.

Luca

Ik hoor gehaaste stappen uit de richting van de lift komen en til mijn hoofd op om Lorenzo en Orlando Lombardi te zien naderen. Konden ze niet wachten tot de don uit het ziekenhuis was? Klootzakken. Ik duw me van de muur af en ga in hun richting.

'Wat willen jullie?' Ik stop voor hen, hun weg blokkerend.

'We zijn voor de don gekomen,' zegt Lorenzo.

'Giuseppe wordt geopereerd. Als we nieuws hebben, bel ik je.'

'Wie denk je verdomme wel niet dat je bent?' blaft Lorenzo in mijn gezicht. 'Je kunt ons niet verbieden om hem te zien.' Hij stapt naar voren alsof ik hem zou laten passeren.

Ik sla mijn hand om zijn bovenarm, houd hem tegen en ga in zijn gezicht staan.

'Dit is een persoonlijke kwestie, Lorenzo. Ik laat jou of iemand anders Giuseppe's familie op dit moment niet storen. Ga.'

'Ben je nu al aan het doen alsof je een don bent, Luca?' spuugt hij. 'Je kon niet wachten om in de rol te springen, ofwel? Laat me los!'

'Jezus, Lorenzo.' Ik schud mijn hoofd en draai me om naar Orlando. 'Neem hem mee het ziekenhuis uit of ik doe het. En ik wil echt geen scène schoppen.'

'Luca?' Isabella's stem bereikt me van achteren. 'Wat is er aan de hand?'

'Eruit. Jullie allebei,' zeg ik door opeengeklemde tanden en laat Lorenzo's arm los. 'Nu, verdomme.'

Ik kijk toe hoe Lorenzo en Orlando in de lift verdwijnen en wend me dan tot Isabella, die een paar passen achter me staat, haar armen strak om haar middel geslagen.

'Ik hoorde geschreeuw. Is er iets aan de hand?' vraagt ze.

'Nee. Ze kwamen gewoon langs om te zien hoe het met Giuseppe gaat. Maak je geen zorgen.'

Ze knikt, maar ze blijft staan. Ze ziet er zo klein en zo jong uit. Ik sluit de afstand tussen ons en sla mijn armen om haar heen en trek haar tegen mijn lichaam.

'Het komt goed met hem, tesoro,' zeg ik in haar lokken.

'Ik ben bang,' fluistert ze tegen mijn borst.

'Ik weet het.'

'Mam is aan het flippen. Ik kan maar beter teruggaan,' zegt ze, maar ze laat me niet los.

Ik houd haar iets strakker vast. 'Ik zal hier blijven om ervoor te zorgen dat niemand jullie komt storen. Oké?'

Isabella knikt en trekt zich terug en kijkt naar me op. Haar ogen zijn rood, maar er zijn geen tranen. Ik weet niet hoe iemand die zo jong is, zo'n zelfbeheersing kan hebben. Ik weet zeker dat ze haar tranen met pure wilskracht bedwingt.

'Dank je,' fluistert ze en loopt terug naar haar familie.

De dokter komt rond elf uur 's avonds naar buiten en Isabella's familie verzamelt zich om hem heen. Op basis van de blikken op hun gezichten ziet het er niet goed uit, maar de don leeft nog steeds. Ze keren terug naar hun stoelen en enige tijd later staan Andrea en Isabella's ouders op en beginnen door de gang naar me toe te lopen.

'Hoe gaat het met hem?' vraag ik Francesco.

'Hij is op de IC. En het ziet er niet goed uit. Als hij de komende vierentwintig uur overleeft, dan is er een kans dat hij het haalt.' Hij slaat zijn arm om de rug van zijn vrouw. 'We gaan iets te eten halen. Kun je bij Isa blijven?'

'Tuurlijk. Neem ook iets voor haar mee.'

'Ze zei dat ze niet kan eten.'

'Neem het gewoon mee. Ik zal ervoor zorgen dat ze het opeet.'

Als ze weggaan, loop ik door de gang naar waar Isabella zit en hurk ik voor haar neer. Even denk ik dat ze in slaap is gevallen in de stoel, maar dan opent ze haar ogen en kijkt me aan.

'Hoe gaat het met je?' vraag ik.

Ze antwoordt niet, haalt haar schouders op en sluit haar ogen weer. Ik kan het niet verdragen om haar zo te zien. Kapot. Vermoeid. Met een lege blik in haar ogen. Ik reik naar voren, leg mijn hand op haar wang en haar ogen schieten open. Daar is het. Die vonk waar ik naar zocht. Ik streel haar huid met mijn duim en merk hoe perfect zacht het is. Langzaam steekt ze haar hand op en na een paar seconden aarzelen legt ze haar hand op mijn wang, precies zoals ik bij haar heb gedaan. Ze zucht en leunt naar voren en duwt haar voorhoofd tegen de mijne.

'Wat moet ik toch met jou, Luca?' fluistert ze.

Het geluid van naderende stappen bereikt me van ergens aan de zijkant, en ik neem aan dat het haar ouders en Andrea zijn die terugkeren, maar als ik opsta, zie ik dat de dokter van eerder een paar meter verderop staat.

'Mevrouw Rossi,' zegt de dokter, een uitdrukking van spijt is op zijn gezicht te zien.

'Nee.' Isabella staat naast me op.

'Zijn hart was niet in een stabiele toestand,' vervolgt de dokter. 'Het is gestopt met kloppen toen hij wakker werd van de anesthesie. We hebben hem niet terug kunnen halen.'

'Nee.' Isabella pakt mijn hand en knijpt. 'Alsjeblieft niet.'

'Het spijt me, mevrouw Rossi. Uw grootvader is overleden.'

Isabella struikelt. Ik vang haar bij de taille en draai haar naar me toe, begraaf mijn hand in haar haren en druk haar gezicht tegen mijn borst. Haar ouders en zus komen de hoek om en rennen naar ons toe. De dokter ontmoet hen halverwege en geeft hen het nieuws. Isabella's moeder drukt haar hand tegen haar mond en barst in huilen uit. Ik kijk neer op Isabella, die mijn shirt in haar kleine handen heeft, haar stille tranen raken me recht in de borst als een voorhamer. Er is niets dat ik kan doen om haar pijn weg te nemen, dus hou ik haar nog steviger vast.

ALS WE DE BEGRAAFPLAATS VERLATEN, BEGINT HET TE regenen. Meer dan tweehonderd mensen hebben de begrafenis bijgewoond en terwijl de motregen in een stortbui verandert, rennen ze naar hun auto's om dekking te zoeken. Isabella verandert haar tempo niet en blijft in plaats daarvan naast me lopen, haar hoofd is gebogen. Ik trek mijn jasje uit en leg hem over haar schouders. Haar stappen haperen even en ze stopt en kijkt naar me op. Ik kan haar ogen niet zien omdat ze een oversized zonnebril draagt, maar ik ben er vrij zeker van dat haar wangen niet nat zijn als gevolg van de regen. Het lijkt erop dat ze zichzelf eindelijk heeft toegestaan om te huilen, maar alleen als er niemand anders in de buurt is.

Ik doe de autodeur open en kijk toe hoe Isabella zwijgend op de achterbank stapt. Als ze erin zit, schuift ze naar het andere uiteinde en leunt met haar hoofd tegen het raam. Ze heeft sinds vanmorgen niets meer gezegd. Ik stap in de auto, leun voorover en sla mijn arm om haar middel en trek haar dan op mijn schoot. Een verbaasde gil verlaat haar lippen, maar ze protesteert niet, legt haar wang op mijn borst en kruipt tegen mijn lichaam aan. Haar paardenstaart is losgeraakt, dus ik verwijder haar elastiek en begraaf mijn vingers in haar zachte haren en masseer haar hoofdhuid.

Wanneer de auto voor het huis stopt, stap ik uit en houd Isabella in mijn armen terwijl ik haar naar binnen draag en de trap op naar haar kamer. Ik zet haar naast het bed neer en verwacht dat ze zich omkleedt, maar ze doet mijn jas uit en haar zonnebril af en schuift onder de dekens. Ik haat dit gevoel van hulpeloosheid, het onvermogen om de situatie voor haar zelfs maar een klein beetje gemakkelijker te maken. Dus ik doe het enige wat ik kan — ik trek voorzichtig haar hakken uit, leg de dekens om haar schouders en klim dan in het bed achter haar. Ik sla mijn arm om haar heen, trek haar tegen mijn lichaam aan en blijf zo liggen totdat ik haar gelijkmatig hoor ademen en ze eindelijk in slaap is gevallen.

Terwijl ik uit het raam staar en naar de ondergaande zon kijk, vormt er zich een besef in mijn hoofd. Word ik verliefd op mijn vrouw?

Ze is negentien! schreeuwen mijn hersenen.

Ik haal snel mijn arm van Isabella's middel, sta op en verlaat de kamer en dring er bij mezelf op aan om dat belachelijke idee te vergeten.

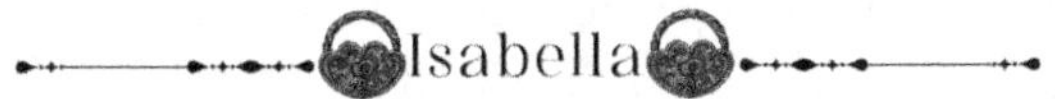

Isabella

Ik herinner me niet veel van de afgelopen twee dagen. Wat ik me herinner is dat Luca me naar de auto droeg toen we het ziekenhuis verlieten en ik zonder enig succes probeerde om hem me neer te laten zetten. Die eerste nacht sliep hij op de bank die voor het raam in mijn kamer staat. De dag van de begrafenis is in mijn hoofd een complete waas. Ik herinner me de regen en enkele willekeurige momenten zoals Luca die me in de auto vasthield en volledig gekleed in het bed stapte, maar niet veel meer dan dat. Ik weet vrij zeker dat hij gisteravond ook op de bank heeft geslapen, maar het lijkt erop dat hij weg is gegaan terwijl ik nog sliep.

Het geluid van een grasmaaier dringt door het open raam mijn gedachten binnen, en het voelt alsof het gerommel ervan zich in mijn hersenen boort. Ik moet opstaan en het raam sluiten, maar ik kan mezelf er niet toe zetten. In plaats daarvan blijf ik op mijn bed liggen en staar naar het plafond. Mijn nonno is weg. Ik kan dat feit niet bevatten. Vanmorgen toen ik wakker werd, had ik mijn telefoon gepakt, omdat ik hem wilde bellen en vragen hoe hij zich voelde. Zoals ik elke ochtend heb gedaan. Alleen deze keer was mijn hand halverwege de telefoon toen ik het me herinnerde.

Er is niemand in de buurt, dus laat ik mezelf breken en laat de tranen stromen.

Nonno zou zo boos zijn als hij me nu met mijn gezwollen gezicht en rode ogen zag. Hij stond er altijd op om alles met je hoofd omhoog en een rechte rug onder ogen te zien wat het leven brengt. Ik kijk naar de grote klok aan de muur. Het is zeven uur en ik heb Luca nog niet over mijn grootvaders waarschuwing over Lorenzo verteld.

Ik stap uit bed en ga naar de badkamer om wat water op mijn gezicht te gooien. Hopelijk zal ik me er een beetje beter door voelen. Vijf minuten later verlaat ik mijn kamer en ga naar de eerste verdieping, in de hoop Damian in zijn kantoor te vinden.

'Isa?' Damian kijkt op van zijn laptop. 'Gaat het?'

'Het gaat, dank je. Wanneer komt Luca terug? Ik moet hem spreken.'

'Geen idee. Hij heeft vrijdag een bespreking met de capo's, dus hij probeert losse eindjes aan elkaar te knopen.'

'Gaan ze over vier dagen trouw aan hem zweren? Dat is snel.'

'Lorenzo begon problemen te maken,' zegt hij. 'We moesten opschieten.'

'Dat is waar ik met Luca over wilde praten. Mijn grootvader had gezegd dat ik hem moest waarschuwen. Wie nog meer?'

'Wat bedoel je?'

Ik loop naar Damians bureau en ga tegenover hem zitten. 'Wie is er nog meer tegen om Luca als don te hebben? En wie is er onbeslist?'

Damian kijkt me met interesse aan, pakt een pen van de tafel en begint hem tussen zijn vingers te rollen. 'Vat dit niet verkeerd op, maar waarom vraag je dat?'

Ik glimlach. 'Doe me een lol.'

'Orlando Lombardi is tegen. Hij kiest de kant van Lorenzo en dringt erop aan dat de familie de wapens en gokdeals laten vallen en alle inspanningen naar drugs verplaatst. Luca heeft nee gezegd.'

'De Bratva heeft het grootste deel van de drugshandel,' zeg ik. 'Het zou niet verstandig zijn om ertussen te komen, vooral nadat Bruno Scardoni Bianca's man bijna had vermoord.' Damians ogen worden groot van verbazing. Ja, hij zou niet de eerste zijn om me te onderschatten. 'Je moet

Orlando Lombardi bellen. Zeg hem dat het extreem jammer zou zijn als Lorenzo erachter zou komen wat hij elke tweede zaterdagochtend aan het doen is.'

'En wat zou dat zijn?'

'Lorenzo's vrouw neuken terwijl ze, zogenaamd, op haar reguliere manicureafspraak is,' zeg ik. 'Wie nog meer?'

Damian slaat zijn armen over elkaar en leunt glimlachend achterover. 'Santino D'Angelo is onbeslist.'

'Nou, Santino neukt niemand behalve zijn dienstmeisje, en zijn vrouw weet ervan. Balen,' zeg ik. 'Maar zijn oudste zoon, Dario, zit diep in de schulden. Bij de Albanezen.'

'Gokken?'

'Ja. Het laatste beetje informatie dat ik heb, is dat het bijna driehonderdduizend is, maar dat was vorige maand. Het is nu waarschijnlijk meer. Dario heeft een enorme invloed op zijn vader.'

'Als we zijn schuld afkopen, dan kan hij Santino misschien in de goede richting sturen?'

'Waarschijnlijk.' Ik knik. 'Nog andere problemen?'

'Voor nu niet.' Hij leunt naar voren en zet zijn ellebogen op zijn bureau. 'Waar heb je deze informatie vandaan?'

'Zeker niet van kuuroorden of uit modetijdschriften.' Ik grijns. 'De rol van don gaat niet alleen over het goed doen van je werk. Het vereist het nauwlettend in de gaten houden van degenen die je in de rug willen steken, en het omvat veel chantage om mensen in de gewenste richting te sturen. Mijn grootvader had Orlando Lombardi's chauffeur op zijn loonlijst staan, evenals twee van de dienstmeisjes die voor Santino D'Angelo werken. Hij had tenminste één persoon in het huishouden van elke capo en hij betaalde hen het drievoudige van hun salaris om hem op de hoogte te houden van alles wat nuttig zou kunnen zijn.'

Damians lichaam verstijft bij mijn woorden. 'Had hij hier ook iemand?'

'Je vorige tuinman.'

'Domenico? De oude man die de helft van zijn tijd besteedde om onder de rok van Grace te komen?'

'Nou, ik weet niet onder wiens rok hij probeerde te komen terwijl hij hier was, maar hij gaf nogal leuke informatie. Hij werkt nu voor Franco Conti.'

'Krijg nou wat.' Hij schudt zijn hoofd. 'Giuseppe had zijn eigen kleine nestje spionnen.'

'Ja. Mijn moeder en ik hebben ze de afgelopen twee jaar vanaf het moment dat mijn grootvader ziek werd afgehandeld. Dat kunnen we blijven doen, maar Luca zal de financiering moeten overnemen.'

'Ik zal met hem praten.'

'Hij moet ook alle grote namen in de familie oproepen, nadat hij officieel de don-positie overneemt. Een maand of twee vanaf nu zou prima zijn.'

'Mijn broer is geen fan van feestjes.'

'Hij zal er sowieso een moeten geven. Dat wordt verwacht.'

'Je kunt Luca een hoop wapens van welke aard dan ook geven, en hij zal binnen een uur een koper vinden. Maar hij heeft geen idee hoe hij een feestje moet organiseren.'

'Dan is het maar goed dat hij mij heeft.' Ik glimlach en sta op om te vertrekken. 'Ik heb vijftigduizend nodig.'

'Vijftigduizend voor een feestje?'

'Het kan uiteindelijk dichter bij de vijfenzeventig komen, maar laten we voorlopig met vijftig beginnen.'

Ik schiet nog een ronde in het doel over het veld, test het gewicht en de nauwkeurigheid van de scope, en leg het geweer dan op de geïmproviseerde tafel voor me neer.

'Het kan ermee door,' zeg ik en draai me naar Bogdan. 'We nemen er vierhonderd zoals eerder afgesproken.'

'Je kunt de storting overmaken naar de gebruikelijke rekening.'

'Geen aanbetaling voor de volgende drie zendingen.'

'Wat? Ik neem geen bestellingen aan zonder een aanbetaling van 20 procent.'

'Dat doe je nu wel.' Ik pak mijn telefoon en loop richting mijn auto. 'Totdat ik ervan overtuigd ben dat er in de toekomst geen verwisselingen van de containers meer zullen zijn. Dat is hoe *ik* werk.'

'Dan kun je de verdomde geweren vergeten,' schreeuwt hij achter me aan. 'Ik laad niets zonder mijn geld te zien.'

'Het was een genoegen om zaken met je te doen, Bogdan,' zeg ik terwijl ik in mijn auto stap en Damian bel. 'Hoe gaat het met Isabella?'

'Beter. Ik had eerder vandaag een heel interessant gesprek met haar.'

'Waarover?' Ik zet de motor aan en negeer Bogdan die op mijn raam bonkt.

'Het lijkt erop dat je kleine vrouw een nuttige aanwinst kan blijken te zijn.'

'Op welke manier?'

'Ze heeft het op zich genomen om een groot feest te

organiseren. Het wordt een hele gebeurtenis, want ze is van plan er vijfenzeventigduizend aan uit te geven.'

'Ik geef geen feestje, Damian.'

'Isa zegt dat je dat wel zult doen.' Hij lacht. 'En ze heeft me ook driehonderd en twintig duizend uit laten geven.'

'Ben je verdomme helemaal gek geworden? Waaraan? Wacht even.' Ik rol het raam naar beneden waar Bogdan al meer dan een minuut op bonkt en zet hem met mijn blik vast. 'Ja?'

'Alleen de volgende drie zendingen, Luca.' Hij wijst met zijn vinger naar me. 'Daarna gaan we terug naar een aanbetaling van 20 procent.'

'Oké. Vergeet mijn granaten niet.' Ik doe het raam omhoog, zet Damian op de luidspreker en zet de auto in zijn achteruit. 'Wat heb je met het geld gedaan, Damian?'

'De gokschuld van Dario D'Angelo aan de Albanezen afbetaald.'

Ik had geen idee dat de gokproblemen van Santino's zoon zo ernstig waren. Waarom zouden we in godsnaam...? Oh... Wacht even. 'Betekent dit dat we de steun van Santino zullen hebben?'

'Yep. En Lombardi zal ook geen probleem meer zijn.'

'Heb je zijn schuld ook afgekocht?'

'Nee. Ik heb Orlando gebeld om hem te laten weten dat we zijn 'ja' verwachten, anders wil hij in de toekomst misschien een bepaalde 'manicure-afspraak' verzetten.'

'Orlando neemt geen manicure. Zijn handen zien eruit alsof ze van een slager zijn.'

'Nee. Maar Lorenzo's vrouw wel. Volgens Isa, elke tweede zaterdag. Orlando heeft Lorenzo's vrouw onder zijn neus geneukt, wie weet voor hoelang.' Hij lacht. 'Je vrouw en haar moeder runnen binnen de familie een verdomd spionnennetwerk. Ze hebben in het huishouden van elke capo iemand zitten. Domenico was die van ons.'

'Die oude smeerlap die de hele dag in de keuken bleef hangen?'

'Yep. Je vrouw is gevaarlijk, Luca.'

Inderdaad. En op meer manieren dan ik dacht.

Op het moment dat ik thuiskom, ren ik de trap op en ga direct naar Isabella's kamer, met de intentie om haar een preek te geven. Maar als ik binnenkom, is ze er niet. Ik draai me om en sta op het punt om in Rosa's kamer naar haar te zoeken, als ik de douche hoor lopen.

'Isabella.' Ik klop op de badkamerdeur. 'We moeten praten.'

'Ik ga douchen. Het kan wachten.'

'Je kunt later douchen.' Ik klop weer op de deur. 'Ik heb met Damian gesproken. Je laat je spionnenhobby vanaf nu vallen.'

'Graag gedaan, Luca,' schreeuwt ze over het geluid van stromend water. 'Ik vond het fijn om te helpen.'

'Dit is geen fucking spelletje! Als iemand zelfs maar vermoedt wat jij en je moeder aan het doen zijn, dan zal het niet goed aflopen!'

'Je zei dat je in dit huis niet mag schreeuwen.'

'Nieuwe regels.' Ik sla met mijn open handpalm tegen de deur. 'Doe de deur open of ik breek hem open.'

Het water gaat uit en een paar seconden later draait het slot om. Ik sla mijn armen over elkaar en wacht tot de deur opengaat voordat ik verder ga. Als hij opengaat, kan ik alleen maar staren.

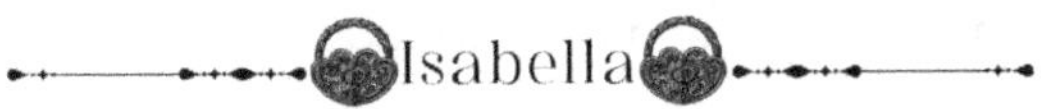

'Ik luister,' zeg ik en leun met mijn schouder tegen het deurkozijn, terwijl ik van de manier geniet waarop Luca's ogen me opeten terwijl ze over mijn naakte lichaam dwalen.

'Bedek jezelf.' Een spier in zijn kaak tikt terwijl hij zijn woorden snauwt.

'Ik was aan het douchen en ik ben van plan door te gaan nadat je klaar bent met je tirade.'

'Tirade?' Hij doet een stap naar voren en kijkt op me neer. 'Het is geen tirade, Isabella. Het is een bevel. Eén die je beter op kunt volgen.'

Hij probeert heel hard om zich op mijn gezicht te concentreren, maar zijn ogen blijven om de paar seconden naar beneden dwalen.

'Of anders?' vraag ik.

Hij legt zijn handen aan weerszijden van me op het deurkozijn en bukt zijn hoofd om in mijn oor te fluisteren. 'Daag me niet uit, Isa.'

Isa? Oh, hij moet echt boos zijn als hij dat zegt. Ik kantel mijn hoofd omhoog zodat mijn lippen bijna zijn oorlel raken. 'Maar ik vind het leuk om dat te doen,' fluister ik terug en lik dan met het puntje van mijn tong aan zijn oorlel. 'Heel erg leuk.'

Hij haalt diep adem. Er is een vreemd krakend geluid links van me, maar ik beweeg me niet en geniet van het gevoel dat ik hem zo dichtbij me heb. De behoefte om tegen hem aan te leunen, mijn wang tegen de zijne te drukken en mijn vingers in zijn haar te begraven, vreet me levend op, maar ik vecht ertegen. Hij moet uit eigen beweging naar me toe komen — omdat hij dat wil en niet omdat ik hem in de waanzin van lust over het randje heb geduwd. Ik loop al op het randje.

Naakt voor hem staan was een gok. Ik had half verwacht dat hij zou bezwijken, maar hij verzet zich nog steeds. Koppige, koppige man. *Wat moet ik doen om te zorgen dat je me ziet, Luca? Niet het meisje waar je mee moest trouwen, maar de vrouw die al zo lang verliefd op je is.* Ik heb geen munitie meer. Als hij me niet wil na alles wat ik heb gedaan om hem te verleiden, heeft het dan nog zin om het te blijven proberen?

Zijn hoofd kantelt iets naar de zijkant en ik voel dat het puntje van zijn neus de zijkant van mijn nek raakt. Mijn lichaam wordt stil terwijl mijn hart in mijn borst begint te bonzen terwijl ik naar zijn ademhaling luister. Het feit dat zijn lichaam boven het mijne uittorent en ik hem niet durf aan te raken, maakt dat ik wil schreeuwen van frustratie. *Doe iets, verdomme!*

'Ga verder met je douche, Isabella,' zegt hij en verdwijnt dan door de deur naar zijn kamer zonder nog een woord te zeggen.

Ik staar naar de deur die onze kamers scheidt, die nu gesloten is, en ik vraag me af hoe het mogelijk is om een bepaalde inrichting met zoveel passie te haten. Oh, wat verafschuw ik die deur en alles wat hij vertegenwoordigt. Zuchtend leun ik met mijn rug tegen de deurpost en pas dan merk ik het. De rand aan de andere kant is scheef, het bovenste deel is van de muur gescheiden. Ik ga dichterbij om de schade te inspecteren en het oppervlak van het bord te traceren waar zijn hand met zijn vingertoppen heeft gezeten, en ga dan met een brede glimlach op mijn gezicht verder met douchen.

IK PAK DE RAND VAN DE WASBAK VOOR ME VAST EN KIJK omhoog naar mijn spiegelbeeld in de spiegel. Er is iets mis met me. Het is de enige verklaring.

Vanavond, nadat ik Isabella naakt in haar kamer had achtergelaten, was ik in mijn auto gestapt en naar het centrum gereden terwijl mijn pik op het punt stond te exploderen omdat hij zo hard was. Ik was van plan om een escort te bellen en het af te handelen. Ik heb twee uur rondgereden, om vervolgens thuis te komen en met dank aan mijn eigen hand in de douche mijn ontlading te vinden. Alweer. Terwijl ik aan de negentienjarige in de kamer hiernaast dacht.

Damian zegt dat ik me irrationeel gedraag, maar hij begrijpt mijn angst niet. Ik ben geen tedere man en mijn smaak op het gebied van seks is niet iets waar een negentienjarig meisje zich in zou kunnen vinden. Als ik mezelf laat gaan, zal Isabella waarschijnlijk bang worden.

Ik moest me met Simona altijd inhouden. Een keer toen

ik te ver was gegaan, had ze me twee weken vermeden. Als we elkaar in huis passeerden, dan staarde ze me met een doodsbange blik aan en ging ze ervandoor.

Ik denk niet dat ik het zou kunnen verdragen om dezelfde angst in Isabella's ogen te zien.

Er is iets dat me als een magneet naar dit meisje trekt, maar ik kan niet bepalen wat. Het is niet alleen haar lichaam, wat de natte droom van elke man is — klein met haar smalle taille en de mooiste kont die ik ooit heb gezien. Het is ook niet alleen haar pixie-gezicht — met scherpe lijnen en enorme ogen. Ik weet het niet. Ik heb geen idee wat het is, maar om de een of andere reden kan ik niet stoppen met aan haar te denken. Ik probeer mezelf ervan te overtuigen dat deze waanzin voorbij zal gaan, maar het wordt alleen maar erger.

Dan is er nog mijn zieke jaloezie. Ik heb Marco om twee redenen als haar bodyguard aangewezen. Ten eerste, omdat hij de meest betrouwbare is die ik heb en niet zal aarzelen om een kogel voor haar te vangen. En ten tweede, omdat hij tweeënvijftig is. Toch vind ik het elke dag moeilijker en moeilijker om haar ergens met hem alleen heen te laten gaan. Een paar dagen geleden, toen ik op weg was naar Donato, zag ik Isabella en Marco vertrekken. Ik moest zorgen dat ik in mijn auto stapte en meteen wegreed, anders had ik Donato gebeld en afgezegd, zodat ik haar zelf naar Andrea kon brengen.

Ik heb geen idee wat er met me aan de hand is. Sinds wanneer heb ik mijn shit niet onder controle?

Na het wassen van mijn gezicht ga ik naar bed, maar de slaap komt niet. Ik lig in de duisternis te staren en vraag me af wat ik met de kleine spion in de andere kamer moet doen.

Het is diep in de nacht als ik het zwakke geluid hoor van een deur die opengaat. Terwijl ik mijn lichaam stilhoud en doe alsof ik slaap, doe ik mijn ogen een klein stukje open. Isabella staat op de drempel van onze aangrenzende kamers, met van top tot teen een deken om haar heen gewikkeld. Ze blijft daar even staan en loopt dan op haar tenen in de richting van mijn bed. Voorzichtig klimt ze op bed en gaat langzaam liggen, en gaat opgekruld aan de lege kant van mijn bed met haar rug naar me toe liggen.

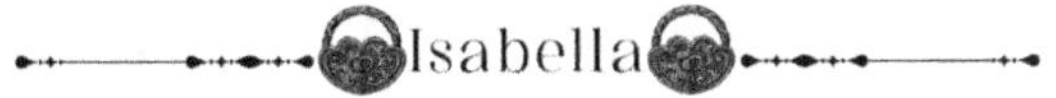

Ik vraag me af of Luca boos zal zijn als hij wakker wordt en me in zijn bed vindt. Waarschijnlijk wel, maar het kan me op dit moment geen moer schelen. Ik heb uren liggen woelen en draaien, en probeerde in slaap te vallen, maar mijn ogen bleven naar de bank gaan waar Luca de laatste paar nachten heeft geslapen. Hij had die eerste keer dat hij binnenkwam niks gezegd, hij had gewoon een kussen op het uiteinde van de bank gegooid en was gaan liggen. Hij had zich niet eens uitgekleed. De bank was veel te klein voor hem, en het kan niet comfortabel zijn geweest, maar hij was de hele nacht gebleven. 's Morgens, toen ik wakker werd, was hij weg. Ik zou hetzelfde kunnen doen, gewoon hier even slapen en naar mijn kamer teruggaan voordat hij me opmerkt.

Het matras achter me zakt in en mijn ogen schieten open, maar ik durf me niet te bewegen. Als hij denkt dat ik in slaap ben gevallen, gooit hij me er misschien niet uit. Er wordt een arm om mijn middel geslagen en hij trekt me naar achteren totdat ik tegen Luca's harde borst gedrukt word. Hij gooit een been over de mijne en verstevigt zijn greep, en ligt met zijn enorme lichaam als een lepel achter me. Ik kan nauwelijks ademhalen, te geschokt door zijn onverwachte daad. De deken is het enige dat onze lichamen scheidt, maar ik voel nog steeds zijn warmte in me sijpelen, evenals zijn harde pik die tegen mijn achterkant drukt.

Hij zegt niets, hij ligt gewoon stilletjes achter me. Langzaam reik ik naar hem toe en pak zijn hand, terwijl ik hem van mijn heup beweeg naar de plooien van de deken totdat hij tussen mijn benen rust. Zijn vingers strelen mijn kern door het kanten materiaal van mijn slipje en ik zuig adem naar binnen.

'Vanavond niet, tesoro,' fluistert hij naast mijn oor. 'Mijn zelfbeheersing hangt aan een zijden draadje.'

Hij begint zijn hand weg te trekken, maar ik houd hem vast en druk hem harder tegen mijn poesje, span mijn benen aan en houdt hem op zijn plaats. 'Wil je weten wat ik van je zelfbeheersing vind, Luca?'

'Isa...'

'Het kan naar de hel lopen.' Ik beweeg mijn kont over zijn harde pik en hoor hem grommen.

'Je bent' — zijn hand trekt aan mijn slipje en schuift hem naar beneden — 'met vuur aan het spelen, tesoro.'

Luca duwt zijn pik tegen mijn achterste terwijl zijn vinger bij me binnenkomt. Ik snak naar adem en krom me tegen hem aan.

Hij leunt tegen me aan en haalt zijn vinger weg. 'Laatste kans, Isa.'

'Ik zal ervan genieten om met je te branden, Luca,' zeg ik hees en schop mijn slipje van mijn enkels.

Hij gooit zijn deken eraf. Hij landt ergens in de kamer terwijl hij aan degene trekt die ik om me heen heb gewikkeld, en die volgt. Zijn lippen drukken op mijn schouder en gaan dan langs de zijkant van mijn nek. Ik begin me naar hem toe te draaien, maar zijn armen komen om me heen, en zijn handen glijden naar beneden, tussen mijn benen.

'Hoeveel mannen, Isa?' zegt hij, terwijl hij mijn clitoris met zijn duim plaagt.

'Wat?'

'Met hoeveel mannen ben je naar bed geweest?'

Zijn vinger komt weer bij me binnen en ik rijd erop terwijl mijn nagels in zijn onderarm graven. 'Doet het ertoe?'

'Nee.' Een beet in mijn schouder, dan een lik. 'Maar ik wil nog steeds dat je het me vertelt.' Nog een beet. 'En ook hun namen.'

'Ik vertel het je niet.'

'De namen, Isa.'

De druk die hij op mijn clitoris legt, laat me jammeren en dan kromt hij een vinger in me. Ik hijg als trillingen door mijn lichaam trekken, mijn dijen trillen.

'Ik ga ze allemaal wurgen,' zegt hij en hij beweegt zijn mond naar mijn nek en bijt daar op de gevoelige huid.

Ik kom met een luid gekreun klaar, maar hij blijft mijn poesje masseren. Mijn lichaam trilt nog steeds alsof ik koorts heb. Luca voegt een tweede vinger toe en ik snak naar adem. Hij blijft stevig op mijn bovenlichaam drukken en stoot zijn vingers erin en eruit. Als ik denk dat ik niet veel meer aankan, knijpt hij in mijn klit en kom ik weer. Ik tril nog steeds als hij zijn boxershort uitdoet en dan een kus op mijn schouder geeft. Hij draait me op mijn rug, bedekt mijn lichaam met het zijne en plaatst zijn pik bij mijn ingang. Voor een tel lig ik helemaal stil. Ik kan er niets aan doen. Dan dwing ik mijn lichaam om te ontspannen als een combinatie van anticipatie en angst me verteert.

Luca laat zijn hoofd zakken, zijn lippen komen op de mijne. Lieve God, ik heb er zo lang van gedroomd om hem te kussen, me voorgesteld hoe het zou voelen. Zoveel dat het een obsessie werd. Om de een of andere reden eindigde het in mijn gedachten altijd als een langzame, tedere kus, waarbij hij mijn hoofd een beetje kantelde en mijn lippen zorgvuldig proefde. Bijna een kuise kus, vergelijkbaar met die ik met een paar jongens heb gedeeld met wie ik uitging. Ik had het zo mis, want er is niets kuis aan deze kus. Het is hard en rauw, net als de man zelf. Luca's kus is er een die zijn claim laat zien. Ik rijg mijn handen in zijn haar dat aan weerszijden van mijn gezicht valt, ga met mijn vingers door de zijdeachtige strengen en laat hem me met zijn lippen in bezit nemen.

Een van Luca's handen gaat tussen mijn benen, spreidt ze verder en de eikel van zijn pik komt langzaam bij me binnen. Ik haal diep adem en sluit mijn ogen, mijn lichaam wordt stijf. *Ontspan*, zeg ik tegen mezelf. Het werkt niet. Luca stopt, begint mijn clitoris te masseren en probeert het opnieuw. Deze keer wordt *zijn* lichaam stijf.

'Isabella?' zegt hij in mijn mond. 'Is er iets dat je me wilt vertellen?'

Ik bijt op mijn lip en schud mijn hoofd. 'Nee.'

'Kijk me aan.'

Dat doe ik, en zie hem me met een strakke kaak aankijken. 'Heb je al eerder seks gehad?'

Ik heb dit moment gevreesd. Het was een strijd om zo ver te komen vanwege zijn obsessie met het verschil in onze leeftijd, dus ik was bang dat hij nooit zou bezwijken als hij wist dat ik een maagd ben. Ik had gehoopt dat hij het niet zou merken.

'Nee,' zeg ik en bal mijn handen tot een vuist in zijn haar om te voorkomen dat hij zich terugtrekt. 'Stop alsjeblieft niet.'

Hij kijkt me aan en schudt dan zijn hoofd. Hij sluit zijn ogen en drukt zijn voorhoofd tegen de mijne. 'Jezus, tesoro.'

'Alsjeblieft, Luca,' fluister ik. 'Stop alsjeblieft niet.'

'Ik had je pijn kunnen doen, Isa. Heb je enig idee hoe ik me zou hebben gevoeld? Heb je daar over nagedacht?'

Ik sla mijn benen om zijn middel, open mezelf nog meer voor hem en ga met mijn handen over zijn rug. 'Doe het.' Ik duw mijn nagels in zijn huid. 'Of ik zal iemand anders vinden om het voor je te doen.'

Luca's neusvleugels trillen terwijl hij in mijn ogen staart. Ik adem in om me voor te bereiden op de pijn, ik verwacht dat hij zichzelf tot de schacht in me zal duwen. In plaats daarvan glijdt zijn hand tussen onze lichamen en begint hij met zijn vinger om mijn klit te cirkelen terwijl zijn pik bij mijn ingang blijft.

De druk begint zich in me op te bouwen, mijn ademhaling wordt sneller terwijl zijn vinger me blijft plagen. Al snel ben ik zo gek door de behoefte om hem in me te voelen dat ik mijn onrust en angst vergeet. Zijn pik glijdt in me — onmogelijk traag — en er is een klein beetje pijn, maar het duurt slechts een paar seconden. Dan word ik door het gevoel van zijn ritme overspoeld terwijl hij in me beweegt, me strekt en me vult. Het is in het begin een beetje ongemakkelijk, maar het verandert al snel in genot dat mijn hele wezen consumeert.

Het is niet alleen hem in me hebben, wat me laat trillen.

Het is zijn lichaam die tegen de mijne drukt en zijn handen die mijn wangen strelen. Het zijn Luca's ogen, doordringend en gevaarlijk, die mijn blik de hele tijd vasthouden, en zijn haar wat op mijn schouders en gezicht kietelt. De manier waarop hij zijn tanden knarst omdat hij zich inhoudt uit angst om me pijn te doen. Dat had ik nooit van hem verwacht. Ook al is hij boos omdat ik hem niet heb verteld dat het mijn eerste keer is, hij probeert me nog steeds geen pijn te doen. En dat feit laat mijn hart zwellen van geluk.

Met zijn adem die in mijn gezicht blaast, blijft Luca zijn lichaam heen en weer bewegen. In. Uit. En opnieuw. Mijn wanden strekken zich uit en nemen met elke stoot meer van hem mee naar binnen. Zijn hand beweegt over mijn lichaam, grijpt de achterkant van mijn nek en knijpt.

'Is dit wat je wilde, Isabella?' vraagt hij en bijt dan in mijn schouder.

'Ja,' zeg ik moeizaam, 'maar nu wil ik meer.'

Luca schuift zijn pik eruit, stoot dan hard in me en ik snak naar adem terwijl spasmen in mijn kern beginnen. Er komt een vreemd soort voldoening over me heen, en het volgende moment ontploft mijn brein in een prachtig niets, net op het moment dat hij in me klaarkomt.

Ik baad in het gevoel dat Luca's lichaam op het mijne ligt als hij eruit gaat en opstaat. Hij verdwijnt even in de badkamer aan de andere kant van de kamer en komt dan terug met een handdoek in zijn hand. Hij gaat op de rand van het bed zitten en maakt me schoon. Zodra hij klaar is, leunt hij met zijn ellebogen op zijn knieën en blijft bijna bewegingloos zitten. Zijn blik is op de handdoek gericht die met mijn bloed besmeurd is. Na een tijdje, en zonder een woord te zeggen, pakt hij de deken van de vloer en bedekt mijn naakte lichaam.

Zijn aanraking is zachtaardig, maar ik voel hem zich terugtrekken terwijl hij zijn joggingbroek en T-shirt begint aan te trekken.

'Waag het niet om me weer te manipuleren, Isabella,' zegt hij met een koude stem. Zonder me nog een blik te geven, loopt hij naar de deur en verlaat de kamer.

Even staar ik naar die verdomde deur — nog een barrière die hij in zijn kielzog dichtslaat — en begraaf dan mijn gezicht in het kussen en huil.

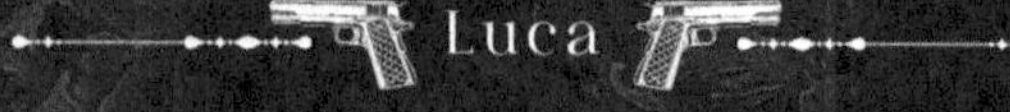

'Dus we zijn het er allemaal mee eens dat Luca Rossi de familie gaat overnemen?' vraagt Francesco.

Onder Giuseppe's bewind, was Isabella's vader een raadsman van de don. Ik ben van plan om hem als mijn adviseur te houden.

De mannen die rond de tafel zitten, draaien zich naar me toe. Donato knikt eerst. Franco Conti volgt, daarna Angelo Scardoni. Orlando Lombardi en Santino D'Angelo zijn de volgende. Blijkbaar had Isabella gelijk. Francesco wendt zich tot Lorenzo Barbini. Lorenzo kijkt naar me op, ogenschijnlijk ontspannen, maar ik zie hoe hij zijn kaken op elkaar klemt. Voor de dood van Giuseppe, rapporteerde ik aan hem en aan de don. Vanaf nu zal hij mijn ondergeschikte zijn. Het gebeurt niet vaak dat een capo de familie overneemt. Door mij als zijn opvolger te benoemen, had Giuseppe in feite verklaard dat hij zijn onderbaas niet geschikt vond voor de rol.

Het moet pijnlijk voor hem zijn maar met vijf andere capo's die instemmen, heeft Lorenzo geen andere keuze. Hij knikt.

Francesco komt voor me staan en buigt om een kus op mijn hand te geven. Als raadsman is hij de eerste die zijn loyaliteit zweert.

'Don.' Hij knikt en keert terug naar zijn stoel.

Als onderbaas is Lorenzo de volgende. Hij komt met een rechte rug en zijn gezicht in harde lijnen naar me toe, maar hij buigt en kust mijn hand. De capo's volgen één voor één. Als iedereen weer zit, leun ik achterover in mijn stoel en kijk naar ze.

'Ik heb gehoord dat er wat discussies waren over het uitbreiden naar de drugshandel,' zeg ik en richt mijn blik op Lorenzo. 'Dat zal niet gebeuren. We houden dezelfde opstelling die we onder Giuseppe hadden. Donato en ik zullen de wapenhandel blijven afhandelen en het geld via onroerend goed witwassen. Lorenzo, Orlando en Santino blijven in de gokindustrie, waarbij Franco hun inkomsten witwast. Iedereen zal aan Lorenzo rapporteren, ook daar verandert er niets.'

Ik draai me om naar de jonge Scardoni. Hij is amper vijfentwintig en na de dood van zijn vader pas sinds kort capo. 'Angelo, jij gaat met Franco samenwerken en meer bedrijven opzetten die we kunnen gebruiken om het geld wit te wassen. We lopen dicht bij de limiet met wat Franco en Damian kunnen verwerken.'

Hij knikt.

'Als ik ooit hoor dat je weer voet in Mexico hebt gezet,' vervolg ik, 'of dat je een ontmoeting met Mendoza's mannen hebt gehad, dan ben je dood.'

'Ja, baas.'

Ik richt mijn blik op de andere mannen aan de tafel. 'Ik

wil geen problemen meer met de Russen. Volgende week ontmoet ik Roman Petrov om hem ervan te verzekeren dat we ons aan de wapenstilstand houden die de Bratva met Giuseppe heeft afgesproken. Petrov had de fuck up die Bruno had gemaakt laten gaan, omdat hij wist dat Scardoni's deal buiten de officiële kanalen was geweest. Maar hij zal het niet weer doen.' Ik kijk naar Francesco. 'Hoeveel geld hebben we eerder dit jaar tijdens de drie maanden durende oorlog met de Russen verloren?'

'Als we de beschadigde of verloren infrastructuur meetellen, iets meer dan zeven miljoen,' zegt hij.

Ik vloek. 'Geen ruzie meer met de Russen. Tenzij je een van je dochters of zussen met de Bratva wilt zien trouwen.'

Nadat iedereen knikt, sta ik op van de tafel. 'Dat was het.'

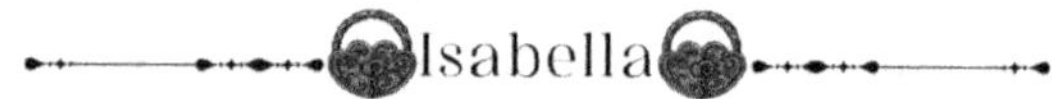

Ik open de notitie-app op mijn telefoon en kijk naar Damian. 'Wil je dat ik privébeveiliging huur voor het feest, of wil je je eigen mannen op hun plaats hebben?'

'We zullen onze mannen bij de poort en in het huis hebben. Huur voor de zekerheid nog tien mensen in om het terrein te patrouilleren.'

Ik maak een aantekening in mijn planner. 'Ik heb vandaag een ontmoeting met de cateringmensen om de taart te kiezen en het menu te bepalen. Heb je een voorkeur voor wijn?'

'Nee. Neem wat ze denken dat het beste werkt met het menu,' zegt hij en kijkt op van zijn laptop. 'Luca heeft je beveiliging verbeterd. Vanaf nu heb je twee bodyguards. Marco en Sandro.'

'Het zou leuk zijn geweest als hij me daar zelf over had geïnformeerd,' mompel ik.

Drie dagen. Hij ontwijkt me al drie dagen, sinds ik zijn kamer binnen ben geslopen. Ik zie hem amper. Als ik hem zie, dan is het meestal alleen tijdens het ontbijt. Hij gaat weg en komt na middernacht terug. Hij moet een hoop te regelen hebben aangezien hij naast zijn eigen bedrijf, don geworden is, maar toch. Ik heb overwogen om mijn dagelijkse bezoeken aan zijn kantoor te hervatten, maar heb besloten om nog een paar dagen te wachten.

'Hij heeft het druk,' zegt Damian.

'Natuurlijk heeft hij het druk.'

'En hij is extreem geagiteerd. Wil je vertellen wat er in godsnaam met jou en Luca aan de hand is?'

'Waarom denk je dat het iets met mij te maken heeft?'

'Alsjeblieft. Ik ken mijn broer beter dan hij zichzelf kent. Jij bent de enige persoon die hem ooit zo overstuur heeft ge-maakt.' Hij begint op het uiteinde van zijn pen te kauwen. 'Ik vraag me af hoe je het doet. Luca verliest zijn shit niet zo gemakkelijk.'

'Ik heb tegen hem gezegd dat als hij niet met me naar bed wil, ik iemand zou vinden die dat wel wil.' Ik haal mijn schouders op.

'Interessant. Dus jullie hebben seks gehad, neem ik aan?'

'Ja. Nu ontwijkt hij me.'

'Ik heb tegen je gezegd dat je hem niet moest pushen.'

Ik leg de planner op mijn schoot en sla mijn armen over elkaar. 'Ik ben er klaar mee om in dit huwelijk als een bloem-stuk behandeld te worden, Damian.'

'Je lijkt me geen delicate bloem, Isa.'

'Omdat ik dat niet ben. En het wordt tijd dat je broer zich dat realiseert.' Ik druk mijn lippen op elkaar en kijk terug naar mijn aantekeningen. 'Hoe zit het met de muziek?'

'Allesbehalve jazz. Luca haat het.'

'Is dat zo.' Ik glimlach.

'Je bent gemeen.' Damian lacht. 'Herinner me eraan dat ik nooit aan jouw slechte kant kom te staan.'

'Ik heb meestal geen slechte kant, Damian. Blijkbaar komt het alleen naar boven als je broer in de buurt is.'

'Weet je, soms snap ik jullie twee en al die drama niet. Waarom kunnen jullie je niet als volwassen mensen gedragen en een normale relatie hebben in plaats van om elkaar heen te draaien in een kat-en-muisspel? Er is zonder al meer dan genoeg shit om mee te dealen.'

'Ik ben het volledig met je eens. Hopelijk ziet Luca dat ook snel in.' Ik sta op. 'Ik ben weg. Als je van gedachten verandert over de wijn, bel me dan.'

Ik verlaat Damians kantoor en ga naar beneden om Marco te zoeken, net op het moment dat Luca door de voordeur komt. Hij bekijkt me van top tot teen terwijl ik de foyer passeer, zijn ogen zijn op mijn achterste gericht. Het lukte me amper om me in deze witte skinny jeans te wurmen. Met de manier waarop mijn kont het materiaal belast, is hij misschien niet geschikt voor een zakelijke bijeenkomst. Dat kan me geen fuck schelen. Ik voel me al dagen waardeloos en wilde me optutten. Het is mijn favoriete broek, en hij staat ongelooflijk goed met mijn beige top en nudekleurige hakken. Na alles wat er met Luca is gebeurd, had ik een morele boost nodig.

'Waar ga je heen?' vraagt hij.

'Ik heb een afspraak met het cateringbedrijf,' zeg ik en ga naar de keuken. 'Heb je Marco en Sandro gezien?'

Er is even een stilte en dan blaft hij, 'Ik breng je.'

Ik stop en draai me om. 'Ik dacht dat je het druk had.'

'Dat heb je verkeerd gedacht. Ga naar boven en kleed je om.'

'Waarom?'

'Je gaat dat niet dragen waar mensen bij zijn.' Hij slentert naar me toe totdat hij recht voor me staat en knikt naar mijn skinny jeans.

'Kun je wat specifieker zijn? Mensen zoals vreemden of...'

'Iedereen behalve ik. Is dat specifiek genoeg voor je?'

Ik trek mijn wenkbrauwen op. 'Het is een broek.'

'Een zeer strakke broek. Zoek een oversized shirt en trek die aan. Of trek een andere broek aan. Wat dan ook.'

'Waarom?'

'Ik wil niet dat mannen naar je kont kijken.'

'Nou, mijn kont is vrij groot, dus hij is moeilijk te missen,' lach ik.

'Je kont is een verdomd kunstwerk.' Hij buigt zijn hoofd tot zijn ogen op gelijke hoogte zijn met de mijne. 'En hij is alleen van mij om naar te kijken, Isabella.'

Ik knipper met mijn ogen naar hem. Een kunstwerk? En alleen die van hem om naar te kijken? 'Ben je jaloers?'

Zijn lippen vormen een strakke lijn terwijl hij me aankijkt en een ader in zijn hals blijft pulseren. 'Nee.'

'Perfect. Dan zou het je niet moeten storen wat ik draag en wie er naar mijn kont kijkt,' zeg ik en draai me naar de voordeur, met de bedoeling naar de auto te gaan. Luca's hand schiet naar voren en grijpt me om mijn middel en trekt me naar zich toe.

'Ga. Je. Omkleden,' fluistert hij in mijn oor.

Mijn adem stokt, ik sluit mijn ogen, en probeer mezelf in de hand te krijgen. Hij begint eindelijk wat reactie op me te tonen, wat betekent dat we ergens komen, maar hij heeft me sinds de nacht dat ik hem mijn maagdelijkheid had gegeven nog steeds niet intiem aangeraakt. De koppige ezel vecht er nog steeds tegen.

'Als je me uit deze spijkerbroek wilt krijgen, Luca,' zeg ik en leun tegen hem aan, terwijl ik zijn harde pik in mijn rug voel drukken, 'dan zul je hem zelf uit moeten doen.'

Luca's adem blaast tegen de huid in mijn nek terwijl hij zijn greep rond mijn middel verstevigt. 'Wat heb ik tegen je gezegd over het proberen om me te manipuleren, Isa?'

Op mijn tanden knarsend, draai ik me om en kijk naar hem op, naar deze koppige man die me gewoon niet door zijn muren heen wil laten breken, hoe vaak ik er ook op sla en er naar uithaal. Ik vraag me af of het tussen ons altijd zo zal blijven. Wanneer kan ik eindelijk stoppen om de gevoelens die ik voor hem heb te verbergen? Ik heb ze zo lang onderdrukt dat mijn borst op exploderen staat. Ik reik omhoog en haak mijn vinger in zijn haarelastiek, trek eraan en laat zijn haren los naar beneden en rond zijn gezicht vallen. Hij zegt niets, kijkt me gewoon aan terwijl ik mijn hoofd omhoog kantel totdat het puntje van mijn neus de zijne raakt.

'Je bent zo verdomde koppig,' fluister ik, 'maar ik zal tegen die verdomde muur blijven bonzen die je tussen ons hebt neergezet, Luca, totdat hij tot stof afbrokkelt.'

Zijn vingers pakken mijn kin vast en kantelen hem een beetje totdat mijn lippen de zijne bijna raken. 'Misschien zal het je niet bevallen wat er achter die muur op de loer ligt, tesoro,' zegt hij, terwijl zijn adem mijn lippen plaagt.

'Oh? Maar wat als het me wel bevalt?'

De telefoon in Luca's zak gaat over. Hij stopt niet met in mijn ogen te kijken terwijl hij hem tevoorschijn haalt en tegen zijn oor houdt. 'Wat?'

Ik hoor het antwoord niet van de andere kant, maar het moet iets ernstigs zijn, omdat Luca plotseling rechtop gaat staan en zijn hand van mijn gezicht valt.

'Ik ben er over een uur,' zegt hij en verbreekt het gesprek. 'Ik moet gaan. Verplaats de afspraak met het cateringbedrijf naar morgen. Ik ga met je mee.'

'Oké.' Ik knik terwijl vlinders in mijn borst fladderen.

Hij kijkt me een paar ogenblikken aan en ik houd mijn adem in, mijn ogen op zijn lippen gericht. In plaats van me te kussen zoals ik had gehoopt, draait hij zich om en loopt de voordeur uit, waardoor ik midden in de foyer sta met zijn elastiek in mijn hand.

Luca

Ik ben er klaar mee, zeg ik tegen mezelf terwijl ik over de snelweg rijd. Er verdomd *klaar* mee om Isabella weg te duwen, met te proberen deze gekke behoefte te onderdrukken om haar elke keer als ik haar zie te grijpen, om haar in mijn armen te nemen en haar nooit meer mijn zijde te laten verlaten. Zodra ik thuiskom, zal ik haar over mijn schouder gooien en haar als een gek neuken zodra we de slaapkamer binnenkomen. *Onze slaapkamer*. Vanaf vanavond slaapt ze in mijn bed. *Ons bed*. Ik noem mijn missie om te wachten tot ze 21 wordt een mislukking. Ik kan haar niet langer op afstand houden. En dat wil ik verdomme ook niet. We draaien een nieuwe bladzijde om, al het andere kan naar de hel lopen. Vanavond, als ik thuiskom, zal alles veranderen.

Ik verlaat de snelweg naar een smalle weg en rijd bergopwaarts als ik twee zwarte SUV's in mijn achteruitkijkspiegel zie, die dezelfde afslag nemen. De route naar het magazijn waar we zware wapens hebben is meestal verlaten. Er is niets in de buurt, behalve een paar verlaten fabrieken, dus het zien van twee auto's die me volgen, is meteen een *red flag*. Mijn hand glijdt in mijn jas en ik haal mijn pistool uit zijn holster. Ik leg hem op het dashboard, zodat hij binnen handbereik is en ik behoud mijn snelheid. Er is over ongeveer twee kilometer een kruising, en ik besluit om te wachten en te zien of ze af zullen slaan of op deze weg blijven. Ik passeer het kruispunt. De SUV's blijven achter me rijden en beginnen te versnellen en komen dichterbij. De weg gaat bergopwaarts, met links een rotswand en rechts een ravijn. De enige optie die ik heb, is om verder te rijden. Er zijn gedurende een aantal kilometer geen andere kruispunten.

Dat telefoontje was gelogen. Een valstrik. Er was geen explosie zoals de bewaker had gezegd. Het lijkt erop dat iemand me dood wil hebben. Ik trap het gaspedaal in.

Ik slaag erin om gedurende een paar kilometer mijn afstand te houden, maar de SUV's beginnen steeds dichterbij te komen. Er klinkt een schot. En nog een paar. Ik werp een blik in de achteruitkijkspiegel en zie de passagier van het dichtstbijzijnde voertuig uit het raam leunen en zijn pistool op mijn banden richten. Er klinkt weer een schot. Terugschieten is geen optie, er zitten te veel bochten in de weg. Het beste wat ik kan doen is proberen ze af te schudden. Nog een paar kilometer, dan gaat de weg bergafwaarts en wordt hij breder. Ik heb daar meer opties om te manoeuvreren. Nog een schot. De auto slingert. Fuck. Ze hebben een van mijn banden geraakt.

Ik vecht om de controle over de auto te behouden en het lukt om hem recht te krijgen, maar dan ramt een van de achtervolgende voertuigen me van achteren, waardoor mijn auto naar voren slingert en tractie verliest en het voertuig in een zijwaartse slip gooit. Met een lekke band kan ik niet aan ze ontsnappen, dus ik rem af en slaag erin te stoppen voordat ik een andere bocht in de weg bereik en pak mijn pistool. Ik heb mijn hand op de deurklink, van plan om uit te stappen en te schieten als de andere SUV zich in de zijkant van mijn auto ramt. Het laatste wat ik zie voordat mijn auto in het ravijn valt, is het opvallende gezicht van een man die ik in jaren niet heb gezien.

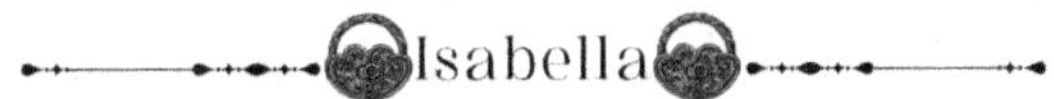

Isabella

'Ik weet niet zeker of we het risico kunnen nemen om het feest in september buiten te houden. Ik zal wat tenten bestellen om op het gazon te plaatsen,' zeg ik terwijl ik naar Damian gebaar om me de saladekom aan te geven.

'Tenten?' gilt Rosa. 'Dus het wordt een kampeerfeestje?'

'Nee.' Ik lach. 'Dit zijn gewoon witte feesttenten. Ze zijn niet om in te kamperen. Ze zullen in geval van regen dekking bieden of schaduw wanneer de zon schijnt.'

'Oh. Mag ik komen?'

Ik kijk naar Damian, maar hij haalt zijn schouders op. 'Dat moet je aan je vader vragen,' zeg ik. 'Als hij het goed vindt, dan kun je komen. Maar je zult nog steeds alles vanuit je raam kunnen zien, zelfs als je binnen moet blijven.'

'Mag ik Clara uitnodigen? Zodat we samen kunnen kijken?'

'Ik zie niet in waarom niet. Er zal een enorme taart zijn.' Ik knipoog.

'Heeft Luca gezegd waar hij heen ging?' Damian kijkt op. 'Ik heb geprobeerd om hem te bellen, maar hij neemt niet op.'

'Nee. Iemand had hem daarstraks gebeld, en toen zei hij dat hij moest gaan. Ik weet niet wie het was, maar het klonk dringend. Misschien zit hij in een vergadering en heeft hij zijn telefoon uitgezet?'

'Dat doet Luca nooit.'

'Zal er een band zijn?' vraagt Rosa. 'Of een dj?'

'Ik heb een jazzband ingehuurd.'

'Oh nee, dat is saai. En papa haat jazz.'

'Ik weet het.' Ik lach op hetzelfde moment dat Damians telefoon gaat.

Hij kijkt naar het scherm en neemt het telefoontje aan. Even later staat hij abrupt op uit zijn stoel. Gedurende een paar seconden luistert hij alleen naar de persoon aan de andere kant, zijn gezicht wordt lijkbleek en dan knikt hij.

'We komen meteen,' zegt hij en verbreekt de verbinding. 'Rosa, ga naar je kamer.'

'Maar ik heb nog niet —'

'Nu!' schreeuwt hij.

Rosa springt van haar stoel en rent naar boven terwijl ik naar Damian staar. Ik heb hem nog nooit zijn stem horen verheffen.

'We moeten gaan.' Hij pakt mijn hand en begint me met hem mee door de hal naar de voordeur te trekken.

'Damian? Wat is er gebeurd?'

'Er is een ongeluk gebeurd. Luca's auto is van de weg geraakt en in een ravijn gevallen,' zegt hij, en ik struikel terwijl mijn hart stopt met kloppen.

'Leeft hij nog?'

'Nauwelijks.'

Er is een doordringende pijn in mijn borst alsof iemand me met een mes heeft gestoken. Zodra we in Damians auto stappen, trapt hij het gaspedaal in. Ik vind het moeilijk om te ademen, dus het kost me een paar pogingen om de woorden te vormen. 'Hoe erg is het?'

'Hoofdletsel en tweedegraads brandwonden.'

'Brandwonden?'

'Zijn auto is in brand gevlogen. Meer weet ik niet.'

Ik kijk naar de weg voor ons, en probeer de drang om te schreeuwen te onderdrukken.

De geur van ontsmettingsmiddel en medische benodigdheden dringt mijn neusgaten binnen. Om ons heen zijn de mensen zachtjes aan het praten. In een van de kamers huilt iemand. Het geluid van mijn hakken die op de tegelvloer klikken, weerklinkt terwijl we door de gang rennen. Alles wat ik zie en voel, raakt in een puinhoop van sensaties verstrikt. Het enige wat ik zeker weet, is dat Damians hand in de mijne knijpt terwijl hij me achter zich aan sleept, zijn lange benen overbruggen de afstand veel sneller dan de mijne. Een man in een witte jas komt de hoek om en loopt naar ons toe.

'Hoe gaat het met hem?' zegt Damian moeizaam als we hem bereiken.

'Meneer Rossi heeft een aanzienlijk trauma aan zijn hoofd

opgelopen. We zijn erin geslaagd om de zwelling onder controle te krijgen, maar we zullen niet weten of er blijvende schade zal zijn totdat hij weer bij bewustzijn komt.'

Ik pak Damians onderarm en vraag de dokter, 'Wanneer verwacht u dat hij wakker wordt?'

'Voordat hij uit de verkoeverkamer is gekomen, is dat moeilijk te zeggen. Hij zou uiteindelijk helemaal in orde kunnen zijn, of er kunnen ernstige langetermijneffecten zijn.'

Damian zit op een stoel naast me en praat met iemand aan de telefoon, maar ik kan alleen maar naar de muur voor me staren. We zijn hier nu al twaalf uur. Luca is een uur geleden geopereerd, maar hij is nog steeds in de verkoeverkamer.

'Ze zijn klaar met het onderzoeken van Luca's auto,' zegt Damian. 'De auto was total loss, maar er zijn aanwijzingen dat de krassen en deuken aan de zijkant en achterkant mogelijk zijn gebeurd voordat hij verongelukte.'

Ik staar hem aan. Het voorlopige rapport had gezegd dat Luca de controle over de auto was verloren en van de weg in het ravijn was gegleden en twee keer over de kop was gegaan. Het was puur geluk dat er een brandweerwagen voorbijkwam die zijn wrak en de brand opmerkte. 'Wat betekent dat?'

'Het betekent dat iemand hem van de weg heeft geduwd. Gezien de bandensporen, waarschijnlijk door twee voertuigen. Het lijkt erop dat iemand hem van achteren heeft aangereden, terwijl een ander voertuig zijn zijkant raakte.'

Mijn hart slaat een slag over. Iemand heeft geprobeerd om mijn man te vermoorden.

Deel Twee

'Erna'

Hoofdstuk
12

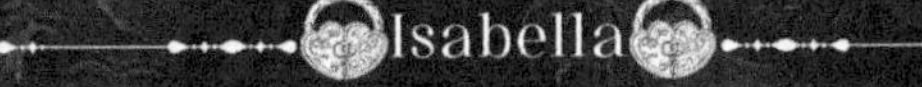 Isabella

Heden

IK LOOP LANGZAAM NAAR HET ZIEKENHUISBED WAAR MIJN MAN in ligt. Er zijn talloze draden op zijn lichaam aangesloten en hij is aan een machine aan de rechterkant verbonden. Mijn hand grijpt de rail van het bed vast om te voorkomen dat mijn benen het begeven en ik zak bijna in de nabijgelegen stoel in elkaar. Het grootste deel van zijn hoofd is strak in verband gewikkeld, ze moeten zijn haar hebben geschoren. Ik druk mijn hand op mijn mond om te voorkomen dat er een snik ontsnapt.

Ik weet niet waarom dat detail me zo hard raakt. Ik ben erin geslaagd om sterk te blijven, toen hij geopereerd werd en tijdens de uren die hij in de verkoeverkamer had doorgebracht. Ik heb een stoïcijns masker opgezet en gedaan alsof ik niet uit elkaar viel terwijl zijn leven aan een zijden draadje hing. Op de een of andere manier is het me gelukt om er doorheen te komen zonder een traan te laten.

Ik reik naar zijn hand en verstrengel onze vingers, en laat mijn voorhoofd op het matras vallen, en ik huil. Er gaan minuten voorbij. Misschien uren, ik weet het niet zeker. Er spelen verschillende scenario's door mijn hoofd, de een is nog erger dan de andere, en ik huil harder totdat mijn hele lichaam trilt.

Ik mis het bijna, de kleine beweging van zijn vingers in de mijne. Mijn hoofd schiet omhoog en ik zie twee donkerbruine ogen naar me kijken.

'Oh, Luca...' zeg ik moeizaam, leun dan over hem heen en geef een lichte, snelle kus op zijn lippen.

Hij zegt niets, en blijft me alleen maar aankijken. Wanneer hij eindelijk spreekt, zorgen de woorden die uit zijn mond komen ervoor dat ik ijskoud word.

'Wie ben jij?'

Ik staar hem aan.

Luca houdt zijn hoofd opzij en kijkt me met zijn intense, berekenende blik aan.

'Ik ben Isabella,' fluister ik. 'Je... vrouw.'

Hij knippert, kijkt dan weg naar het raam aan de andere kant van de kamer en haalt diep adem.

'Dus, Isabella,' zegt hij en draait zich naar me toe. 'Kun je me vertellen wie ik ben?'

Ik haal langzaam diep adem en probeer de paniek in mijn buik te onderdrukken. Het is moeilijk om te weten hoe lang hij bewusteloos in de auto had gelegen, en dan zijn er nog de uren van de operatie. Het is heel normaal dat hij een beetje in de war is.

Ik leg mijn hand op de zijne en zie hoe mijn vingers trillen. 'Ik ga de dokter halen. Hij zei dat ik hem moest halen zodra je wakker werd. Oké?'

Nadat hij knikt, draai ik me om en loop naar de deur,

terwijl ik mijn best doe om kalm te lijken. In werkelijkheid bedwing ik de drang om rennend op zoek te gaan naar de dokter, schreeuwend dat hij meteen moet komen. Als ik dr. Jacobs vind, haast hij zich naar Luca's kamer en vraagt mij om buiten te blijven. Ik ga op de stoel zitten en wacht. En wacht. Ik weet niet hoelang de dokter al binnen is als Damian bij me komt zitten.

Wanneer de dokter eindelijk de kamer verlaat, springen we allebei van onze stoelen en staren hem aan.

'Fysiek gezien, is meneer Rossi in orde,' zegt dr. Jacobs. 'Rekening houdend met de ernst van zijn toestand toen hij aankwam, zou ik zeggen dat het uitzonderlijk goed met hem gaat. Ik heb een basistest gedaan en al zijn motorische functies lijken vrij goed te werken. We zullen natuurlijk een grondiger onderzoek doen en nog een CT-scan om zeker te weten dat de zwelling blijft afnemen, maar afgezien van wat blauwe plekken en brandwonden, lijkt hij in orde te zijn. Afgezien van zijn geheugenverlies.'

Ik verstijf naast Damian. 'Is dat... blijvend?'

'Ik weet het niet. Hij kan morgen wakker worden en zijn oude zelf zijn. Of het kan over zes maanden gebeuren. Of zijn geheugen kan in delen terugkomen.'

'Herinnert hij zich iets?' vraagt Damian.

'Hij weet waar hij is, en welke maand en welk jaar het is. Hij kan de belangrijkste steden opsommen, wiskundige problemen oplossen en hij kan lezen en schrijven. Toen ik hem naar enkele bezienswaardigheden hier in Chicago of elders vroeg, beschreef hij tot in detail hoe hij ze kon bereiken. Maar hij herinnert zich niets persoonlijks. Hij weet zijn naam niet en hij herinnert zich geen familieleden. Hij kan me de namen van jeugdvrienden niet vertellen en hij weet niet waar hij woont of wat hij voor de kost doet.'

Lieve God.

'We hebben hier goede psychologen.' Dr. Jacobs vervolgt, 'Zodra we hem van de IC krijgen, kunnen ze hem helpen om met dit probleem om te gaan en ze kunnen u ook richtlijnen geven over hoe u hem kunt ondersteunen.'

'Het zou dus kunnen helpen om zich iets te herinneren?' vraag ik.

'Nee. Het zal hem helpen de situatie te beheersen. De tijd zal leren of hij zijn herinneringen zal terugkrijgen.'

'Oké,' zeg ik, draai me dan naar Damian en pak zijn onderarm. 'Neem de dokter apart,' zeg ik in het Italiaans. 'Leg hem uit dat hij in geen geval de informatie over Luca's geheugen met iemand mag delen. Hij moet het uit de rapporten laten. Je zult hem moeten bedreigen. Zorg ervoor dat hij begrijpt dat als hij deze informatie met iemand deelt, hij niet lang genoeg zal leven om er spijt van te krijgen.'

'En als hij weigert?' vraagt Damian, ook in het Italiaans.

'Als hij weigert, dan moet er meteen met hem worden afgerekend.'

Damian staart me aan alsof hij me voor het eerst ziet. 'Ik heb nog nooit iemand vermoord, Isa. Ik regel de financiën. Luca is verantwoordelijk voor... de rest.'

Ik zet een stap naar voren en kijk hem recht in de ogen. 'Heb je enig idee wat er gebeurt als dit naar buiten komt? Als iemand vermoedt dat Luca ongeschikt is voor zijn... positie, dan is hij zo goed als dood. Niemand, behalve jij en ik, mogen het weten.'

Damian staart me alleen maar aan. Hij weet heel goed hoe het in de Cosa Nostra werkt. Als de don niet in staat is om zijn plicht te doen, dan moet hij aftreden. Als hij dat niet doet, dan zal iemand hem binnen een paar dagen vermoorden.

'We moeten het Rosa vertellen,' zegt hij.

Ik haal diep adem, mezelf hatend omdat ik deze beslissing heb genomen en schud dan mijn hoofd. 'Nee. Ze kan het per ongeluk tegen haar vriendinnen zeggen. Dit is te groot. We kunnen het niet riskeren.'

'Hoe de fuck ben je van plan om dit verborgen te houden, Isa? Luca weet niet meer wie hij is. Hoe zal hij de familie leiden? Er zijn zakelijke bijeenkomsten. Lorenzo moet zich elke week bij hem melden. Er zijn —'

'We komen er wel uit,' zeg ik en knijp in zijn onderarm. 'Luca's geheugen zal over een paar dagen terug zijn. Ga met de arts praten.'

Damian neemt de dokter apart en spreekt met hem in gedempte tonen. De dokter kijkt hem met een grimmig gezicht aan. Ik hoop dat Damian hem kan overtuigen om zijn mond te houden. Het alternatief is dat de goede dokter moet sterven. Ik zal alles doen wat nodig is om mijn man te beschermen, wat betekent dat als Damian hem niet kan doden, ik het moet doen. Het is nooit in me opgekomen om een ander mens te doden, en ik word al licht in het hoofd bij de aanblik van bloed. Maar als Luca's leven redden betekent dat ik het leven van een ander moet nemen, dan doe ik het.

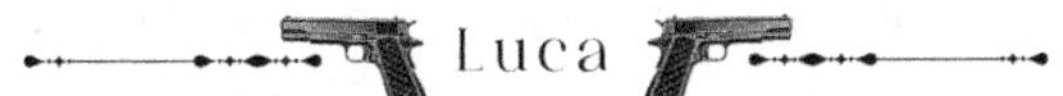

Luca

Ik kijk naar de vrouw die op de rand van mijn ziekenhuisbed met een tablet op haar schoot zit. Het scherm laat een foto van een gebeurtenis zien die ik me niet herinner. Ze draait hem naar me toe, wijst naar de mensen, vertelt me hun namen, rollen en soms zelfs de namen van hun huisdieren.

Isabella. Mijn ongelooflijk mooie en zeer sluwe jonge vrouw, die urenlang informatie in mijn hoofd heeft gestopt om ervoor te zorgen dat niemand zich realiseert dat ik me niets herinner.

Elke ochtend komt ze naar me toe en dan probeert ze de lege ruimtes in mijn hersenen met stukjes van mijn leven te vullen. Mijn broer, Damian, komt altijd rond het middaguur aan en neemt het over, spuugt bedrijfsinformatie over me heen, beschrijft hoe ik in bepaalde situaties handel en legt uit wie wat doet in zowel onze legitieme als in Cosa Nostra-zaken. Hij vertrekt rond drie uur, waarschijnlijk om de taken uit te voeren die ik zou moeten doen, en dan gaat Isabella verder met me te leren wat ik al zou moeten weten.

Ze is volkomen zakelijk als het om mijn herscholing gaat. In eerste instantie dacht ik dat ze dit voor haar eigen bestwil deed, omdat ze misschien bang is om haar status als de vrouw van de don te verliezen als iemand erachter zou komen en besluit om me uit de functie te verwijderen. Maar als ik een van de kleine details goed heb, glimlacht ze op een manier die haar ogen laat fonkelen, en dan ben ik er niet meer zo zeker van.

'Oké, laten we weer het personeel in het huis doornemen,' zegt ze en ze probeert een geeuw te verbergen.

Ik reik omhoog om een haarlok weg te halen die voor haar gezicht is gevallen, haak hem achter haar oor en ze verstijft. Langzaam heft ze haar hoofd op en kijkt me met verbazing in haar ogen aan. Een ding dat me is opgevallen, en het heeft me vanaf het begin verbijsterd, is het feit dat ze gedurende de hele zes dagen die ze hier heeft doorgebracht, niet één keer heeft geprobeerd om me aan te raken. Komt dat omdat we niet zo'n relatie hebben? Ze heeft me verteld dat ons huwelijk gearrangeerd was. Of is het iets anders? Wat de reden ook is, het bevalt me niet.

'Dat is genoeg voor vandaag,' zeg ik. 'Ga naar huis en rust uit.'

'Je wordt morgenochtend ontslagen. We moeten het personeel nog een keer doornemen.'

'Beveiliging, eerste shift. Marco, Sandro, Gio, Antonio, Emilio, Luigi, Renato. Sergio en Tony staan bij de poort. Huispersoneel: Grace en Anna in de keuken. Dienstmeisjes: Martha, Viola...' Ik blijf de namen opnoemen totdat ik beide shifts heb gehad, alle tweeëndertig mensen. 'Het komt goed, Isabella.'

Ze staat met een glimlach op die haar ogen niet helemaal bereikt. 'Oké. Dan ga ik maar.'

Terwijl ze zich omdraait om te vertrekken, sla ik mijn hand om haar pols en wacht tot ze me aankijkt. 'Is alles goed?'

Ze kijkt naar mijn hand die haar onderarm vasthoudt, dan omhoog totdat onze blikken elkaar ontmoeten en knikt. Haar ogen schieten naar de zijkant van mijn hoofd. De dokter heeft vanmorgen mijn verband verwijderd en het onthulde een lange, gedeeltelijk genezen incisie die achter mijn oor begint en naar mijn nek krult. Isabella merkt dat ik naar haar kijk en kijkt dan snel weg.

'Is het zo vreselijk?' vraag ik. Het zag er niet zo slecht uit toen ik het in de spiegel inspecteerde nadat de dokter was vertrokken. Het zijn maar zes hechtingen.

'Wat?'

'Het litteken?'

'Nee, het is gewoon...' Ze kijkt met haar ogen op naar

de mijne, reikt met haar hand omhoog en streelt met haar vingers lichtjes over het haar dat bovenop mijn hoofd vastzit. 'Ik was bang dat ze het allemaal hadden afgeschoren,' zegt ze moeizaam.

'Alleen het onderste gedeelte.' Ze hebben alles onder de kruin verwijderd en ze hebben de rest laten zitten.

'Ik vind het leuk. Heel stijlvol.' Ze speelt met een van de strengen die uit de knot is ontsnapt.

Ik was nogal verbaasd toen ik me realiseerde dat ik lang haar had. Ik had dat om de een of andere reden niet verwacht en had overwogen om het af te knippen. Maar nu ik heb gezien dat het haar gelukkig maakt, besluit ik het te houden.

Isabella leunt naar voren om naar de achterkant van mijn hoofd te kijken en ik word door een vage vanillegeur omhult. Ik draai mijn hoofd, begraaf mijn neus in haar hals en inhaleer. Ze raakt gespannen, maar beweegt zich niet weg, stabiliseert zichzelf iets meer en zucht.

'Heeft je familie je gedwongen om met me te trouwen, Isabella?' vraag ik en leg mijn hand op haar wang. 'Je bent veel te jong.'

'Nee.'

'Waarom ben je dan met me getrouwd?'

Ze antwoordt niet meteen, maar gaat even met haar neus langs mijn hals. 'Omdat ik verliefd op je ben, Luca,' fluistert ze en verstijfd dan, alsof ze die woorden niet wilde zeggen.

'En ik? Ben ik verliefd op jou?'

Isabella stapt weg en glimlacht. 'Natuurlijk ben je dat,' zegt ze en ze streelt met de rug van haar hand mijn wang. 'Ik moet gaan. Vergeet Rosa niet te bellen.'

'Dat zal ik niet vergeten,' zeg ik.

Ik heb Rosa twee keer per dag gebeld, 's ochtends en

'savonds. Zij is meestal degene die praat terwijl ik voornamelijk luister. Over haar vriendin Clara die een kat heeft. Over de bouwvakkers die de gevel kwamen repareren en dat een van hen in de rozenstruik was beland. Over films die ze had gekeken. Dat was tot nu toe het moeilijkste om te doen — om met mijn kind te praten zonder me haar te herinneren. Bijna net zo moeilijk als toen ik mijn hoofd had geschud toen Isabella me een foto had laten zien van een donkerharig meisje met schouderlang haar, met de vraag of ik haar herkende.

Ik herinner me mijn dochter niet.

'Damian en ik zullen hier meteen morgenvroeg zijn,' zegt Isabella en ze verlaat de kamer zonder achterom te kijken.

Hoofdstuk

13

Isabella

IK STA NAAST DAMIAN IN DE GANG VAN HET ZIEKENHUIS EN staar naar de deur terwijl we wachten tot Luca uit zijn kamer komt.

Lieve God, wat bezielde me gisteren om hem te vertellen dat hij verliefd op me was? Ik heb de hele nacht wakker gelegen om een manier te bedenken om dat te corrigeren. Wat voor persoon ben ik, over zoiets belangrijks tegen een man liegen die zijn geheugen heeft verloren? Ik wilde het niet zeggen. Het ontglipte me gewoon. Ik ben de hele week zo verdomde bang en bezorgd geweest dat Luca's toestand kan verslechteren, of dat er iemand van de familie zou verschijnen en over zijn geheugenverlies te weten zou komen, dat ik niet meer helder kon denken en die onzin er gewoon uit had geflapt. Dus wat nu? Moet ik het meteen opbiechten? Of wachten tot we thuis zijn?

De deur gaat open en het trekt me uit mijn onrust en Luca komt naar buiten, gekleed in een donkergrijs shirt en een zwarte broek. Ik denk dat hij tijdens zijn verblijf een paar kilo is afgevallen, maar het is nauwelijks merkbaar. Hij ziet er nog steeds groter dan het leven uit. Na een paar woorden met dr. Jacobs te hebben gewisseld, knikt Luca naar Damian en dan gaan zijn ogen naar mij. Ik glimlach naar hem en draai me naar de uitgang als ik zijn arm om mijn middel voel.

'Is er iets aan de hand?' vraagt hij.

'Nee. Ik ben gewoon nerveus.'

'Dat hoeft niet.' Hij buigt voorover en fluistert in mijn oor, 'Je hebt me goed onderwezen.'

Hij kust me op mijn hoofd, ik sluit mijn ogen en slik de tranen in die dreigen te komen. Deze leugen zal me waarschijnlijk in de hel laten branden, en Luca zal me zeker haten als hij zich uiteindelijk alles herinnert. Maar door de gang lopen met zijn arm om mijn rug voelt zo goed, dat mijn hart letterlijk een sprongetje in mijn borst maakt. Die kus. De manier waarop hij me met genegenheid bekijkt in plaats van met tegenzin. Zijn warmte aan mijn zijde. Ik heb dit al zo lang gewild. Ik wil niet terug naar doodgezwegen worden. Niet nu, nu ik hem bijna kwijt was. Als we het ziekenhuis verlaten en naar de auto lopen, neem ik mijn beslissing.

Ik ga hem de waarheid niet vertellen.

Terwijl we naar het huis rijden en Damian de auto parkeert, knik ik naar de man die voor de deur staat. 'Emilio,' zeg ik tegen Luca. 'Degene aan de poort was Tony.'

'Emilio. Tony,' herhaalt hij.

'Rosa wacht binnen op ons.'

Luca knarst met zijn tanden en knikt. 'Hoe... hoe moet ik haar noemen? Heb ik een koosnaam voor haar?'

Bij zijn vraag knijpt er iets samen in mijn borst. 'Je noemt haar "piccola",' zeg ik moeizaam en neem zijn hand in de mijne.

'En jou?'

Ik knipper van verwarring met mijn ogen. 'Mij?'

'Ja,' zegt hij en gaat met zijn vrije hand door mijn haar. 'Heb ik ook een koosnaampje voor jou?'

Ik bijt op mijn lip, staar in zijn ogen en fluister dan. 'Je noemde me soms "tesoro".'

Luca knikt en leunt naar voren. 'Dank je, tesoro.'

'Graag gedaan,' zeg ik moeizaam, nauwelijks in staat om mijn emoties op afstand te houden.

Als we het huis binnenkomen, kijk ik Luca aan en dwing mezelf om te glimlachen. 'Welkom thuis.' Ik leg mijn handpalm op zijn borst, ga op mijn tenen staan en geef een snelle kus op zijn kin. 'Viola staat bij de trap. Martha staat aan de linkerkant,' fluister ik. 'Vraag Viola hoe het met haar zoon Fabio gaat.'

We gaan naar de trap, de dienstmeisjes kijken toe hoe we hun kant op komen. Ze laten hun hoofd iets zakken, een welkom thuis naar Luca.

'Meneer Rossi, het is goed om u terug te hebben.'

'Dank je, Viola. Hoe gaat het met Fabio?' vraagt hij.

'Beter, meneer Rossi. Zijn been geneest goed. Bedankt dat u het vraagt.'

Luca knikt en legt een hand op de trapleuning wanneer het geluid van rennende voeten ons bereikt.

'Pap! Pappie!' schreeuwt Rosa en ze rent door de foyer naar ons toe.

Luca draait zich net op tijd om om haar te vangen terwijl ze zich in zijn armen werpt. Ik kijk naar Luca's gezicht en houd mijn adem in. Mijn hoop dat door Rosa te zien er iets in zijn hersenen zou triggeren en hem zou helpen zich dingen te herinneren, vervaagt al snel wanneer Luca zich met een gekwelde blik in zijn ogen naar mij wendt. Ik houd me volkomen stil en houdt mijn gelaatstrekken zorgvuldig in de plooi. Hij herinnert zich zijn dochter nog steeds niet.

'Ik mocht je niet opzoeken in het ziekenhuis!' huilt Rosa en ze klampt zich aan zijn nek vast. 'Ik was zo bang.'

'Ziekenhuizen zijn niet voor kinderen, piccola,' fluistert Luca, terwijl hij met zijn verbonden hand voorzichtig de achterkant van haar hoofd vasthoudt.

'Hebben ze echt je hoofd opengemaakt? Oom Damian zei dat ze dat hadden gedaan en dat ze het met nietjes aan elkaar moesten hechten, omdat je hoofd te dik voor hen was om dicht te naaien.'

'Nou, je weet dat je oom een idioot is. Je moet niet naar hem luisteren.'

'Ik wist het.' Ze lacht. 'Mag ik het zien?'

Luca draait zijn hoofd om om het aan haar te laten zien en Rosa trekt een walgend gezicht. 'Getsie, pap. Dat is naar. En waarom heb je een hipster kapsel? Daar ben je te oud voor. Isa, heb je dit gezien?'

'Ja,' zeg ik en zie Luca naar me kijken. 'Ik vind het geweldig.'

'Ik moet gaan. Clara is er over vijftien minuten en Grace maakt een taart voor ons.' Rosa kust Luca's wang. 'Ik hou van je, pap.'

'Ik hou ook van jou, Rosa.'

Ze rent naar de keuken. Luca staart haar met een enigszins

gesloten blik in zijn ogen na en mijn hart knijpt zich samen. Hoe ga je met het feit om dat je geen herinnering aan je eigen kind hebt?

Ik open de deur tussen onze kamers en gluur naar binnen. 'Luca?'

Ik raak even in paniek. Wat als er iets is gebeurd? De arts had gezegd dat ze een grondige evaluatie hadden gedaan, en met uitzondering van zijn geheugenverlies, was elke andere test goed geweest. Toch ben ik constant gespannen. Ik hoor het geluid van stromend water in de badkamer en ik adem opgelucht uit.

'Luca?' Ik loop naar de andere kant van de suite. 'Is alles...? Wat de fuck ben je aan het doen?'

Hij zit met zijn hoofd onder de kraan en hij reikt naar de shampoofles. 'Mijn haar aan het wassen,' zegt hij het voor de hand liggende.

Ik pak de shampoo. 'Ben je niet goed bij je hoofd? Je hebt tweedegraads brandwonden op je arm. Dr. Jacobs heeft gezegd dat je het verband niet nat mag laten worden.'

'Je vloekt nogal veel als je boos bent.'

Ik vloek weer, knijp een beetje shampoo op mijn hand en begin zijn haar in te schuimen, en ik zorg ervoor het water niet de achterkant van zijn hoofd bereikt. Het uitspoelen kost nogal wat tijd omdat hij veel haar heeft, zelfs nu er een flink deel afgeschoren is.

'Niet bewegen.' Ik open de kast om een schone handdoek te pakken en ga dan verder met het drogen van zijn haar. Luca zegt tijdens de hele beproeving niets, hij kijkt me alleen met een vreemde blik in zijn ogen aan. Als ik klaar ben, kam ik zijn haar en draai me om om een elastiekje te zoeken, maar ik zie er geen. Ik trek de mijne uit mijn haar, pak al Luca's haar bij elkaar en zet het boven op zijn hoofd vast. 'Klaar.'

Hij strekt zich uit, zet me met zijn armen tegen de wasbak vast en bukt zich langzaam totdat we op dezelfde ooghoogte zijn.

'Slaap je hier? In deze kamer?' vraagt hij en ik raak gespannen.

'Ja.'

Luca grijnst en kantelt zijn hoofd opzij. 'Vertel me dan eens, Isabella, waarom liggen je kleren niet in de kast?'

Shit. Daar had ik aan moeten denken. De manier waarop hij naar me kijkt, met zijn ogen die recht in de mijne staren alsof hij al mijn geheimen met één blik kan onthullen, is zeer zenuwslopend. 'Omdat ik veel spullen heb,' flap ik eruit. 'Ik gebruik de garderobe in de kamer hiernaast.'

'Hmm.' Hij steekt zijn hand op en legt hem onder mijn kin. 'Morgenochtend laat ik Martha en Viola je kleren hierheen brengen.'

Wat? Waarom? 'Tuurlijk. Anders nog iets?'

'Ja.' Hij kantelt zijn hoofd een beetje meer. 'Ik heb liever dat je haar zo is.'

'Los?' vraag ik en hij knikt. 'Dank je. Je voorkeur is genoteerd.'

Hij knijpt zijn ogen dicht bij mijn opmerking. Heb ik iets gemist? Ik weet niet zeker hoe ik me bij deze nieuwe Luca moet gedragen omdat hij zich niet zoals vroeger gedraagt.

'Ik ga even douchen,' zegt hij. 'Ga je mee?'

Mijn adem stokt. God helpe me, maar ik vind deze nieuwe versie van hem zoveel leuker. 'Ja.'

 Luca

Mijn vrouw verbergt iets. Wat het precies is, is een mysterie, maar het heeft iets met onze relatie te maken. Toen ik hier binnenkwam, heb ik elk deel van de slaapkamer en elk meubelstuk bekeken, en ik heb niets van haar gevonden.

Isabella trekt haar jurk uit, dan haar beha en slipje, en mijn ademhaling stokt. Ze is een ongelooflijk mooi klein ding. Ik laat mijn blik langs haar stevige kleine borsten en smalle ribbenkast dwalen, dan van haar smalle taille naar haar royale heupen en welgevormde benen. Ze heeft het lichaam van een verdomde godin. 'Draai je om,' zeg ik hees en slaag er nauwelijks in om mijn handen bij mezelf te houden als ze dat doet. Hoewel ik me niets herinner, weet ik zeker dat mijn ogen nog nooit op een perfectere kont zijn beland.

'Nu jij.' Ze draait zich naar me toe en begint mijn shirt los te knopen. Als ze klaar is, doe ik het shirt uit en gooi het naast haar jurk op de grond. De rest van mijn kleding volgt snel daarna.

'Je bent wat afgevallen,' zegt ze, terwijl ze haar hand op mijn borst legt.

'Hoeveel?'

'Een paar kilo.' Haar hand glijdt over mijn buik en beweegt dan naar mijn heup. 'Twee, misschien drie.'

Ik heb in het ziekenhuis de kaart bekeken. Ik ben vanaf het moment dat ik werd opgenomen 3 kilo afgevallen. Ze kent mijn lichaam goed en toch klopt er iets niet. Op basis van hoe comfortabel ze is om naakt bij me te zijn, ben ik er vrij zeker van dat we eerder seks hebben gehad, dus dat kan het niet zijn. *Wat verberg je voor me, Isabella?*

Haar aanraking verlaat me als ze de douchecabine instapt. Ze rommelt even met de douchekop, past de positie aan, zet dan het water aan en kijkt omhoog. 'Houd je arm uit de buurt van de straal.'

Ik ga bij haar staan. Isabella kijkt me aan, maar houdt haar ogen op mijn gezicht gericht in plaats van op mijn harde pik, alsof ze het niet ziet. We weten allebei waar dit naartoe leidt. Vanaf het moment dat ze haar kleren uitdeed was het onvermijdelijk, maar we blijven eromheen dansen. Ze schuimt haar handen in met zeep en drukt haar handen masserend tegen mijn borst, en er is een enorme zelfbeheersing voor nodig om mezelf ervan te weerhouden haar te grijpen. Op de een of andere manier lukt het me en sluit ik in plaats daarvan mijn ogen, van de zoete marteling genietend terwijl haar handen over mijn borst dwalen en dan naar beneden, maar wanneer ik voel dat haar vingers mijn pik strelen... nou, mijn geduld heeft een grens.

'Genoeg.' Ik zet het water uit, reik naar voren en druk mijn handpalm tegen haar poesje. Langzaam schuif ik een vinger naar binnen. Isabella snakt naar adem, maar trekt zich niet terug, haar enorme ogen zijn op de mijne gefocust. Glimlachend krom ik mijn vinger een beetje in haar.

'Handen om mijn pols, Isabella,' zeg ik, 'en waag het niet om mijn vinger eruit te laten glippen.'

Ik wacht tot haar handen zich om mijn pols wikkelen. Met mijn hand op haar poesje en met mijn vinger nog steeds in haar begraven, doe ik een stap achteruit en trek haar met me mee. Het kost ons een paar minuten om de badkamer te verlaten en stap voor *kleine* stap het bed te bereiken, en tegen de tijd dat we dat doen, hijgt Isabella, maar ze laat mijn hand niet los.

Ik verplaats me om achter haar te staan, druk mijn borst tegen haar rug en buk met mijn hoofd om in haar oor te fluisteren.

'Op het bed,' zeg ik en schuif nog een vinger in haar. 'Langzaam.'

Isabella laat mijn pols los en begint naar het midden van het bed te kruipen. Ik volg haar, terwijl ik gebogen over haar heen hang, met mijn vingers nog steeds in haar begraven.

'Stop.' Ik sla mijn linkerarm om haar middel en negeer de pijn die de spanning op mijn verbrande huid veroorzaakt. 'Ik ga nu mijn vingers weghalen,' zeg ik naast haar oor.

'Doe dat alsjeblieft niet.' Ze drukt haar benen tegen elkaar en kreunt.

'Maak je geen zorgen.' Ik geef een lichte kus op haar schouder. 'Ik ben maar een seconde weg en dan zal ik het beter maken.'

'Beloofd?'

'Ik beloof het.' Ik kus vervolgens haar nek. 'Van voren? Of van achteren?'

'Van voren.'

Isabella jammert als ik langzaam mijn vingers eruit schuif, haar dan op haar rug draai en haar benen om mijn heupen haak. Ik kijk een paar ogenblikken naar haar. Haar haren zitten in de knoop, haar mond is iets geopend en haar borst gaat op en neer terwijl ze hijgt.

'Alsjeblieft, Luca.'

Ik wil haar in één harde stoot nemen, maar ik heb gevoeld hoe strak ze is. Dus in plaats daarvan plaats ik mijn eikel bij haar ingang en glijd er slechts een beetje in.

Isabella gromt van ongenoegen en graaft haar nagels in mijn rug en trekt me dichterbij. Mijn kleine vrouw — altijd zo beheerst en kalm — gromde gewoon naar me. We kijken elkaar aan en ik druk mijn mond tegen haar lippen en stoot helemaal naar binnen. Ze snakt naar adem, maar sluit haar ogen niet, ze blijft me aankijken.

'Je vindt het fijn dat mijn pik je vult, nietwaar Isabella?'

'Ja.' Ze ademt uit en knijpt dan met haar benen.

Ik glij naar buiten en stoot dan weer hard in haar. 'Hoe fijn?'

Isabella antwoordt niet, ze beweegt alleen met haar handen over mijn rug en trekt het elastiekje van de knot op mijn hoofd los. Mijn haar valt, omlijst mijn gezicht, en ze rijgt haar vingers erdoor terwijl haar lichaam omhoog kromt. Ik trek mijn pik eruit, druk mijn vingers op haar poesje en begin haar clitoris te plagen. Haar handen in mijn haar grijpen de lokken vast en ze trekt eraan. Het kost me veel controle om mezelf niet opnieuw in haar te begraven.

'Ik vroeg hoe fijn, Isabella?'

'Heel, heel fijn.' Ze zuigt met een sis lucht naar binnen. 'Ik wou dat hij de hele tijd in me kon blijven.'

Een antwoordende grom komt uit mijn keel omhoog terwijl ik terug naar binnen glijd. Als ik mezelf tot de schacht in haar begraaf, komt er een zucht van opluchting van haar lippen. Mijn God, ik kan zeker achter het idee staan om mijn pik in deze vrouw te begraven. Voorgoed. Het bed piept onder ons terwijl ik in haar stoot en elke grom en zucht die uit haar komt, opzuig.

De behoefte om haar van achteren te nemen wordt te sterk om te negeren. 'Draai je om,' zeg ik en glij naar buiten.

Isabella draait zich om en gaat op haar handen en knieën

zitten met haar kont omhoog. Heilige moeder van God, ik kom bijna klaar als ik al die perfectie zie. Ik pak haar om haar middel en bijt in haar rechterbil. Dan sla ik twee keer snel op haar heerlijke kont. Ze gilt, en dan nog een keer als ik mijn tanden in haar andere bil begraaf. Ik beweeg mijn handen over haar heupen naar voren, vind haar clitoris en plaag hem terwijl ik mijn pik naar binnen duw. Ik voel haar wanden mijn lengte grijpen. Kreunend laat ze haar hoofd naar het kussen zakken en tilt ze haar kont nog hoger op, en dan verlies ik alle zelf-beheersing. Ik begin sneller in haar heerlijke poesje te stoten, sla haar dan weer op haar kont en kijk hoe mijn handafdruk verschijnt en een afdruk achterlaat. Ik pak haar heupen vast en ga door met mijn straffende tempo. Ze slaakt een gedempte schreeuw wanneer ik in haar stoot en haar inwendige wan-den mijn pik vastgrijpen, het gevoel zorgt dat ik een orgasme krijg voordat ik klaar met haar ben. Toch kan ik niet anders dan van het gevoel genieten van mijn zaad dat naar binnen stroomt en haar brandmerkt.

Isabella's lichaam trilt nog steeds als ik me terugtrek en naast haar ga liggen. Met mijn hand om haar middel trek ik haar tegen me aan, duw haar rug tegen mijn borst en schuif dan mijn hand over haar voorkant totdat ik haar poesje in mijn handpalm heb.

'Denk er niet eens aan om je te bewegen,' fluister ik in haar oor en houd mijn hand op haar hitte. 'Ik wil dat mijn zaad de hele nacht in je zit.'

Langzaam schuif ik een vinger naar binnen en Isabella snakt naar adem.

'Ik weet niet hoe we eerder hebben geslapen,' zeg ik, 'maar dit is hoe we vanaf nu zullen slapen. Is dat duidelijk?'

Ze knikt en laat haar hand over mijn onderarm glijden en

laat hem zakken totdat ze mijn hand bedekt en erop drukt, terwijl ze mijn vinger dieper duwt.

'Als je hand ergens anders is als ik wakker word,' zegt ze, 'dan zal ik erg ontevreden zijn, Luca.'

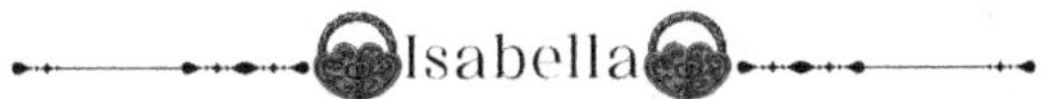

Isabella

Als ik de volgende ochtend mijn ogen opendoe, zit Luca aan de rand van het bed en haalt hij het verband van zijn linkerarm.

'De dokter heeft gezegd dat je naar het ziekenhuis moest om je verband te laten verschonen,' zeg ik.

'Geen tijd. Ik ga met Damian naar kantoor. We moeten er over een uur zijn.'

'Je bent minder dan vierentwintig uur geleden uit het ziekenhuis ontslagen. Misschien moet je een paar dagen vrij nemen.'

'Ik herinner me helemaal niets, Isabella. Ik moet op de hoogte zijn van mijn eigen leven. Er is geen tijd te verliezen.'

'Je zegt dat alsof je niet gelooft dat je geheugen terug zal komen.'

'Dr. Jacobs zei dat het nog maanden zou kunnen duren. Of jaren. Of nooit. Ik ben niet van plan om thuis te zitten en op een wonder te hopen dat misschien nooit zal gebeuren,' zegt hij.

'Dat is een zeer... pragmatische manier om naar de dingen te kijken.'

Hij kantelt zijn hoofd en kijkt me zijdelings aan. 'Heb ik een keuze?'

'Nee. Ik denk het niet.' Ik kruip over het bed totdat ik

achter zijn rug zit en leg mijn kin op zijn schouder. 'Is het erg?' Ik knik naar zijn arm.

'Niet heel erg,' zegt hij en kijkt me vanuit zijn ooghoek aan. 'Niet flauwvallen.'

'Ik val nooit flauw,' zeg ik terwijl hij het laatste verband eraf haalt en het gaas verwijdert.

'Lieve God, Luca.' Ik haal diep adem en begraaf snel mijn gezicht in zijn nek. De huid op zijn arm, van net onder de schouder helemaal tot aan zijn pols, is rood gevlekt en het ziet eruit alsof het rauw is geschrobd. 'Heb je hulp nodig?' mompel ik in zijn nek.

'Nee, ik red me wel.'

Hij begint een soort balsem over de brandwonden op zijn arm te smeren, maar zijn bewegingen lijken te scherp en hij wrijft veel te veel over de gevoelige huid.

Ik schuif naar de rand van het bed naast hem en pak de pot. 'Laat mij het doen.'

Ik ben niet goed met bloed of wonden van welke aard dan ook, maar de ruwe manier waarop hij het aanpakt, zal het alleen maar erger maken. Diep ademhalend, neem ik een goede hoeveelheid van de balsem op mijn vingers en begin het voorzichtig op zijn wonden aan te brengen, en richt me eerst op de minder beschadigde delen. Dan ga ik naar boven op zijn arm en laat de ergste brandwonden voor het laatst. Niet echt een wijs besluit. Als ik bij zijn biceps kom, trilt mijn hand zo erg dat ik me even moet terugtrekken om mezelf te kalmeren. Ik wil niet het risico lopen hem nog meer pijn te doen. Luca's hand slaat zich om de mijne en hij beweegt hem terug naar zijn gewonde huid.

'Je doet het geweldig,' zegt hij.

Ik knik en hervat het aanbrengen van de balsem en

probeer mijn best te doen om het zo zacht mogelijk te doen. Als ik klaar ben, leg ik een dun stukje steriel gaas over zijn beschadigde huid en verbind ik zijn arm. Alleen dan laat ik mezelf in zakken.

'Het spijt me,' zeg ik en sluit mijn ogen. 'Ik kan niet zo goed met dit soort dingen omgaan.'

Hij legt zijn hand op mijn gezicht en er landt een kus op mijn lippen. 'Ik denk dat je heel goed omgaat met alles wat er naar je toe wordt geslingerd, Isabella,' zegt hij tegen mijn mond. 'Onverwacht goed, zou ik kunnen toevoegen.'

'Niet echt.' Ik kus hem terug. 'Ik ben gewoon goed in doen alsof.'

'Doe je nu alsof?'

'Nee.'

'Goed. Ik wil niet dat je bij mij alsof doet.' Zijn lippen gaan over mijn wang, naar mijn oor. 'Maar ik weet dat je iets voor me verbergt, Isabella,' fluistert hij.

Mijn ogen schieten open. 'Ik verberg niets.'

'Ja, dat doe je wel.' Hij bijt zachtjes in mijn oor en staat op. Terwijl hij naar de kast loopt, geniet ik van het uitzicht op zijn krachtige lichaam dat met gratie beweegt. Luca zien bewegen is altijd een van mijn favoriete dingen geweest, maar ik moest het meestal stiekem doen. Dat ik dat vrij kan doen, voelt vreemd. Ik kan nog steeds niet geloven dat hij eindelijk van mij is. Tenminste, totdat hij zich herinnert dat hij me niet mag. Dan zal hij me waarschijnlijk haten omdat ik tegen hem heb gelogen. Maar het kan me niet schelen. Het zal het waard zijn.

IK LEG MIJN VUIST OP MIJN VOORHOOFD EN GA OM DE PAAR seconden met mijn blik van Luca naar Damian. We zijn de lul.

'Ik heb geen flauw idee, Luca.' Damian steekt zijn handen in de lucht en zucht.

'Hoe moet ik verdomme de volgende zending met de Roemenen bespreken als ik de voorwaarden die we zijn overeengekomen niet weet?' vraagt Luca.

'Nou, je zult moeten improviseren.'

'Weet je wel wat we hebben besteld?'

'Geen flauw idee. Ik was alleen het geld wit dat je mijn kant op gooit. Jij bent verantwoordelijk voor al het andere. Ik weet niets van de hoeveelheden, de tarieven of de betalingsvoorwaarden.'

'Hoe zit het met Donato?' gooi ik ertussen. 'Hij zou de meeste van die dingen moeten weten. Je moet gewoon een manier vinden om de informatie uit hem te wringen zonder het echt te vragen.'

'Ik zal hem meenemen,' zegt Luca met een knik, 'en zeggen dat ik van plan ben om de teugels aan hem over te dragen, omdat ik druk ben met de familie shit, en dat ik wil zien hoe hij het zal doen.'

'Dat zou kunnen werken. Hoe zit het met het uitproberen van de goederen?' vraagt Damian. 'Weet je nog hoe je je speeltjes in elkaar zet en ermee moet schieten? Omdat Donato alleen weet hoe hij met zijn eigen pistool moet omgaan. Net aan.'

'Ja.'

'Mooi. Dat maakt Orlando Lombardi voorlopig de laatste dringende kwestie. Al het andere kan zonder een persoonlijke ontmoeting worden afgehandeld. Althans voor nu.'

'Hoe zit het met hem?'

'Hij geeft een feestje voor zijn zoon Massimo. Hij is net achttien geworden en het feest is woensdag. Jullie twee zijn uitgenodigd.' Damian wijst met zijn vingers naar mij en dan naar Luca. 'En iedereen zal er zijn.'

'Ga jij niet?' vraagt Luca.

Ik leg een hand op Luca's arm. 'Hij is persona non grata in het Lombardi huishouden. Eerlijk gezegd bij de meeste huishoudens van de familie. Hij was om dezelfde reden niet op onze bruiloft.' Ik glimlach en kijk naar Damian. 'Hij is met Constansa, Orlando's jongste dochter naar bed geweest, terwijl hij een relatie had met de oudere, Amalia.'

'Je was vijftien toen dat gebeurde!' Damians ogen worden groot. 'Hoe weet je dat überhaupt?'

'Toen Orlando hem in Constansa's kamer had betrapt, moest hij door het raam ontsnappen,' voeg ik eraan toe.

'Iedereen had het over zijn naakte kont die door de tuin rende terwijl Orlando hem met een jachtgeweer achternazat.'

'Ik had mijn boxershort aan, in godsnaam.' Damian rolt met zijn ogen.

'Nog andere liefdesaffaires waar ik van op de hoogte moet zijn?' vraagt Luca.

'We moeten de vastgoedsector nog een keer doornemen,' antwoordt Damian en hij negeert nadrukkelijk Luca's vraag.

'Damian.'

'Oké, verdomme, ik zal een lijst voor je maken.' Damian zwaait afwijzend met zijn hand en opent zijn laptop. 'Laten we eens naar het onroerend goed kijken dat we deze maand hebben verkocht en wat we willen overwegen om te kopen.'

Ik leun achterover op de bank en kijk naar Luca terwijl hij naar Damian luistert die heel veel informatie over zich heen krijgt— details over witwasschema's, commissietarieven, cijfers, huurvoorwaarden, uitleg over overeenkomsten die ze met de grootste klanten hebben die hij zou kunnen ontmoeten. Ze hebben alle mensen op kantoor al gedekt toen Luca in het ziekenhuis lag, maar Damian neemt nog een keer hun namen en rollen door. Luca zegt niet veel, stelt alleen hier en daar een vraag en blijft luisteren, absorberen. Ik weet niet hoe ik dit zou aanpakken als ik in een vergelijkbare situatie zat. Ik zou waarschijnlijk na twee dagen gek worden. Maar Luca niet.

Onlangs vond Damian een video van een receptie die vorig jaar voor de vastgoedbedrijven was gehouden. Luca heeft de hele ochtend naar een fragment van twee minuten gekeken waarin de camera hem had gefilmd en hij had bestudeerd hoe hij bewoog en praatte. Hij is buitengewoon. Het is tien dagen geleden dat hij uit het ziekenhuis is gekomen, en hij heeft niet één keer een fout gemaakt.

Toen Luca me afgelopen vrijdag vertelde dat Lorenzo langs zou komen om hem een stand van zaken te geven, was ik doodsbang. Proberen de tweede belangrijkste man in de familie voor de gek te houden, is niet hetzelfde als het huishoudelijk personeel misleiden. Damian en ik hadden ons best gedaan om hem in te lichten over alles wat ze mogelijk konden bespreken, maar onze kennis was beperkt. Toch was het Luca op de een of andere manier gelukt.

We hebben drie dagen tot Massimo's verjaardagsfeestje, niet genoeg tijd om iedereen te bespreken die we daar zouden kunnen ontmoeten. Ik zal moeten beginnen met het uitspitten van social media en het downloaden van foto's van mensen die ik hem tot nu toe niet heb laten zien.

'Als jullie me niet nodig hebben, dan ga ik Rosa zoeken,' zeg ik en sta op van de bank. 'Ze wilde nieuwe gordijnen voor haar kamer kopen en ik heb beloofd dat ik haar mee zou nemen.'

Ik ga naar de deur, maar als ik Luca passeer, staat hij op, grijpt me om mijn middenrif en trekt me tegen zich aan.

'Ik ga met je mee,' zegt hij en hij legt zijn hand op mijn kont.

'We hebben werk te doen, Luca,' blaft Damian vanaf zijn plek achter het bureau.

'Het kan wachten.'

Ik kijk op en zie dat Luca naar me kijkt. Op basis van de glinstering in zijn ogen, is hij in iets anders geïnteresseerd dan gordijnen uitkiezen. Grijnzend schuif ik mijn hand onder zijn shirt en streel met mijn vingertopje over zijn onderrug. We hebben vanochtend twee keer seks gehad — eerst in bed, daarna onder de douche — maar het was nogal snel omdat Luca haast had. Ik kan niet wachten tot vanavond als we geen haast hebben. Mijn absolute favoriete deel is wanneer hij achter me gaat liggen nadat we allebei op en verzadigd zijn, en hij zijn vinger in me schuift. Het voelde de eerste nacht een beetje vreemd, zijn vinger in mijn poesje hebben terwijl ik sliep, maar ik ben er vrij snel aan gewend geraakt. Ik denk niet dat ik nu op een andere manier in slaap kan vallen.

Vóór het ongeluk had hij me nauwelijks aangeraakt, vooral niet als er iemand anders in de buurt was. Hij gaf alleen toe toen ik hem dwong om me te plezieren. En hij heeft me maar één keer gekust — toen we die eerste keer met elkaar naar bed waren geweest. Zijn gedrag is na het ongeluk honderdtachtig graden gedraaid. Soms vind ik het moeilijk om deze Luca met die van vroeger te verbinden.

Luca

'Zijn we niet voor gordijnen gekomen?' Ik draai me naar Rosa, die door spreien snuffelt.

'Ik ben te oud voor een roze kamer. Ik wil alles veranderen,' zegt ze en kiest een sprei van namaakbont in een grijstint. 'Ik vind deze geweldig! Kunnen we hem nemen?'

'Als het moet.' Het ding ziet eruit als een jakhuid.

'Ja! Ik zal kijken of ze kussens hebben die erbij passen.'

'We zouden er een voor onze kamer moeten kopen,' voegt Isabella eraan toe.

Ik kijk naar haar, leg mijn hand onder haar kin en kantel haar hoofd omhoog. Grote bruine ogen ontmoeten de mijne en ze lacht. Jezus, ze is zo mooi.

'Geen dode dieren. Echt of nep,' zeg ik.

'Je bent niet leuk.'

'Oh?' Ik druk haar tegen me aan en duw haar tegen mijn lichaam. 'Dat zullen we vanavond nog wel eens zien.'

'Nou, ik zie dat je weer op de been bent,' roept een hoge stem achter me. 'Ik dacht dat je halfdood was.'

Ik houd mijn hand om Isabella's middel en draai me om om naar de blonde vrouw te kijken die een paar passen verderop staat. Ik herinner me haar van de foto's die Isabella me heeft laten zien. 'Het spijt me dat ik je teleur moet stellen, Simona.'

Ze vernauwt haar ogen naar me en kijkt dan naar mijn arm om Isabella heen. Damian heeft me slechts kort over mijn eerste huwelijk ingelicht omdat we ons meer zorgen maakten over bedrijfsgerelateerde details.

'Ik kom Rosa donderdag ophalen,' zegt ze, en Isabella knijpt een keer in mijn middel en dan nog een keer.

'Nee,' zeg ik.

'Nee?' Simona grijnst. 'Je kunt me er niet van weerhouden om mijn kind te zien.'

'Je krijgt Rosa in het weekend,' zegt Isabella.

'Ik herinner me niet dat ik jou iets heb gevraagd.'

'Genoeg!' snauw ik. 'Je zult niet op die toon tegen mijn vrouw praten. Ben ik duidelijk?'

'Wat? Ze was —'

'Ben ik verdomme duidelijk, Simona?'

Ze trekt haar neus naar me op en kantelt haar kin, maar ze houdt haar mond.

'Rosa staat zaterdag om tien uur klaar,' zeg ik en kijk naar Isabella. 'Laten we Rosa gaan zoeken en die bril bekijken die je leuk vond.'

Ik loop naar de andere kant van de winkel tot ik zeker weet

dat we buiten Simona's gehoorsafstand zijn, en kijk dan naar Isabella. 'Je moet me over mijn relatie met Simona inlichten. Damian heeft me alleen verteld dat ik de volledige voogdij heb en dat ze Rosa een paar keer per maand meeneemt. Waarom zijn we gescheiden?'

'Ze zou tot het einde van de maand in Europa zijn, dus we dachten dat het niet de meest dringende zaak was,' zegt ze en ze kantelt haar hoofd. 'Damian zal degene moeten zijn die je over Simona en haar problemen inlicht. Hij weet veel meer, en ik ben geen fan van je ex, dus ik wil haar liever niet bespreken.'

'Waarom niet?'

Isabella trekt haar wenkbrauwen op. 'Is dat niet duidelijk? Zij had jou eerst, en ik haat haar daarvoor.'

Ik doe een stap naar voren en leg mijn hand op de achterkant van Isabella's nek. 'Hoe zit het met jouw exen?'

'Wat is daarmee?'

'Wie had jou als eerste, Isa?' Ik doe nog een stap naar voren en dan nog een, waardoor ze achteruitloopt tot haar rug tegen de muur staat. Haar ogen kijken me zonder te knipperen aan en haar mondhoeken komen omhoog.

'Dat heb ik je al verteld, Luca,' zegt ze en grijnst. 'Eerder.'

'Je weet dat ik het me niet herinner.' Ik laat mijn hand in haar haren glijden en trek. 'Vertel het me.'

Een wetende glimlach verspreidt zich over Isabella's gezicht alsof mijn frustratie haar amuseert. Ik knars met mijn tanden en ga met mijn gezicht naar beneden tot ik recht voor het hare ben. 'Spreek,' snauw ik.

Ze steekt haar hand op en grijpt mijn kin vast, terwijl ze nog steeds die zelfvoldane glimlach heeft. 'Jij,' fluistert ze en drukt haar lippen op de mijne. 'Alleen jij bent het altijd voor me geweest, Luca.'

'Goed.' Ik bijt op haar onderlip en glij met mijn hand over haar rug naar de tailleband van haar rok. Het is er een met een elastische taille. Wat handig. 'Kun je Rosa zien?'

Isabella's adem hapert als ik mijn hand onder de tailleband van haar rok schuif en in haar bil knijp. 'Ze staat... bij de kassa,' zegt ze moeizaam en kijkt achter mijn rug om naar de andere kant van de winkel. 'Ze staat in de rij te wachten.'

'Hoeveel mensen staan er voor haar?'

'Vijf.'

'Perfect.' Onder haar rok beweeg ik mijn hand naar haar buik en ga dan lager, tussen haar benen, terwijl ik op haar poesje druk.

'Luca,' fluistert Isabella. 'Er zijn hier mensen.'

'Ik weet het.' Ik leg mijn vrije hand op de muur naast haar hoofd, verplaats haar slipje naar de zijkant en plaats mijn vinger bij haar ingang. Ze is al nat. 'Haal diep en langzaam adem.'

Ze knippert naar me, ademt in en mijn vinger komt op hetzelfde moment bij haar naar binnen.

'Alles nog goed?' vraag ik.

Die grote bruine ogen kijken me intens aan en worden dan groter als ik nog dieper duw.

'Ik heb je iets gevraagd, Isabella.' Ik buig mijn hoofd om zachtjes in haar oorlel te bijten.

'Ja,' klinkt haar nauwelijks hoorbare antwoord.

Ik haal langzaam mijn vinger weg en schuif hem weer naar binnen. Een schattige kleine kreun verlaat haar lippen. Haar ademhaling versnelt terwijl ik haar met mijn vinger neuk.

Gebaseerd op hoe mijn hand volledig doordrenkt is met haar sappen, is ze er dichtbij.

'En hoeveel mensen staan er nu voor Rosa?' vraag ik terwijl ik mijn vinger krom.

Isabella haalt diep adem en kantelt haar hoofd om snel een blik achter me te werpen. 'Zij is de volgende.'

'Wat jammer. Het lijkt erop dat we het thuis af moeten maken.'

Isabella's hand grijpt mijn pols. 'Waag het niet,' zegt ze door haar tanden.

'Wil je hier klaarkomen?' fluister ik in haar oor. 'Met al die mensen in de buurt?'

'Ja,' klinkt haar antwoord.

Ik glimlach, duw mijn vinger in haar, en druk met de muis van mijn hand op haar clitoris. Isabella kreunt en komt over mijn hele hand klaar.

Hoofdstuk
15

D E SLAAPKAMERDEUR GAAT OPEN EN LUCA KOMT BINNEN met een dikke map met een heleboel papieren erin. 'Je bent vandaag tot laat gebleven,' zeg ik.

'Ja. Ik heb ook huiswerk.' Hij laat de map en zijn jas op de fauteuil naast het bed vallen en bukt zich naar me toe. Hij houdt mijn kin tussen zijn vingers en geeft een snelle kus op mijn lippen. 'Wat ben je aan het lezen?'

'Economie.'

Hij trekt zijn wenkbrauwen op. 'Ik ga even snel douchen en dan kom ik bij je zitten. We kunnen onze shit over economie samen lezen.'

Wanneer hij in de badkamer verdwijnt, probeer ik terug te keren naar mijn boek, maar mijn gedachten blijven teruggaan naar die snelle kus. Zo nonchalant. Natuurlijk. Hij noemde me die ochtend in de meubelwinkel zijn vrouw. Tegenover Simona. Ik denk dat het de eerste keer was dat hij me zo had genoemd. En het voelde zo goed.

Zal alles weer veranderen als zijn geheugen terugkomt? Zal hij teruggaan naar zijn oude, afstandelijke zelf? Ik heb nooit aan mezelf gedacht als een egoïstisch persoon, maar op dit moment realiseer ik me dat ik dat ben. Egoïstisch, hebzuchtig en gemeen. Want ergens diep in me zit een giftig zaadje van hoop dat hij zijn geheugen nooit meer terug zal krijgen. En ik walg van dat besef.

Tien minuten later komt Luca de badkamer uit, zijn haar zit los en hij draagt een grijze joggingbroek en een wit T-shirt. Vrijetijdskleding staat hem goed. Nou, alles staat Luca goed. De brandwonden op zijn arm lijken goed te genezen. De huid is nog steeds rood, maar ziet er veel beter uit dan toen het verband eraf werd gehaald.

Luca gaat naast me zitten, leunt achterover tegen het hoofdeinde en slaat zijn arm om me heen. 'Kom hier.'

Hij trekt me naar zich toe totdat ik met mijn rug tegen zijn borst gedrukt tussen zijn benen zit. Dan leunt hij voorover en pakt de map op die hij op de fauteuil had achtergelaten en legt hem op het bed naast hem. Ik doe hem open en zie een heleboel getallen op de eerste pagina. 'Cashflow?'

'Ja,' zegt hij terwijl hij naar zijn jas reikt. Hij pakt een bril uit zijn zak en zet hem op.

Ik staar hem aan.

'Wat?' vraagt hij en pakt het eerste stuk papier.

'Heb je een bril?'

'Om te lezen, blijkbaar. Ik vond hem vandaag in een la op kantoor en de cijfers begonnen veel logischer te worden als ik ze duidelijk kan zien.' Hij kantelt zijn hoofd en vernauwt zijn ogen naar me. 'Wist je niet dat je man een bril draagt?'

'Mijn man heeft het me nooit verteld,' zeg ik, til dan mijn

hand op en rijg mijn vingers door zijn haar. Hij ziet er heet uit met een bril. 'Ik denk dat de aap nu uit de mouw is.'

'Hmm. Jij en je man hadden een heel vreemde relatie, Isabella.' Hij leunt voorover en kust me.

Oh, Luca, je hebt geen flauw idee. Ik streel met de achterkant van mijn hand over de zijkant van zijn gezicht, pak dan mijn boek en leun achterover tegen zijn borst. Nog geen vijf seconden later glijdt zijn rechterhand onder mijn zijden nachtjapon en in mijn slipje. Hij legt zijn vinger bij mijn ingang en schuift hem langzaam naar binnen. Ik snak naar adem en kijk over mijn schouder en zie dat hij zich op de afdruk van de cashflow in zijn linkerhand concentreert, schijnbaar ondergedompeld in de cijfers.

'Luca?'

'Ja?' mompelt hij en kijkt niet op.

'Ik kan me niet concentreren als je vinger in me zit,' zeg ik, iets wat duidelijk zou moeten zijn.

'Nou, jammer dan. Omdat hij daar blijft zitten, Isabella.'

'Verwacht je dat ik zo kan lezen?'

Hij kijkt eindelijk op van zijn verslag, zijn gezicht is de belichaming van ernst. 'Je zult eraan wennen. Ik geniet ervan om mijn vingers in je te hebben, dus elke keer als je naast me zit, zullen ze daar zijn. Heb je daar een probleem mee?'

Ik knipper met mijn ogen naar hem. 'Nee.'

'Perfect.' Hij knikt en keert terug naar zijn papieren.

'Wat als er iemand anders in de buurt is?' vraag ik.

'In dat geval kan ik het heroverwegen.'

Kan hij het heroverwegen?

Met het boek over de wereldeconomie in mijn handen, probeer ik zijn warme hand op mijn poesje en zijn vinger die in me zit te negeren. Het werkt niet. Ik weet hoe bekwaam zijn handen zijn, en ik word er gek van. Ik probeer de rest van mijn lichaam stil te houden en knijp langzaam mijn benen bij elkaar. Luca is nog steeds in beslag genomen door het rapport terwijl ik mijn heupen een beetje draai en van het gevoel geniet van mijn wanden die langs zijn vinger gaan.

'Isabella.'

Ik stop niet, maar draai mijn hoofd en zie hem over de rand van zijn bril naar me kijken.

'Wat?' Ik trek een wenkbrauw op.

'Gedraag je.'

'En wat als ik me niet wil gedragen?'

Luca maakt een tsk geluid, laat zijn papieren op de grond vallen, pakt dan het boek uit mijn handen en lanceert het door de kamer. 'Doe je kleren uit.'

'Jij eerst,' zeg ik. 'Maar hou je bril op.'

Een diep gerommel verlaat zijn lippen. Wanneer hij de zoom van zijn T-shirt pakt om hem uit te trekken, kan ik niet anders dan zuchten als ik zijn biceps zie die tijdens het proces uitpuilen. Ik pak zijn joggingbroek vast, maar een seconde later beland ik op mijn rug, met Luca die de zoom van mijn nachtjapon vasthoudt.

'Niet deze van zijde!' schreeuw ik, maar het is te laat. Hij verscheurt het materiaal al. Dat is al de vierde deze week. 'Verdomme, Luca!'

Terwijl hij zijn broek en boxershort uittrekt, trek ik mijn slipje uit zodat deze niet hetzelfde lot ondergaat als de nachtjapon. Als ik opkijk, zie ik Luca door samengeknepen ogen naar me kijken.

'Je bent zo verdomd sexy,' fluistert hij, grijpt me om mijn middel en trekt me naar zich toe. 'Ik wil dat je me berijdt, maar waag het niet te komen totdat ik zeg dat je dat kunt doen.'

Ik word nat tussen mijn benen.

'Waarom?' Ik ga op hem zitten en druk mijn handen op zijn borst en positioneer mezelf boven zijn volledig rechtopstaande pik.

Zijn handen grijpen naar mijn billen, en knijpen. 'Omdat ik het zeg.'

Ik bijt op mijn onderlip en laat mezelf zakken, waarbij ik zijn dikke lengte centimeter voor centimeter in me neem. 'En wat als ik mezelf niet kan beheersen?'

Luca kantelt zijn hoofd omhoog en pakt mijn kin vast, zijn ogen staren woedend naar me. 'Dat zal je wel.'

Ik grijns. Er is iets ongelooflijk sexy aan dat hij me commandeert, vooral als hij die bril draagt. 'Als u het zegt, meneer Rossi.'

Op het moment dat de woorden uit mijn mond komen, voel ik zijn pik trillen. Ik laat mezelf zakken totdat ik volledig zit, beweeg met mijn heupen, en kom al bijna. Luca gaat met zijn hand naar mijn lippen en duwt zijn duim in mijn mond. Ik zuig erop in hetzelfde ritme als dat ik mijn lichaam beweeg terwijl de druk in mijn kern opbouwt.

Ik glijd met mijn handen over zijn harde borst en beweeg met mijn heupen, van de manier genietend waarop mijn wanden zich uitstrekken om zijn grootte op te vangen. Terwijl ik zijn haar bereik, laat ik mijn handen in zijn donkere lokken zakken en zorg ik ervoor dat ik de wond op de achterkant van zijn hoofd niet per ongeluk aanraak. Ze hebben zijn hechtingen vorige week verwijderd, maar het is vast nog gevoelig.

'Waarom ben je zo op mijn haar gefixeerd?' vraagt hij terwijl hij met zijn handen langs mijn rug gaat, de ruwe huid van zijn handen veroorzaakt bij elke aanraking kippenvel.

'Dat ben ik niet,' hijg ik en leun dan naar voren om in zijn kin te bijten.

'Elke keer dat je de kans krijgt trek je het elastiek eruit, Isabella.' Zijn handen gaan naar mijn kont. Hij tilt me op en slaat me weer op zijn pik. 'Waarom?'

'Ik vind het leuk om je haar los te zien, dat is alles,' zeg ik.

De waarheid is dat ik me er speciaal door voel. Luca draagt zijn haar nooit los in het openbaar. Vóór zijn ongeluk heb ik hem slechts een paar keer met zijn haar los gezien, en het voelde altijd alsof ik een glimp opving van iets dat verboden was. Ik ben zo verliefd op hem dat ik opgewonden raak door iets dat zo onbelangrijk is als het feit dat hij nu bijna altijd zijn elastiek uitdoet als we alleen zijn.

Ik recht mijn rug en berijd hem, van de aanblik van hem onder mij genietend.

'Waag het niet om te komen,' zegt Luca door opeengeklemde tanden en knijpt in mijn kont.

Ik grijns.

Plotseling grijpt Luca me om mijn middel en tilt me op totdat hij me slechts een centimeter boven zijn pik houdt. Ik pak met mijn handen zijn dikke onderarmen vast en begraaf mijn nagels in zijn huid, terwijl ik naar hem staar. De duivel lacht alleen maar.

'Gefrustreerd zijn staat je goed, mevrouw Rossi,' zegt hij en laat me een beetje zakken totdat zijn eikel bij me binnenkomt. Ik probeer naar beneden te zakken, zodat ik hem helemaal terug in me kan nemen, maar faal. Ik leun naar voren, zet hem met mijn blik vast en beweeg mijn rechterhand naar zijn harde lengte. Dan knijp ik erin. Een diepe grom verlaat Luca's mond en het volgende moment lig ik op mijn rug, met zijn grote lichaam boven het mijne. Hij pakt mijn polsen in zijn rechterhand en verplaatst mijn armen boven mijn hoofd en houdt ze daar vast.

'Nu kun je komen,' zegt hij en stoot met zo'n kracht in me dat ik schreeuw en onmiddellijk kom. Hij blijft stoten terwijl ik mijn orgasme berijd totdat zijn zaad in me stroomt.

'Camilla, Orlando's vrouw,' fluistert Isabella terwijl we door de kamer lopen op het feest voor de achttiende verjaardag van Massimo Lombardi. 'Is zij degene die verslaafd is aan slaappillen?'

'Nee. Dat is Lorenzo's vrouw, Ludovica,' zegt ze, en gaat dan verder met de rest van Orlando's familie. 'Naast Camilla staan zijn dochters Constansa, de langste, en Amalia. Noem Damian niet waar ze bij zijn.'

Door de manier waarop Isabella zich gedraagt — tegen mijn zij gedrukt, haar arm strak om de mijne, met een glimlach op haar gezicht in mijn oor fluisterend — zullen mensen waarschijnlijk aannemen dat we een zeer privégesprek hebben. Haar voeten moeten pijn doen door de hakken die ze draagt. Ze heeft ze gisteren speciaal voor deze gelegenheid gekocht. De verdomde dingen zijn meer dan twaalf centimeter lang, maar ze zei dat het nodig was vanwege ons lengteverschil.

Zelfs met de toegevoegde centimeters moet ik nog steeds mijn hoofd buigen om te horen wat ze mompelt.

Na een kort gesprek met Orlando nemen we drankjes van een passerende ober aan en gaan we naar de hoek van de kamer. Verschillende mensen benaderen ons onderweg, en dankzij de uren die ik met Isabella heb doorgebracht om foto's en video's te bekijken, herken ik de meeste van hen. Bij een paar heb ik moeite om de gezichten aan namen te koppelen, dus knijp ik discreet in Isabella's taille en springt ze in het gesprek en geeft me hints. Het is verbazingwekkend hoe ze erin slaagt om het er zo natuurlijk uit te laten zien. Ongedwongen.

Lorenzo staat aan de andere kant van de kamer met een roodharige vrouw en een paar mannen die ik niet herken. Ze stonden niet op de foto's die Isabella me heeft laten zien. De vrouw komt me bekend voor, maar het duurt even voordat ik me haar herinner. Lorenzo's vrouw. Ze heeft haar haren veranderd. Op de foto's was ze blond. Lorenzo kijkt op en onze blikken kruisen zich. Ik moet later met hem praten, anders kan het verdacht overkomen. Lorenzo is tot nu toe de grootste uitdaging geweest, omdat noch Isabella noch Damian me over alle transacties die ik met hem heb gehad konden inlichten.

Een man van eind vijftig begint vanuit de andere kant van de kamer onze kant op te komen, met een vrouw van begin dertig aan zijn arm.

'Franco Conti. Tweede vrouw, Ava,' zegt Isabella in haar glas.

Een van de capo's die verantwoordelijk is voor het witwassen van het geld van gokken, herinner ik me.

'Damian zei dat je zijn vrouw nog niet hebt ontmoet. Ze

was niet op onze bruiloft,' voegt Isabella eraan toe voordat ze ons bereiken.

'Franco.' Ik knik. 'Ik zie dat je eindelijk hebt besloten om ons je vrouw te laten ontmoeten.'

Na de introducties begint Isabella met Ava te praten terwijl Franco naast me staat en naar de menigte kijkt.

'Ik maak me zorgen om Angelo,' zegt hij. 'Ik weet niet zeker of hij geschikt is voor de rol die je hem hebt gegeven.'

'Hoezo?'

'Cijfers zijn niet zijn sterkste kant.'

Ik kijk rond op het terrein en doe alsof ik nadenk over wat hij heeft gezegd terwijl ik door de overvloed aan informatie mijn hersenen probeer te filteren. Wie de fuck is Angelo? Ik knijp licht in Isabella's taille.

'Is Angelo Scardoni hier?' roept ze naast me uit. 'Ik wilde hem naar Bianca vragen en hoe ze ermee omgaat dat ze in de Bratva is getrouwd.'

Oh ja. De jongste capo wiens zus een paar maanden geleden met de handhaver van de Bratva is getrouwd. Ik was zijn naam vergeten.

'Hij zal het moeten leren,' zeg ik, terwijl ik geen idee heb welke rol ik hem heb toegewezen. Het heeft waarschijnlijk iets te maken met het witwassen van geld.

'Heb je met Lorenzo gesproken?' vraagt Franco.

'Waarover?'

'Hij was extreem... ongelukkig toen je zijn idee over de drugshandel afwees.'

Van wat Damian me heeft verteld, hebben we nooit drugs verhandeld. Damian had gezegd dat Angelo Scardoni's vader iets achter de rug van de oude don had geprobeerd, en het was niet goed afgelopen. Ik kan me niet alle details herinneren. 'Lorenzo's geluk is niet mijn zorg,' zeg ik.

'Weet je zeker dat dat verstandig is?'

Ik draai me naar hem toe en zorg ervoor dat mijn gezicht laat zien wat ik van zijn onverwachte vraag vind.

'Mijn excuses, baas.' Franco kijkt snel naar beneden.

'Als je Lorenzo, tegen wie dan ook, weer over zijn idee hoort praten, laat het me dan weten.'

'Natuurlijk.' Hij knikt en pakt de arm van zijn vrouw. 'Ik ben blij om te zien dat het goed met je gaat. De familie maakte zich zorgen.'

'Daar hebben ze geen reden toe.'

Als Franco en zijn vrouw vertrekken, kijk ik naar Isabella en zie dat ze haar telefoon vasthoudt en iemand appt. Ik ga achter haar staan, sla mijn beide armen om haar middel en laat mijn kin op haar schouder rusten. 'Wie ben je aan het appen?'

Ze kijkt me zijdelings aan, met haar wenkbrauwen opgetrokken. 'Hoezo?'

'Is het een mannelijk iemand?'

'Ja.'

'Je zult geen mannen appen tenzij ze door bloed met je verwant zijn.' Ik knijp zachtjes met mijn armen om haar heen en grom in haar oor. 'Of ik vermoord ze, Isabella.'

'Jaloers?' Haar lippen vormen een nauwelijks zichtbare glimlach.

'Je hebt geen idee hoeveel.'

'Ik app Damian. Er zijn hier een aantal mensen die we niet hadden verwacht, en ik wil dat hij me laat weten of er belangrijke informatie is die je moet weten.'

'Mijn kleine meester in listen.' Ik geef een kus op haar ontblote huid.

Isabella verstijft. 'Dat moet je niet doen, Luca.'

'Je kussen?' Ik laat mijn mond langs haar nek bewegen en kus haar weer. 'Waarom niet?'

'Je staat er niet bepaald om bekend dat je met andere mensen in de buurt genegenheid toont. Zeker niet tijdens de familiebijeenkomsten.'

'Jammer. Ik vind het leuk om iedereen te laten zien dat je van mij bent.'

'Dat weet iedereen, Luca. De meesten van hen waren op onze bruiloft.'

'Misschien weten ze het,' — ik draai haar om zodat ze naar me kijkt — 'maar ik wil dat ze het ook zien.'

Ik houd haar om haar middel vast, til haar van de grond en druk mijn mond tegen de hare, terwijl een verraste gil haar lippen verlaat. Ze kust me niet meteen terug. Ik heb haar waarschijnlijk geschokt. Het punt is, ik ben zelf ook nogal verrast door mijn actie. Ik was nooit van plan om een scène te maken, en dat is precies wat ik doe op basis van de verbijsterde blikken op de gezichten om ons heen, maar ik kon deze onverklaarbare drang om haar voor iedereen te claimen niet weerstaan. Misschien omdat ik andere mannen naar haar zag kijken, hun ogen die elk deel van haar bekeken dat te zien is in die strakke bordeauxrode jurk.

Ik bijt zachtjes op haar onderlip en Isabella begint me eindelijk terug te kussen, eerst langzaam, maar dan slaan haar handen zich om mijn schouders en om mijn nek en wordt haar kus hebzuchtig. Dat is veel beter. Ik voel iets nats op mijn gezicht en open mijn ogen om te zien dat Isabella's ogen nog steeds gesloten zijn, maar er rollen tranen over haar wangen.

Ik laat haar zachtjes naar beneden zakken en pak haar kin tussen mijn vinger en duim. 'Tesoro? Wat is er aan de hand?'

Ze drukt haar lippen stevig tegen elkaar en schudt haar hoofd, haar ogen zijn nog steeds gesloten. Er vallen nog meer tranen naar beneden.

'Te veel druk. Stress,' zegt ze. 'Let maar niet op mij.'

Ze klinkt oprecht. Ik geloof er echter geen woord van. 'Ik breng je naar huis.'

'Ja. Laten we door de tuin gaan.' Ze opent haar ogen, maar kijkt me niet aan. In plaats daarvan knikt ze naar de balkondeur. 'Ik wil niet dat iemand getuige is van mijn inzinking.'

'Oké,' zeg ik en neem haar hand in de mijne en leid haar naar buiten.

Er is iets aan de hand. Ik ben misschien mijn geheugen kwijt, maar ik ben niet mijn verstand kwijt. Ze zal me vertellen wat ik gedaan heb om haar in het bijzijn van vijftig mensen aan het huilen te maken. Want, ook al kan ik niet zeggen dat ik haar al lang ken, een ding waar ik absoluut zeker van ben, is het feit dat Isabella zichzelf nooit toe zou staan om in het bijzijn van leden van de familie te huilen.

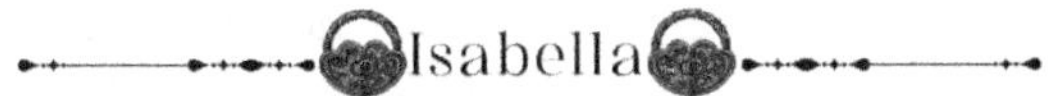

Ik zak in de passagiersstoel en adem uit. Shit. Luca loopt langs de voorkant, gaat achter het stuur zitten en start de auto.

'Voel je je al wat beter?'

'Ja.' Ik knik, open mijn tas en haal een kleine spiegel en tissues tevoorschijn om de mascara onder mijn ogen schoon te maken. Waterproof, mijn reet.

'Wil je me vertellen wat er net is gebeurd, Isabella?'

'Ik heb het je al verteld. Te veel stress.' Ik blijf mijn wang afvegen met de tissue, maar de zwarte vlekken gaan er gewoon niet af, verdomme. 'Vergeet het maar.'

De weg voor ons is vrij van andere voertuigen, maar Luca vertraagt en gaat dan naar een parkeerplaats bij het benzinestation. In de achteruitkijkspiegel merk ik dat de auto met onze beveiliging dezelfde bocht maakt en een paar plekken verderop parkeert.

'Waarom ben je gestopt?' vraag ik.

Luca zegt niets, stapt gewoon uit de auto en gaat naar het gebouw. Een van de bewakers stapt uit de andere auto, maar Luca gebaart met zijn hand dat hij weer naar binnen kan. Een paar minuten later komt hij terug en laat een pakje natte doekjes op mijn schoot vallen.

Ik kijk naar het pakje en dan naar mijn man, die met zijn ellebogen op het stuur door de voorruit zit te staren. Langzaam pak ik een doekje en ga verder met het schoonmaken van mijn gezicht. 'Wachten we op iemand?'

'Ja. Dat jij begint te praten, Isabella.'

'Jezus Christus.' Ik gooi het gebruikte doekje in mijn tas en sluit de kleine tas. Waarom laat hij het niet gewoon met rust?

Wat mij betreft, kunnen we hier de hele nacht blijven, want ik ga hem echt niet vertellen dat ik zo verdomd geraakt en blij was dat hij me in het bijzijn van iedereen kuste. Alsof ik ertoe doe. Ik heb er al zo lang van gedroomd dat hij dat zou doen. Alsof... hij verliefd op me is. Om me vervolgens te beseffen dat hij dat waarschijnlijk alleen deed omdat hij gelooft dat we een gelukkig verliefd stel zijn. Voorheen vond hij het niet eens gepast om me op onze trouwdag te kussen.

'Ik heb niks meer te zeggen. Kunnen we alsjeblieft naar huis gaan?'

'Oké.' Hij start de auto.

De rit van dertig minuten gaat in volledige stilte voorbij. Als we aankomen parkeert Luca op de oprit en komt hij naar de andere kant om mijn deur te openen. Hij zegt nog steeds niets. Misschien is het beter zo. Vanavond was vermoeiend, en ik ben niet in de stemming om ruzie met hem te maken. En daar bovenop, doen mijn voeten al uren pijn. Dus voordat ik uit de auto stap, doe ik mijn hakken uit en houd ze in mijn hand terwijl ik naar het huis ga. Ik zet misschien drie stappen voordat Luca me in zijn armen neemt en me naar de voordeur draagt.

Hij zet me niet neer als we binnenkomen, zoals ik had verwacht, maar gaat verder met het beklimmen van de twee trappen. In onze slaapkamer laat hij me op het bed zakken, draait zich dan om en verdwijnt in de badkamer. Een paar seconden later hoor ik de douche aan gaan.

In plaats van te wachten tot hij klaar is, haast ik me naar mijn oude kamer en neem daar snel een douche. Als ik de badkamer verlaat, kijk ik naar mijn oude bed en vervolgens naar de deur tussen de kamers. Ik wil niet alleen slapen, maar misschien is het beter om meer vragen te vermijden, dus sluit ik de aangrenzende deur. Ik sla de dekens naar beneden, stap in mijn oude bed en kruip onder de deken.

Ik heb net mijn ogen gesloten als een luide knal me laat opspringen. Ik zoek naar de bron en mijn ogen vallen op Luca die in de deuropening tussen de kamers staat. Hij is helemaal naakt, zijn haar zit los, en aan de blik op zijn gezicht te zien, is hij witheet. De deur naast hem hangt scheef aan slechts één van zijn scharnieren.

'Hij was niet op slot, verdomme!' snauw ik.

Hij loopt naar het bed, grijpt me net onder mijn ribbenkast en trekt me omhoog. Dan gooit hij me over zijn schouder.

'Echt heel volwassen,' mompel ik terwijl hij me naar onze slaapkamer draagt. Als we het bed bereiken, legt hij me erop, gaat dan boven mijn lichaam liggen en houdt zichzelf op zijn ellebogen omhoog. Waardoor hij me opsluit.

'Je slaapt in dit bed,' zegt hij met opeengeklemde tanden. 'Nergens anders. Is dat duidelijk?'

'Zelfs als we ruzie hebben?'

'Zelfs als we ruzie hebben, Isabella.'

'Oké,' zeg ik, terwijl ik met mijn vingers door zijn haar ga. Het is belachelijk hoe zacht het is, ik zou dit de hele nacht kunnen doen, mijn hand door zijn haar laten gaan.

'Wat heb ik gedaan om je aan het huilen te maken?' vraagt hij en buigt zijn hoofd. 'Het kwam door de kus, nietwaar?'

'Luca...'

'Voelde je je ongemakkelijk omdat mensen ons zagen kussen?'

Ik staar hem aan. 'Waarom zou ik?'

'Omdat ik zoveel ouder ben dan jij, en je het ongemakkelijk vindt om me in het openbaar te kussen. Waarom heb je me dat niet verteld?'

'Wat?' Ik staar hem met grote ogen aan en vraag me af hoe hij tot die conclusie is gekomen. 'Natuurlijk niet!'

'Lieg niet tegen me, Isabella. Ik wil de waarheid weten.'

Wil hij de waarheid weten? Goed dan. Ik neem zijn gezicht in mijn handen en kijk recht in zijn ogen.

'Ik ben al jaren verliefd op je. Al jaren, Luca,' zeg ik. 'Ik leefde voor die korte momenten dat je voor een bespreking met mijn grootvader langskwam. Ik heb je zowat door het huis gestalkt, zat achter meubels of struiken in de tuin verstopt, zodat ik naar je kon kijken.'

Ik knijp in zijn gezicht en ga dan verder.

'Voordat we trouwden, ben ik twee jaar lang elke nacht alleen maar in slaap gevallen nadat ik mezelf had bevredigd en me had voorgesteld dat jij naast me lag. Ik ben nog nooit met iemand anders geweest dan met jou, want zelfs toen je verboden terrein was, wilde ik niet met iemand anders naar bed,' zeg ik en kus hem. 'Ik hou al van je zolang ik me kan herinneren, Luca. En door jou gekust worden waar de hele familie bij was, was mijn droom die uitkwam. Ik huilde omdat ik gelukkig was.'

'Dus je denkt niet dat ik te oud voor je ben?' vraagt hij, terwijl hij naar me kijkt.

'Luca, schat, het maakt me niet uit hoe oud je bent. Ik heb in mijn hele leven nooit een andere man gewild.'

Luca's hand houdt mijn kaak vast en hij bekijkt me een paar ogenblikken door samengeknepen ogen aan. Dan schuift hij zijn hand naar beneden en onder mijn nachthemd om mijn poesje vast te pakken. 'Heeft niemand behalve ik dit gehad?'

'Ik heb het je al verteld, je was mijn eerste.' Ik kantel mijn hoofd en kus hem opnieuw. 'Je bent zelfs de enige man die het ooit heeft aangeraakt.'

Zijn lichaam hangt stil boven de mijne, en voor een paar seconden, lijkt het erop dat hij niet eens ademt terwijl zijn ogen zich in de mijne boren. En dan knapt hij. Hij grijpt naar de zoom van mijn nachthemd en trekt aan de zijdeachtige stof totdat er een scheurend geluid volgt. Mijn slipje ontmoet kort daarna hetzelfde lot. Als dit zo doorgaat, dan zal ik elke week nieuw ondergoed moeten kopen. Of gewoon helemaal moeten stoppen om ze te kopen.

Hij drukt zijn rechterhand tegen mijn poesje en plaagt mijn klit terwijl zijn linkerhand langs mijn lichaam naar beneden reist. Hij maakt een spoor van mijn nek, over mijn borst en buik, totdat die zich ook tussen mijn benen bevindt. Zijn ogen blijven in de mijne kijken terwijl hij zijn vinger in me schuift en mijn klit nog steeds met zijn andere hand masseert.

'Alleen van mij,' fluistert hij en voegt er nog een vinger aan toe, waardoor ik naar adem snak.

Er komt een zelfvoldane grijns op zijn lippen. Hij glijdt naar beneden en begraaft zijn gezicht tussen mijn benen, waarbij hij de vinger die op mijn clitoris zat met zijn tong vervangt. Mijn ademhaling hapert als de druk in mijn kern zich blijft opbouwen, maar net als ik op het randje sta, haalt hij zijn hand weg. Ik jammer over het verlies van zijn vingers, dan kreun ik als hij op mijn klit zuigt en ik bijna klaarkom. Terwijl ik op het punt sta om over het randje te gaan, verdwijnt ook zijn mond. Ik staar hem gefrustreerd aan terwijl hij met samengeknepen ogen over me heen torent.

'Als ik je ooit nog in dat andere bed vind, dan zul je de gevolgen niet leuk vinden,' zegt hij. 'Heb je dat begrepen, tesoro?'

Ik til mijn kin op en grijns. 'En wat ga je dan doen?'

Luca leunt naar voren, zijn mondhoeken komen in een boosaardige glimlach omhoog. Hij schuift zijn vinger pijnlijk langzaam weer bij me naar binnen. Ik pak zijn hand vast, trek er met al mijn kracht aan en probeer zijn vinger zonder effect sneller te laten bewegen. Zijn glimlach wordt alleen maar breder en dan trekt hij zijn hand weg.

'Luca!' Ik pak zijn pols vast en trek zijn hand tussen mijn benen terug.

'Ja?' Hij drukt met zijn vingertoppen tegen mijn poesje, knijpt in mijn klit en dan haalt hij zijn hand weer weg. Ik heb het gevoel dat ik van frustratie ga breken.

'Alsjeblieft,' jammer ik.

'Als je het ooit nog waagt om uit mijn bed weg te sluipen,' zegt hij en bijt in mijn oorlel, 'dan ga ik je urenlang martelen. Begrepen?'

'Ja.'

'Brave meid,' fluistert Luca in mijn oor en begraaft zich dan tot aan zijn schacht in me.

Mijn adem stokt en ik hijg terwijl hij zijn heupen heen en weer beweegt en me met elke stoot meer vult. Ik pak zijn bovenarmen vast, knijp erin en geniet van het gevoel dat zijn spieren zich onder mijn handen aanspannen. De druk in mijn kern bouwt zich op en wanneer hij met een brul in me stoot, verbrijzel ik.

Ik tril nog steeds als Luca zijn pik naar buiten laat glijden en me om de taille grijpt en omdraait.

'Heb ik je ooit verteld hoe geobsedeerd ik ben met je kont?' Hij knijpt in mijn bil en schraapt met zijn tanden over de huid en bijt dan.

'Misschien een keer of twee,' hijg ik en kreun dan wanneer hij de plek likt waar zijn tanden net waren.

'Elke keer als je een kamer binnenkomt en mijn ogen op je heerlijke kont vallen, heb ik de drang om je kleren van je af te scheuren en dit te doen,' zegt hij en zijn pik komt weer bij me binnen.

Ik pak het laken vast, spreid mijn benen iets verder en snak dan naar adem als hij in me begint te stoten. Zijn hand glijdt langs mijn zij en over mijn onderbuik. Hij beweegt met zijn heupen terwijl zijn vinger mijn clitoris vindt en plaagt. Ik kan niet genoeg lucht in mijn longen krijgen terwijl hij van achteren in me blijft stoten. Mijn wanden beginnen rond zijn lengte te verkrampen terwijl mijn armen en benen ongecontroleerd trillen. Wanneer hij zich volledig in me begraaft, zijn zaad me vult, kreun ik en kom ik weer klaar.

'Je trilt als een blad,' zegt Luca terwijl hij naast me gaat liggen en me tegen zijn lichaam trekt. 'Heb je het koud, tesoro?'

'Ik weet het niet,' mompel ik en leg mijn gezicht op zijn borst. Mijn hele lichaam trilt, maar ik denk dat het de naweeën zijn na twee van de meest verbazingwekkende orgasmes te hebben gehad. De een na de ander.

'Hier.' Hij bedekt ons met een deken. 'Beter?'

Ik kantel mijn hoofd omhoog en bijt zachtjes in zijn kin. 'Ja. Maar je bent iets vergeten.'

'Oh? Is dat zo?' Hij schuift zijn hand naar beneden totdat hij mijn poesje bereikt en hij met zijn vingertoppen over mijn plooien streelt. 'En wat zou dat kunnen zijn?'

Ik bijt weer in zijn kin en draai me dan om zodat mijn rug tegen zijn borst wordt gedrukt. 'Laat me niet wachten,' zeg ik.

Hij legt zijn hand op mijn poesje en ik haal vol verwachting diep adem. Er gebeurt niets.

'Luca!'

'Ja?' Ik voel zijn adem in mijn nek. 'Heb je iets nodig, tesoro?'

'Dat weet je.'

'Vertel het me.'

Oh, wat vindt hij het leuk om me te martelen. Ik leg mijn hand op de zijne tussen mijn benen en druk erop. 'Ik kan niet in slaap vallen zonder je vinger in me, oké?'

Het is een beetje gênant om te bekennen, maar het is de waarheid. Gisteravond was hij met Damian wat familiezaken aan het bespreken, en ze waren tot ver na middernacht op kantoor gebleven. Ik was de hele dag bij het cateringbedrijf geweest en was uitgeput, maar toen ik naar bed ging, kon ik niet slapen. Ik lag maar te woelen en draaien totdat Luca ergens rond twee uur 's nachts bij me kwam liggen, en pas toen zijn vinger in me gleed, kon ik in slaap vallen.

'Ik weet het,' fluistert hij in mijn haar en duwt zijn vinger in me. Ik zuig lucht naar binnen. Mijn poesje is nog steeds gevoelig, maar als zijn vinger er volledig in zit, spoelt het gevoel van troost over me heen. Ik zucht, sluit mijn ogen en val in slaap.

Hoofdstuk
17

E R KLINKT HET GEKRAAK VAN DE KASTDEUR, GEVOLGD door wat geritsel. Ik open mijn ogen een stukje, tegen het zonlicht knijpend dat door het raam naar binnenkomt. Luca staat bij het bed en trekt zijn broek aan.

'Hoe laat is het?' vraag ik.

'Half acht. Ik neem Rosa mee om wat spullen voor school te kopen. Ik wil niet tot later wachten. Hoe dichter het bij het einde van de zomer komt, hoe groter de waanzin zal zijn. Daarna breng ik haar naar Clara. Ze gaan in de achtertuin kamperen.'

'Laat haar een jas meenemen. Het kan vandaag gaan regenen.' Ik draai me om zodat ik op mijn buik lig, vouw het kussen op en leg mijn kin erop zodat ik nog steeds naar Luca kan kijken. 'Ik heb straks met mijn zus afgesproken. Ben je voor de lunch terug?'

'Waarschijnlijk niet. Ik heb om twaalf uur een afspraak met Franco Conti, en daarna een afspraak met de makelaar.'

'Dan ga ik met Andrea lunchen.'

'Je zult vandaag de blauwe jurk dragen. Degene die achter in je nek sluit,' zegt hij en hij zet me met zijn blik vast. Er is een uitdaging in zijn donkere ogen te zien.

Ik kantel mijn hoofd naar de zijkant en kijk naar hem. Wat een rare manier om het te zeggen. Niet 'Wil je de blauwe jurk voor me dragen?' of iets dergelijks, en hij weet dat ik het heb gemerkt.

'Oké,' zeg ik en kijk toe hoe zijn ogen schitteren. 'Mag ik de nudekleurige hakken erbij dragen?'

Een blik van voldoening gaat over zijn gezicht, maar het duurt maar een seconde voordat hij het verbergt. Interessant.

'Ja.' Hij knikt en begint zijn shirt dicht te knopen.

Ik aanschouw hem, en een besef vormt zich langzaam in mijn hoofd. Oh hemeltje... als ik gelijk heb, en ik ben er vrij zeker van dat ik dat heb, dan heeft mijn man nogal interessante dingen over zijn voorkeuren verborgen gehouden. Ik besluit mijn theorie te testen.

'Ik wil vandaag graag mijn haar in een knot doen,' zeg ik, terwijl ik mijn woorden heel zorgvuldig kies en hem nauwlettend in de gaten houd voor zijn reactie. 'Sta je het toe?'

Zijn vingers zitten nog steeds op de knoop. Langzaam draait hij zich naar me toe en we kijken elkaar aan.

'Nee. Je zult het los laten hangen,' zegt hij, terwijl zijn ogen me uitdagen.

'Oké. Sta je het morgen toe? Alsjeblieft?'

'Ik zal erover nadenken.' Hij pakt zijn jas van de stoel, pakt zijn sleutels en portemonnee en gaat naar de deur, maar dan stopt hij bij de drempel. Ik zie zijn hand een vuist vormen alsof hij ergens met zichzelf over strijdt en dan draait hij zich om om naar me te kijken. Gedurende een paar seconden kijkt hij me aan, de knokkels op zijn vuist worden wit. 'Vanaf vandaag,' zegt hij, 'zal ik al je outfits goedkeuren. Als ik er niet ben en je ergens naartoe moet, als je van plan bent om je om te kleden, dan bel je me eerst om het goed te keuren,' zegt hij uiteindelijk en hij houdt zijn blik op de mijne gericht, op mijn reactie wachtend.

'Natuurlijk, Luca.' Ik knik.

Hij ontspant zijn vuist, en er vormt zich een kleine, tevreden glimlach op zijn gezicht. Ik zou het niet hebben gemerkt als hij niet naar me keek, maar zijn broek werd strak op zijn kruis toen hij mijn antwoord hoorde. Dit windt hem op. Zodra hij weg is, grijns ik en rol ik op mijn rug. Ik wist dat Luca zich inhield, maar tot op dit moment begreep ik niet hoeveel. Maar nu weet ik het wel, en ben ik klaar om te spelen.

'Ik hoor dat jij en Luca een behoorlijke indruk hebben gemaakt bij de Lombardi's,' zegt Andrea over de rand van haar kopje.

'Hoe kun je dat weten terwijl je er niet bij was?'

'Milene heeft me gebeld en ze heeft me een volledig verslag gegeven. Met alle zinderende details.'

'Het was maar een kus.' Ik haal mijn schouders op. 'Daar is niets bijzonders aan.'

'Luca Rossi die wordt betrapt op in het openbaar te zoenen? De man die ze zijn vorige vrouw nog niet eens hebben zien aanraken? Ik ben verbaasd dat het niet in het ochtendnieuws werd behandeld.'

'Mensen hebben de neiging om dingen te overdrijven,' zeg ik. 'Waarom was jij er niet? Je zei dat je met pap en mam mee zou gaan.'

'Ik had huisarrest.' Ze trekt haar neus op. 'Pap had me de avond ervoor betrapt toen ik stiekem naar buiten ging.'

'Wat?' Ik sla mijn kopje neer. 'Alleen?'

'Ik zou niet alleen zijn geweest. Ik was van plan om met Catalina uit te gaan.'

'Waarheen?'

'Naar een club.'

'Vertel me alsjeblieft dat je Gino mee zou nemen.'

'Natuurlijk niet. God, ik haat die vent. Hij doet alsof hij mijn vader is. En pap laat het hem doen! Waarom kon ik Leandro niet als mijn bodyguard houden?'

'Omdat hij te oud is om achter je aan te rennen als je uitglijdt,' snauw ik. 'Je bent te roekeloos. Midden in de nacht naar buiten sluipen. Wegrennen van bodyguards. Je hebt iemand nodig om je in toom te houden, en ik ben blij dat het Gino lukt.'

'Hij heeft me verboden om volgende week naar Perla's verjaardagsfeestje te gaan!' blaft ze. 'Hoe kan hij mij iets verbieden? Hij is een verdomde bodyguard! Toen ik het pap vertelde, zei hij dat hij het eens is met alles wat Gino beslist.'

'Waar is het feest?'

'Bij Baykal.'

'Was je van plan om naar een van de Bratva clubs te gaan? Na wat er de laatste keer bij Oeral is gebeurd? Ben je niet goed bij je hoofd?'

'Die puinhoop was jouw schuld.' Ze grijnst.

'Je kunt niet naar een club van de Bratva gaan! In godsnaam, Andrea!'

'Kostya zou daar zijn geweest.' Ze haalt haar schouders op. 'Catalina heeft iets met hem. Min of meer.'

'Lieve God! Weet haar vader dat ze met een van de mannen van de Bratva uitgaat?'

'Nee. En je gaat het hem niet vertellen! Het is niets serieus, ze zijn gewoon... aan het praten.'

'Van wat ik heb gehoord, heeft de helft van de vrouwelijke bevolking van de stad in het bed van Kostya Balakirev gelegen. Hij is niet het type man om alleen maar met een vrouw te praten.'

'Dat is niet waar.'

'Hij is vorige maand met Amalia Lombardi naar bed geweest. En met hun kok. Ik weet het niet helemaal zeker, maar ik denk dat hij ook met Amalia's moeder naar bed is geweest. Hij is nog erger dan Damian.'

'Soms word ik er bang van, wist je dat? Hoeveel shit je over mensen weet.'

'Je weet maar nooit wanneer iemands vuile was van pas kan komen.' Ik kijk op mijn telefoon. 'Ik moet Luca bellen. Ik ga vanmiddag met Milene winkelen en moet me omkleden. Hij wil goedkeuren wat ik draag.'

'Hij wil wat?' Andrea trekt grote ogen naar me op.

'Ik ben onlangs een aantal zeer interessante dingen over mijn man te weten gekomen.' Ik glimlach. 'Een van hen is dat het kiezen van wat ik draag hem echt opwindt.'

'Controleert hij je?'

'Nee. Ik laat hem mij controleren. En ik geniet van elke seconde.'

'Isa, dat is... kinky.'

'Ja, ik denk het wel.' Ik grijns en bel Luca.

Hij neemt na één keer overgaan op. 'Waar ben je?'

'Koffiedrinken met Andrea bij mijn ouders thuis.'

'Heb je bodyguards meegenomen?'

'Marco en Sandro wachten op me in de auto. Maak je geen zorgen.'

Er zijn een paar momenten van stilte, en dan, 'Draag je de blauwe jurk zoals ik je heb opgedragen?'

'Ja,' zeg ik. 'Ik ga naar huis om me om te kleden. Ik moet nog wat boodschappen doen. Ik zal je een foto sturen van wat ik aan heb voordat ik vertrek.'

'Goed. Bel me op het moment dat je thuiskomt.'

'Dat zal ik doen.'

 Luca

De man aan de andere kant van het bureau blijft praten, toont mij en Damian beelden van huizen en appartementen op zijn tablet en somt de voordelen en nadelen van elk van hen op. Met een lading geld uit wapendeals die wachten om te worden witgewassen, moeten we het aantal en de grootte van de panden die door ons bedrijf gaan vergroten. En snel.

'We hebben grotere panden nodig, Adam. En meer.' Ik gooi het papier met de prijzen op het bureau.

Mijn telefoon gaat over en het laat Lorenzo's naam zien. Ik kijk naar Adam en knik met mijn hoofd naar de deur. 'Ga. Ik bel je later.'

Als de deur achter hem dichtgaat, neem ik het telefoontje aan en zet hem op de luidspreker, zodat Damian het ook kan horen. 'Lorenzo.'

'Een van Octavio''s boekhouders heeft geld gestolen,' zegt hij. 'Daar moet mee afgerekend worden, baas.'

'Oké.'

'Wil je dat ik dat afhandel?' vraagt Lorenzo.

Ik kijk naar Damian die zijn hoofd schudt en dan antwoord ik, 'Nee. Ik regel het wel.'

'Hij zit in de achterkamer in het casino van Octavio.'

'Ik ben er over veertig minuten.' Ik verbreek het gesprek en kijk naar Damian. 'Hoe rekenen we met dieven af?'

'Je vermoordt ze,' zegt hij. 'Je kunt iemand anders aanwijzen om de trekker over te halen, maar Giuseppe rekende persoonlijk met dieven af. Het was een statement.'

Ik leun achterover in de stoel en denk erover na. Hoewel ik me niet herinner dat ik iemand heb vermoord, lijkt het idee om iemands leven te nemen me niet te storen. 'Ik zal het doen. Ga je mee?'

Damian krimpt ineen. 'Liever niet. Maar ik zal een plattegrond voor je tekenen. Je moet via de achteringang Magna binnen gaan, omdat ze bij de voordeur metaaldetectoren hebben.'

'Ik weet het.'

Zijn hoofd schiet omhoog. 'Herinner je je iets?'

'Nee. Ik kan me niet herinneren dat ik daar ben geweest of daar mensen heb ontmoet, maar ik weet wel hoe de binnenkant eruitziet.'

'Dat is bizar,' zegt hij en begint op de pen te kauwen die hij vasthoudt. 'Wat gaan we doen als je geheugen niet terugkomt?'

'We gaan gewoon door zoals we tot nu toe hebben gedaan. Ik denk niet dat iemand iets vermoedt.'

'Vind je die mogelijkheid niet verontrustend?'

'Het frustreert me, ja, en ik haat het dat ik me mijn dochter of mijn vrouw niet herinner. Maar de dokter zei dat ik er niets aan kan doen. En ik kan mijn energie niet aan dingen verspillen die ik niet kan veranderen.' Ik sta op en loop naar de deur. 'Instrueer Adam om naar meer onroerend goed te zoeken. Nadat ik me van die boekhouder heb ontdaan, ga ik naar huis.'

Naar Magna gaan is geen probleem. Ik heb met Damian twee dagen door Chicago gereden, die al onze bedrijven had aangewezen, evenals andere locaties waar ik misschien op een gegeven moment naartoe moet. Ik herinnerde me alles over de stad, maar ik kon de namen van de casino's niet met een bepaalde locatie verbinden totdat ik het zag.

Mijn telefoon pingt terwijl ik de auto in de steeg parkeer. Het is een selfie van Isabella, waarop ze voor de grote spiegel in onze slaapkamer staat. Ze draagt een wijdvallende bruine jurk met witte bloemen en er is een ondeugende glimlach op haar gezicht te zien. Grijnzend typ ik een snel antwoord. *Goedgekeurd, tesoro.*

Ik stuur het bericht, plaats mijn pistool in de holster onder mijn jas en laat de auto achter. Emilio parkeert zijn auto achter de mijne, maar ik steek mijn hand op en geef hem het teken om hier op me te wachten en ga naar de metalen deur aan de rechterkant. Een man in een donker pak staat bij de ingang met zijn handen achter zijn rug geklemd.

'Baas.' Hij doet de deur voor me open.

Ik loop door de lange gang en sla linksaf, op weg naar de achterkamer. Het is vreemd hoe alles om me heen me bekend voorkomt, maar ik kan me niet herinneren hier ooit te zijn geweest. Het was hetzelfde met mijn huis de eerste dag dat ik thuiskwam uit het ziekenhuis. Ik herinnerde me de lay-out, maar niet van wie welke kamer was. Het was alsof iemand willekeurige delen van mijn geheugen had gewist en alleen kruimels voor me had achtergelaten om te volgen.

Twee mannen flankeren de dubbele deuren aan het einde van de gang. Ze doen hem open als ik dichterbij kom en laten me een middelgrote kamer binnengaan die naar verschaalde drank en zweet ruikt. Lorenzo zit achter het bureau in de verre hoek, maar hij staat snel op als ik binnenkom. Een man die ik niet herken, leunt tegen de verste muur, waarschijnlijk een van de voetsoldaten van de familie. Ik moet Isabella en Damian vragen om wat foto's van de soldaten voor me op te graven. Tot nu toe heb ik geen tijd gehad om door de lager gerangschikte mannen in de familiehiërarchie te gaan.

In het midden van de kamer zit een man van eind vijftig op een houten stoel. Zijn shirt is gekreukt en er zitten bloedsporen op. Op basis van de blauwe plekken op zijn gezicht en aan zijn gezwollen lip te zien, is hij in elkaar geslagen terwijl hij op me wachtte. De dief, neem ik aan. Op het moment dat hij me ziet, begint hij net zoveel in zijn stoel te bewegen als het touw rond zijn handen en benen toestaan.

'Baas.' De man die ik niet herken, knikt, beweegt weg van de muur en gaat naast de boekhouder staan.

'Welk bewijs heb je dat hij schuldig is?' vraag ik, terwijl ik me tot Lorenzo wend.

'We hebben dubbele boeken op zijn bureau gevonden.

Volgens de boeken heeft hij vorige maand bijna twintigduizend gestolen.'

'Weet je zeker dat ze niet geplant zijn?'

'Het was in zijn handschrift,' zegt Lorenzo en hij slaat zijn armen over elkaar. Er komt een kleine glimlach op zijn lippen. 'Als je wilt, kan ik met de dief afrekenen, baas.'

Ja, ik weet zeker dat hij dat leuk zou vinden. Ik heb Isabella en Damian niet nodig om me te vertellen dat Lorenzo niet blij is dat ik het hoofd van de familie ben geworden. Dat zie ik zelf ook heel goed. Hij denkt dat hij het goed verbergt, maar ik heb veel aandacht aan iedereen om me heen besteed, op zoek naar subtiele signalen of dubbele betekenissen. Een man in mijn positie kan het zich niet veroorloven om iets te missen, want slechts één misser zal genoeg zijn om mijn ondergang te initiëren.

'Ja,' zeg ik en doe twee stappen totdat ik achter de vastgebonden man sta. 'Doe dat.'

De glimlach op Lorenzo's gezicht wordt groter als hij in zijn jas naar zijn pistool reikt. Hij houdt van het idee dat ik terughoudend ben om een man te doden en hem in plaats daarvan het werk te laten doen. Vooral in het bijzijn van een voetsoldaat. Ik draai me om, sla mijn rechterarm om de kin van de boekhouder en plaats mijn linkerhand achter op zijn hoofd. Een sterke draai. En de nek van de man breekt.

Ik haal mijn armen van de nek van de boekhouder en draai me dan om naar Lorenzo, die me duidelijk verbaasd aankijkt. Het was makkelijker geweest om hem neer te schieten, maar Damian zei dat dit een statement moest zijn.

'Zorg ervoor dat het lichaam niet wordt gevonden,' zeg ik en verlaat de kamer, terwijl ik twee paar ogen in mijn rug voel boren.

Als ik in mijn auto stap, bel ik Isabella, zet de luidspreker aan en start de motor.

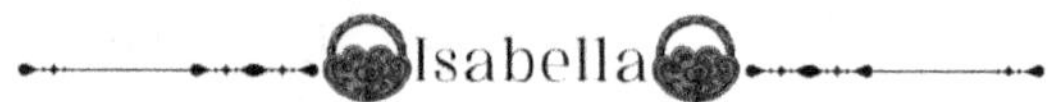

Ik ben net klaar met het verwijderen van mijn make-up als mijn telefoon gaat. Luca's naam knippert op het scherm en ik druk op de knop om het gesprek te accepteren en zet hem op de luidspreker.

'Waar ben je?' klinkt de kortaf gestelde vraag vanaf de andere kant.

'Jij bent in een goed humeur,' zeg ik terwijl ik de vuile doekjes in de vuilnisbak gooi. 'Is er iets gebeurd?'

'Het lijkt erop dat Lorenzo spelletjes speelt.'

'Het viel te verwachten. Wat heeft hij gedaan?'

'Ik wil nu niet over mijn onderbaas praten. Waar ben je?'

'In onze slaapkamer.'

'Trek je kleren uit.'

Ik plaats mijn cosmetica en gezichtsolie op het dressoir, doe mijn jurk uit en dan mijn ondergoed. 'Gedaan.'

'Het bed. Ga op je rug liggen.'

Ik glimlach, loop naar het bed met de telefoon in mijn hand en ga liggen zoals me is gezegd. 'Oké. Wat nu?'

'Leg je hand tussen je benen. Je blijft zo liggen en plaagt jezelf totdat ik er ben.'

'En wanneer zal dat zijn?'

'Over twintig minuten. En Isabella...'

'Ja?'

'Waag het niet om te komen voordat ik er ben.'

Wat? 'Ik weet niet zeker of dat me zal lukken, Luca.'

'Nou, als ik erachter kom dat je eerder bent gekomen dan ik heb toegestaan, dan beginnen we opnieuw, en deze keer zal het dan een uur duren. Is dat duidelijk?'

'Ja.'

'Goed. Zet de luidspreker aan en laat de telefoon naast je liggen.'

'Hij staat aan. Ga je luisteren?'

'Natuurlijk. Je kunt beginnen.'

Ik laat mijn handen langs mijn lichaam naar mijn poesje glijden en begin mijn klit in langzame cirkels te plagen.

'Weet je hoe vaak ik mezelf heb bevredigd door me voor te stellen dat jij naast me lag?' vraag ik.

'Vertel het me.' Komt het hese antwoord.

Ik druk op mijn clitoris en voeg er nog een vinger aan toe. 'Weet je het zeker?'

'Isabella.'

Oh, ik hou ervan als hij mijn naam met die dwingende toon zegt. Het is een verzoek, evenals een commando op hetzelfde moment. Luca geeft veel meer emotie af met zijn toon dan met echte woorden.

'De eerste keer dat ik het deed, was ik zeventien.' Ik kreun en blijf mezelf plagen. 'Ik heb het elke avond gedaan en soms zelfs overdag. Ik zou zeggen, minstens duizend keer.'

'En wat deed ik met je in die fantasieën van je?'

'Je zou mijn kamer binnenkomen.' Ik glimlach en schuif een vinger in mezelf, van de tintelingen genietend en van de spanning die zich opbouwt in mijn kern. 'Je had een pak aan. Die volledig zwarte combinatie waardoor je er tegelijkertijd eetbaar en gevaarlijk uitziet. Je zou langzaam naar me toe komen, mijn jurk uittrekken en me op het bed gooien.' Ik leg mijn andere hand op mijn klit en masseer hem terwijl ik mijn vinger nog dieper in me duw en stel me voor dat het zijn pik is. 'Dan zou je je gezicht tussen mijn benen begraven en me beffen totdat ik schreeuwde.'

'Zonder mijn pak uit te trekken?' vraagt hij.

'Ja.' Ik bijt op mijn lip en trek mijn vinger eruit, bang dat ik ga komen.

'En wat zou ik dan doen?' Er zit spanning in zijn stem. Ik kan het luid en duidelijk horen.

'Heb je een stijve, Luca?' vraag ik en druk mijn hand op mijn poesje, in de hoop dat het zal helpen de noodzaak te onderdrukken om mijn vinger terug in mezelf te steken.

'Geef antwoord, Isabella!' blaft hij. 'Wat zou ik dan doen?'

'Je zou met je lichaam over me heen gaan liggen, je gewicht zou me in het matras duwen. Dan zou je me kussen en zou ik mezelf op je lippen proeven.'

'Zou ik nog steeds aangekleed zijn?'

'Ja. Ik zou eerst je jas en shirt uitdoen. Je ademhaling zou versnellen als ik mijn nagels in je schouders groef en je in het midden van je borst kuste. Dan zou ik je helpen je broek uit te doen.'

Ik kan er niet meer tegen, dus ik schuif twee vingers in mezelf en hijg.

'Wat heb je net gedaan?' vraagt hij.

'Niets.' Ik adem uit en schuif mijn vingers kreunend nog dieper.

'Ben je gekomen, Isabella?' snauwt hij.

'Nog niet,' fluister ik. 'Ben je in de buurt?'

'Ik ga door de poort,' zegt hij. 'Wat gaat er nu gebeuren?'

Ik glimlach en blijf met mijn poesje spelen, van de geluiden van zijn moeizame ademhaling genietend die van de andere kant van de lijn komt.

'Je zou mijn polsen in je hand pakken en mijn armen boven mijn hoofd trekken. Net zoals je normaal gesproken doet.' Ik kreun terwijl de druk tussen mijn benen zich opbouwt. 'En je zou jezelf dan in één keer in me begraven. Hard. Tot aan de schacht.'

Aan de andere kant van de kamer knalt de deur open. Zonder mijn hand van mijn poesje te halen, til ik mijn hoofd van het kussen en kijk ik tussen mijn gebogen benen naar de drempel. Luca staat in de deuropening en hij heeft het frame aan weerszijden van hem vast, zijn kaak staat strak, terwijl hij naar me staart.

Ik neem mijn onderlip tussen mijn tanden en begin met mijn vrije hand rond mijn clitoris te cirkelen. Mijn vingers zitten nog steeds in me, dus ik trek ze naar buiten en beweeg ze naar mijn mond, terwijl ik langzaam aan elk van hen lik.

'Vertel me eens, Luca,' — ik glimlach — 'hoe hard word je hiervan?'

Er klinkt een diepe grom uit hem. Hij doet een stap naar binnen, schopt de deur achter zich dicht en loopt langzaam naar het bed en trekt tijdens het lopen zijn kleren uit. Zijn jas. En dan zijn zwarte overhemd. Zijn broek. Hij kijkt me de hele tijd aan. Wanneer hij het bed bereikt, is hij helemaal naakt, zijn pik staat volledig rechtop. Ik maak mijn lippen nat en spreid mijn benen wat verder.

'Je bent het meest sexy ding dat ooit op deze aarde heeft rondgelopen.' Zijn stem is een laag, oerachtig gerommel terwijl hij me in mijn knieholtes grijpt en me naar zich toe trekt. Hij slaat zijn arm om me heen en draait me om, zodat ik op handen en voeten op het bed zit. Het volgende moment voel ik hem van achteren binnenkomen.

'Zo nat.' Hij streelt met zijn hand langs mijn rug. 'Heb je een orgasme gehad voordat ik er was, Isabella?'

'Nee.' Ik snak naar adem terwijl hij zichzelf helemaal in me begraaft.

'Goed. Je mag niet komen tenzij ik hier bij je ben.' Hij glijdt naar buiten en stoot dan weer naar binnen.

'Mag ik op z'n minst met mezelf spelen?'

'Alleen als ik het zeg.' Nog een stoot, en zijn pik vult me volledig. De druk die in mijn kern is opgebouwd, neemt toe. 'Je raakt je poesje niet aan tenzij ik je toestemming geef. Is dat duidelijk?'

Ik druk mijn lippen tegen elkaar en laat mijn hoofd zakken, mijn ademhaling komt zwaar door mijn neus.

'Is. Dat. Duidelijk?' Hij blijft in me stoten en hij benadrukt elk woord met een harde stoot waardoor ik naar adem snak.

'Ja!' gil ik.

Luca's snelle stoten houden niet op. Hij kijkt me aan en beveelt, 'Kom klaar.'

Ik schreeuw weer als het orgasme me plotseling overneemt. Luca kreunt en explodeert in me.

Hoofdstuk
18

Luca

MIJN TELEFOON OP HET NACHTKASTJE TRILT. IK ZET
mijn bril op en kijk naar het bericht van Donato,
waarin staat dat de wapenbezorging weer is
verkloot. Ik moet Damian vragen of hij weet wat er de eerste
keer is gebeurd, maar dat kan wachten tot ik op kantoor ben.
Er schiet een doordringende pijn door mijn schedel tussen
mijn slapen, en ik zuig een ademhaling naar binnen. Het is
net zo snel weer weg. Misschien moet ik naar dr. Jacobs gaan
voor een controle. Dit is niet de eerste keer dat het gebeurt.

Isabella kronkelt in mijn armen, legt dan haar hand op
mijn hand tussen haar benen en drukt erop. Ze is er zeker verslaafd aan geraakt om mijn vinger in zich te hebben. Gisteren
zijn we met Rosa en een paar van haar vriendinnen naar de
film geweest. De kinderen zaten op de eerste rij, maar Isabella
en ik bleven achterin. Toen we eenmaal alleen waren, had ze
mijn hand gepakt, hem onder haar rok gestoken en gefluis-
terd dat ze het nodig had. De kleine zucht van opluchting die

haar lippen verliet toen ik mijn vinger in haar stak, maakte me zo hard dat het me nauwelijks lukte om mezelf ervan te weerhouden haar als een holbewoner weg te slepen. Ze jammerde verdomme toen ik mijn vinger er aan het einde van de film uit moest halen.

Ik veeg met mijn handpalm van mijn vrije hand langs Isabella's rug, knijp zachtjes in haar kont en laat dan mijn vingers over de huid op haar zij lopen. 'Ik kan je ribben tellen, Isabella. Ben je afgevallen?'

'Ik probeer mijn kont een beetje af te slanken. Ik ben op dieet,' mompelt ze.

'Wat?' Ik leg een knokkel onder haar kin en til haar hoofd op om haar naar me te laten kijken. 'Heb je toestemming gevraagd om jezelf te verhongeren?'

'Nee.' Ze knippert naar me en kijkt een beetje verward. 'Ik dacht dat mannen van dunne vrouwen hielden.'

'Dat heb je verkeerd gedacht.'

'Mijn kont is enorm, Luca. Ik wil een maatje kleiner zijn voor het feest.'

Ik knijp in haar kin en leun naar voren tot ik vlak voor haar gezicht ben. Ik wil niet dat haar kont kleiner wordt. Ik wil hem groter hebben. 'Hoeveel kilo ben je kwijt?'

'Vijf kilo.'

'Je hebt twee weken om dat gewicht weer aan te komen, Isabella,' zeg ik fronsend naar haar.

'Het zal allemaal op mijn kont gaan zitten. Hij zal nog groter worden.'

Een beeld van Isabella, met haar mooie achterwerk een maat of twee groter, vult mijn geest en mijn pik groeit. 'Mooi zo.'

'Goed dan.' Ze rolt met haar ogen. 'Ik denk dat die

nieuwe broek die ik gisteren heb gekocht, een miskoop zal zijn. Ik ben er nu al nauwelijks in geslaagd om hem aan te krijgen.'

'Fuck de broek.' Ik beweeg mijn hand naar haar achterwerk en knijp weer in haar bil. Haar kont lijkt inderdaad kleiner te zijn. 'Ik wil dit zoals het was.'

'Is dat een bevel?' Ze grijnst.

'Ja.'

De glimlach op haar gezicht wordt breder. 'Ik vind het leuk als je me commandeert.'

Ik krom mijn vinger om de druk tegen haar wanden uit te breiden en druk mijn duim tegen haar clitoris, en ben dol op de manier waarop ze haar dijen samenknijpt om mijn hand op zijn plaats te houden.

'Het windt me zo verdomd veel op als je die bril draagt, Luca.'

Ik grom en houd haar dicht tegen mijn lichaam, ik draai ons om op het bed totdat ze onder me ligt en leun dichterbij om in haar oor te fluisteren. 'En wat windt je nog meer op, tesoro?'

'De frustratie die ik voel voor die paar seconden wanneer je vinger 's nachts uit me glijdt, net voordat je pik hem vervangt.' Ze ademt uit en spint als ik dat doe, maar ik houd mijn vingers op haar klit en plaag haar.

'Dit is tirannie,' zegt ze, terwijl ze haar handen door mijn haar laat gaan.

'Ik weet het.' Ik buig mijn hoofd om in haar nek te bijten en knijp tegelijkertijd in haar clitoris.

'Verdomme, Luca!' Ze grijpt mijn haar in haar vuist.

Het amuseert me enorm dat ze gefrustreerd raakt als ik mijn pik niet meteen in haar begraaf. Ik positioneer mezelf bij haar ingang en begin mijn lid in haar hebzuchtige kleine poesje te schuiven. God, de geluiden die ze maakt. Soms denk ik dat ik zou kunnen komen gewoon door haar gekreun te horen.

'Is het nu beter?' Ik trek me terug en stoot dan weer naar binnen.

'Ja... Ja... Ja...' Ze hijgt op het ritme van mijn stoten terwijl haar lichaam onder me schudt, en naar een climax klimt. Ik knijp weer in haar clitoris en masseer hem dan. Ze gilt een beetje als ik er weer in knijp en ze spant haar benen om me heen aan.

'Ik ben gek op de geluiden die je maakt, tesoro.' Ik begraaf mezelf met een kreun in haar. 'Zo verdomde gek.'

Ze jammert en pakt mijn schouders, terwijl ze komt. Ik stoot weer in haar en explodeer, en geniet van mijn sperma die haar vult. Het beste gevoel ooit.

'Kom hier.' Ik sla mijn arm om haar middel en druk haar tegen mijn borst aan. Ze trilt nog steeds als ik haar vagina met mijn hand bedek en mijn vinger terug in haar schuif.

'Ik wou dat ik de hele dag je vinger of je pik in me kon hebben,' zucht Isabella.

'Vind je het geen fijn gevoel als je poesje leeg is?'

'Nee.' Ze schudt haar hoofd en kijkt me aan. 'Je hebt een verslaafde van me gemaakt.'

'Perfect.'

'Misschien moet ik overdag langs je kantoor gaan. Om mijn fix te krijgen.'

'Ik vind dat een goed plan.' Ik glimlach en druk mijn neus in haar nek. 'En ik zal in de tussentijd iets anders voor je regelen.'

'Wat had je in gedachten?'

'Je zult het af moeten wachten, tesoro.'

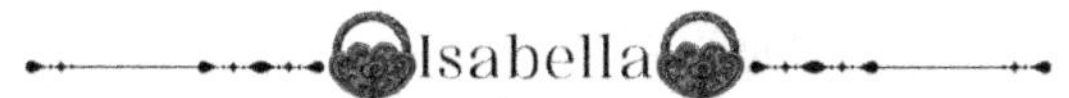

'Mag ik mijn haar rood verven?' vraagt Rosa vanaf de andere kant van de eettafel.

'Nee.' Zeggen zowel Damian als ik in koor.

Rosa leunt achterover op haar stoel, slaat haar armen over elkaar en legt haar kin op haar borst.

'Als je groot bent, dan mag je je haar verven, lieverd,' zeg ik, 'daar ben je nu nog te jong voor.'

'Maar ik wil het,' mompelt ze.

'Waarom? Hebben je vriendinnen hun haar geverfd?'

'Nee. Maar ik wil het nog steeds.'

Ik zucht en schud mijn hoofd. Het is net alsof ik naar mijn zus luister. 'Wat dacht je van een nieuw kapsel? Ik kan volgende week met je gaan. We kunnen dan ook onze nagels doen.'

Rosa's ogen schieten naar mij, haar ogen gaan wijd open. 'Echt?'

'Tuurlijk.' Ik knik. 'Ik zal mijn stylist bellen en zeggen dat ze nog een plekje moet reserveren. Heb je een specifiek kapsel in gedachten?'

Rosa wiebelt in haar stoel en haalt dan haar schouders op. 'Ik wil het kort hebben,' zegt ze en kijkt me dan aan. 'Denk je dat dat van papa mag?'

'Als je uitlegt dat je het echt graag kort zou willen hebben, dan wel.'

Er is het geluid van naderende voetstappen en Luca komt de hoek om en komt de eetkamer binnen.

'Pap!' Rosa springt omhoog in haar stoel. 'Mag ik mijn haar kort laten knippen? Isa heeft gezegd dat ze me mee zou nemen. Mag het? Alsjeblieft?'

Luca stopt achter Rosa en geeft een kus op haar hoofd. 'Tuurlijk, piccola. Ga nu maar naar de keuken en help Viola met het eten. Ik moet even met Isabella en Damian praten.'

'Ik wil het ook horen!'

'Het zijn zakelijke dingen, Rosa. Ga. Alsjeblieft.'

Rosa trekt haar neus op, staat op van haar stoel en vertrekt met tegenzin.

Zodra ze weg is, wendt Luca zich tot Damian. 'Salvatore Ajello heeft om een ontmoeting gevraagd,' zegt hij. 'Wie de fuck is Salvatore Ajello?'

Ik staar naar Luca terwijl de paniek in me omhoog borrelt. 'Wanneer is de ontmoeting?'

'Morgen,' zegt hij. 'Wie is hij?'

'De don van de familie in New York,' zegt Damian. 'Heb je iets over hem, Isa?'

'Een ton roddels. Niks nuttigs. En ik ken niemand die dat wel heeft.' Ik denk niet dat veel mensen überhaupt weten hoe de don van de New Yorkse misdaadfamilie eruitziet. Als je contact wilt opnemen met de Cosa Nostra van New York, dan bel je Arturo DeVille, de onderbaas. Nooit de don. Ik kijk weer naar Luca. 'Heeft hij je persoonlijk gebeld?'

'Ja. Hij zei alleen dat hij zaken wil bespreken, verder geen andere details.'

'Ik weet dat ze vooral in drugs handelen. Ik heb het mijn grootvader een keer horen zeggen, maar dat is het. Misschien weet mijn vader meer.' Ik kijk naar Damian. 'Heeft Luca Ajello eerder ontmoet?'

'Voor zover ik weet niet. En hij zou zoiets hebben gezegd.'

'Dan is het veilig om het aan Francesco te vragen,' zegt Luca. 'Ik zal hem bellen om hem te laten weten dat we langskomen voor een kopje koffie.' Hij buigt en bijt lichtjes in mijn oor en fluistert dan, 'Ga je omkleden. Die roze jurk die ik mooi vind. Ik neem je mee en dan kunnen we op de terugweg ergens lunchen.'

Ik sta op van de tafel en ga naar de deur, maar stop dan en kijk over mijn schouder naar Luca. 'Ik denk dat ik de marinekleurige ga dragen.'

'Isabella.'

Vanbinnen glimlach ik bij zijn toon. Het maakt hem boos als ik weiger zijn bevelen op te volgen. 'Ja?'

'De roze jurk.'

'Als je erop staat.' Ik glimlach en ga weer lopen.

Ik ben halverwege de deur van de eetkamer als ik Damian hoor fluisteren, 'Je moet de teugels losser laten Luca, anders flipt ze.'

Ik glimlach. Als Damian eens wist hoezeer de bevelen van zijn broer me opwinden...

Als ik twintig minuten later met Luca in de auto stap, in de roze jurk, is hij ongewoon stil, schijnbaar gefocust op zijn gedachten. Ik laat het gaan, maar als hij tot bijna halverwege het Agostini landhuis geen woord zegt, besluit ik dat hij genoeg heeft gebroed.

'Wat is er?' vraag ik.

'Niets.'

'Luca,' zeg ik met een zucht, 'zeg het gewoon.'

Hij knarst met zijn tanden en knijpt in het stuur. 'Ben ik te extreem? Wil je dat ik "de teugels losser laat", zoals Damian zegt?'

'Gaat dit over het kleding gebeuren?'

'Over alles,' zegt hij en kijkt me aan. 'Wil je dat ik de teugels losser laat, Isabella?'

'Nee. Maar misschien kun je op de een of andere manier iets terugdoen.' Ik grijns en leun om in zijn oor te fluisteren. 'Ik heb nagedacht, als jij je vinger in mijn poesje kunt houden terwijl ik slaap, dan mag ik dit doen terwijl jij rijdt.'

Glimlachend reik ik met mijn linkerhand naar voren en leg hem op zijn kruis, waarbij ik op de juiste plek een beetje druk uitoefen. De auto wijkt een beetje terwijl zijn pik hard wordt onder mijn handpalm. Luca draait zijn hoofd om naar me te kijken en zijn neusvleugels trillen. Ik druk een beetje harder en hij inhaleert scherp.

'Vanaf nu,' zegt hij, 'als je met mij meerijdt, is dat waar je hand zal zijn. De hele tijd. Ben ik duidelijk, Isabella?'

'Natuurlijk, Luca.'

Hij kijkt me zijdelings aan en ik zie zijn mondhoek een beetje omhoogkomen. 'Als we thuiskomen, ga ik je zo hard neuken dat je niet meer kunt lopen.'

'Ik kijk er naar uit.' Ik knijp in zijn pik.

Luca

'Salvatore Ajello?' Francesco's hand valt halverwege het kopje koffie stil, zijn ogen staan wijd open. 'Misdaadfamilies doen zelden samen zaken. Te veel kans op belangenverstrengeling. En ik heb nog nooit gehoord dat de familie van New York contact opneemt met iemand voor een samenwerking. Van wat ik heb gehoord, verlaat hij zelden New York. En leden van andere families wordt het heel erg' — hij schraapt zijn keel — 'ontmoedigd om zijn regio te bezoeken, tenzij ze specifiek worden uitgenodigd.'

'Wat als iemand zich daar zonder uitnodiging zou wagen?' vraagt Isabella.

Tijdens de rit hebben we afgesproken dat zij de vragen zal stellen, om geen vermoedens te wekken als ik een fout maak en Ajello op een gegeven moment tegen Francesco noem.

'Hij wordt uiteindelijk teruggestuurd naar huis. In een lijkzak. Soms in meer dan één zak,' zegt Francesco, en hij wendt zich dan tot mij. 'Wees voorzichtig, Luca. Die man moet je niet lichtvaardig opvatten.'

'Heb je hem ooit ontmoet?' vraagt Isabella.

'Nee. Maar je grootvader wel. Hij mocht hem niet. Hij zei, en ik citeer, "Je hebt meedogenloze mensen, en dan heb je Salvatore Ajello". Hij ging niet verder dan te vermelden dat hij nog nooit een man had ontmoet die van binnen zo dood leek te zijn.'

'Dat klinkt veelbelovend.' Ik glimlach. 'Hoe oud is hij?'

'Ik heb geen idee. Hij was tot hij twee jaar geleden de familie overnam een capo, dus ik neem aan dat hij in de veertig of vijftig is. Voor zover ik weet zijn er geen foto's van hem. Ik heb nog nooit gehoord dat hij een publiek evenement heeft bezocht. De manier waarop hij de positie van de don overnam, heeft voor veel opschudding gezorgd. Hij is de familievergadering binnengestormd en doodde de oude don en de andere zes capo's.'

'Een maniak.' Ik snuif. Perfect.

Francesco leunt over de tafel. 'Als je ermee instemt om met hem samen te werken, dan kan dat ons mogelijk miljoenen opleveren. Niemand kan het bevestigen, maar het gerucht gaat dat hij de helft van New York bezit.'

'We zullen zien.' Ik haal mijn schouders op en neem een slok van mijn koffie.

Hoofdstuk

19

LUCA LOOPT DOOR DE VOORDEUR TERWIJL IK DE TRAP afdaal en op het moment dat zijn ogen me zien, fronst hij met zijn wenkbrauwen. Hij gaat met zijn blik over mijn witte shirt en strakke beige minirok en gaat dan met zijn ogen weer omhoog om me aan te kijken. Ik grijns en leun met mijn heup tegen de trapleuning en geniet van de blik van ongenoegen die over zijn gezicht gaat. Zonder oogcontact te verbreken, komt hij langzaam de trap op en stopt op de tree onder me.

'Ik dacht dat ik vandaag de marinekleurige jurk voor je had gekozen, Isabella,' zegt hij en hij slaat zijn arm om mijn middel en trekt me tegen zijn lichaam aan. 'Niet dan?'

'Ja, dat heb je gezegd.' Ik kantel mijn hoofd en glimlach. 'Maar ik wilde zien wat er zou gebeuren als ik niet deed wat je zei. Misschien keek ik ernaar uit om... gestraft te worden voor mijn wangedrag.'

Luca's lippen krommen zich omhoog en zijn hand beweegt naar beneden om in mijn bil te knijpen.

'Naar de slaapkamer,' fluistert hij naast mijn oor en knijpt dan weer in mijn bil. 'Rennen.'

Ik gil en ren de trap op. Als ik in het midden van de tweede trap sta, kijk ik naar beneden en zie Luca op een ontspannen manier naar boven komen.

'Het lijkt erop dat je te oud bent om me achterna te zitten.' Ik glimlach.

Luca's ogen schieten vuur. Het volgende moment rent hij de trap op en neemt twee treden tegelijk. Ik lach en sprint de laatste paar stappen naar de overloop en sla dan linksaf. Ik heb net de slaapkamer bereikt als ik twee sterke armen van achteren om mijn middel voel komen.

'Ik geloof dat ik toch niet zo oud ben,' zegt Luca naast mijn oor.

Het geluid van een deur die achter ons dicht slaat, bereikt me terwijl Luca de tailleband van mijn rok vastpakt.

'Nee!' gil ik, maar hij heeft mijn rok al gescheurd langs de naden aan de zijkant. Jezus!

'Nu,' fluistert hij en geeft een kus aan de zijkant van mijn hals, 'Over die jurk...'

Zijn hand grijpt mijn rechter bil, en dan slaat hij erop. Het brandende gevoel verspreidt zich over mijn huid en ik bijt op mijn onderlip, terwijl het vochtig tussen mijn benen wordt.

'Wat is er met die jurk?' zeg ik moeizaam, dan zuig ik adem naar binnen terwijl zijn linkerhand langs mijn buik en in mijn slipje glijdt.

'Als ik zeg dat je iets moet dragen,' — hij plaatst zijn vinger bij mijn kern en schuift hem naar binnen — 'gehoorzaam dan, Isabella.'

'En als ik dat niet doe?'

'Als je dat niet doet, dan is een straf op zijn plaats.' Nog twee klappen. Dan een kus, op mijn kaak deze keer. 'Maar op basis van hoe doordrenkt je poesje is, lijkt het erop dat je heel erg van mijn educatieve methoden geniet.'

'Ik denk het wel.' Ik glimlach en kreun dan als hij nog een vinger toevoegt.

Er klinkt een diep gerommel van achter me, gevolgd door het geluid van mijn slipje dat wordt gescheurd. Ik hoor hem met zijn riem rommelen, en dan verlaten zijn vingers mijn vagina. Opeens draait Luca me om en grijpt me onder mijn dijen en tilt me op. Ik sla mijn armen om zijn nek en haal dan diep adem terwijl mijn rug tegen de deur wordt gedrukt.

'Ik kan niet uitdrukken hoe leuk ik het vind om mijn pik in je mooie poesje te begraven, Isabella,' zegt hij en stoot zijn keiharde lengte in me.

'Het gevoel is wederzijds.' Ik kreun en begraaf dan mijn handen in zijn haar, en knijp terwijl hij in me stoot.

Ik loop naar de kast en kijk Luca over mijn schouder aan. 'Dus, over dit etentje. Is het een speciale gelegenheid?'

'Heb ik een speciale gelegenheid nodig om je mee uit eten te nemen?'

'Waarschijnlijk niet. Wat dacht je van de witte jurk? Die met die grijze riem?'

'Je draagt vanavond een spijkerbroek,' zegt Luca.

'Oh?' Dat is raar. Hij kiest altijd jurken.

'De strakke zwarte. En die zijden roze blouse. Geen hakken.'

'Geen hakken?' Ik draai me naar hem toe. 'Wat voor soort etentje is het als ik jeans zonder hakken moet dragen?'

'Het is beter als je de eerste keer geen hakken draagt.' Er is een zelfvoldane glimlach op zijn lippen.

'De eerste keer van wat?' Ik haal de broek uit de kast en trek hem aan, voordat ik de roze blouse pak.

'Dat zul je vanzelf wel zien.'

Ik schud mijn hoofd en vraag me af wat hij nu weer in gedachten heeft. Ik knoop de blouse dicht als ik voel dat Luca achter me komt staan. Hij legt zijn handen op mijn middel en begint mijn broek los te knopen.

'Ik dacht dat we gingen eten.'

'Dat gaan we ook.' Zijn hand glijdt in mijn slipje, zijn vingers strelen een paar seconden mijn klit voordat een van hen in me glijdt. 'Weet je, ik heb een oplossing voor je probleem gevonden.'

'Welk probleem?' Ik adem uit en huiver dan als hij met zijn duim op mijn clitoris drukt.

'Je moet mijn pik of mijn vinger in je hebben. Ik kan hier niet de hele tijd zijn, dus ik heb een alternatief gevonden om ervoor te zorgen dat je poesje zich niet alleen voelt.'

'Wat voor... alternatief?'

Hij pakt een zwarte leren doos van de bovenste plank en legt het in mijn handen. 'Maak open.'

Ik til het deksel op en kijk naar het object dat op een fluwelen kussentje rust. Het is een langwerpige C-vorm, waarvan één uiteinde dikker en de andere kleiner is, en het is van siliconen gemaakt. 'Wat is dit?'

'Het is een vaginaplug.' Hij pakt het voorwerp uit de doos. 'Trek je slipje en spijkerbroek naar beneden.'

Ik zet de doos op een plank en volg langzaam zijn

instructies op. Ik ben een beetje sceptisch omdat seksspeeltjes niet iets zijn waar ik me ooit toe aangetrokken heb gevoeld. Zijn duim streelt nog een paar keer langs mijn klit, waardoor ik nat word.

'Perfect,' fluistert Luca in mijn oor en trekt dan zijn vinger eruit.

Ik kreun bij het verlies.

'Mis je mijn vinger?'

'Ja.'

'Het zal binnen een seconde beter worden, tesoro.'

Hij plaatst de vaginaplug tussen mijn benen, de smallere kant aan de voorkant en de dikkere kant bij mijn ingang. Hij plaagt mijn opening met het uiteinde van het grotere uiteinde en schuift het dan in me. Ik snak naar adem en pak de plank vast om mezelf te stabiliseren. Het object is niet zo groot als zijn pik, maar het is veel groter dan zijn vinger. Ik haal diep adem terwijl Luca doorgaat totdat het hele ding in me zit en de smalle punt op mijn clitoris wordt gedrukt. Het is een raar gevoel om op deze manier een vreemd voorwerp in me te hebben, maar het is niet ongemakkelijk.

'Trek je broek omhoog,' zegt hij. 'We komen te laat voor het avondeten.'

'Wil je dat ik hem uitdoe? Of ga jij het doen?'

'Het speeltje blijft zitten, tesoro.'

'Wat? In me?' Ik kijk hem geschokt over mijn schouder aan, maar hij glimlacht.

Als we allebei aangekleed zijn en klaar om te gaan, komt hij naar me toe en drukt zijn hand op mijn poesje. 'Het lijkt de perfecte pasvorm te zijn. Niemand zal het merken, omdat het speciaal is ontworpen om draagbaar te zijn.'

Ik ben nog steeds geschokt door de situatie als hij eraan toevoegt, 'Laten we gaan.'

Ik zet een eerste, voorzichtige stap. De silicone is zacht en de vaginaplug belemmert het lopen niet, maar bij elke beweging, strelen mijn wanden langs de zijkanten ervan. Het is bijna alsof Luca's vinger in me zit. Het smalle uiteinde dat tussen mijn plooien genesteld zit, raakt mijn clitoris en wrijft er met elke beweging discreet overheen. Nog een stap, dan nog een. Het vreemde gevoel verdwijnt als ik loop, en tegen de tijd dat we de trap bereiken, is de vreemdheid volledig verdwenen, en is het vervangen door een onverwacht gevoel van... troost.

'Dus?' vraagt Luca naast mijn oor. 'Vind je het lekker?'

'Ja.'

'Ik wist het wel.'

Door de twee trappen naar beneden te lopen, voel ik het nog meer, genoeg dat ik de behoefte om te zuchten moet onderdrukken. Wanneer we de auto bereiken en ik voorzichtig ga zitten, verandert de sensatie weer. Het dikke uiteinde duwt zich iets dieper in me en de andere kant drukt op mijn klit. Ik had verwacht dat er op zijn minst wat irritatie zou zijn als ik ging zitten, maar de vorm ervan lijkt perfect te werken met mijn lichaam.

'Hoelang?' vraag ik wanneer Luca achter het stuur kruipt.

'Wat, tesoro?'

'Hoelang mag ik het... dragen?'

Hij glimlacht. 'Ben je nu al verslaafd? Ik wist het wel. Je bent te gewend om mijn vinger in je te hebben.' Hij schuift zijn hand tussen mijn benen en oefent lichte druk uit op het nieuwe speeltje, waardoor ik kreun. 'Je draagt het wanneer ik niet in de positie ben om mijn vinger of mijn pik in je te hebben, Isabella. Is dat duidelijk?'

'Ja.'

'Ik maak je 's ochtends wakker voordat ik naar mijn werk ga en dan help ik je om hem te plaatsen. En ik ben de enige die hem mag verwijderen. Je mag het alleen zelf doen als je naar de wc moet.'

'Oké.' Ik leun naar hem toe om in zijn oor te fluisteren, 'Je bent een kinky man, Luca.'

'Dat ben ik. Vind je het vervelend?'

'Niet eens een beetje.' Ik kus hem en laat mijn hand over zijn borst glijden totdat hij op zijn kruis rust. 'Ik hou van je boosaardigheid.'

'Isabella, gedraag je.'

Ik glimlach. 'Zijn er grotere maten beschikbaar?'

'Ja. Hoezo?'

'Deze voelt alsof ik je vingers in me hebt,' zeg ik en lik aan zijn oorlel. 'Ik zou er graag een willen hebben die me het gevoel geeft dat ik je pik in me heb.'

Als ik voel dat hij hard wordt onder mijn hand, komt er een grijns op mijn gezicht. Het feit dat ik hem hard kan maken door zulke dingen tegen hem te zeggen, windt me zo erg op.

'Het zou geweldig zijn als je hem eruit zou halen om hem met je pik te vervangen.' Ik voeg eraan toe, 'Ik zou tijdens het hele gebeuren waarschijnlijk klaarkomen.'

Hij haalt diep adem en grijpt de achterkant van mijn nek. 'Als je doorgaat, zal er vanavond geen etentje zijn, Isabella.'

'Ga je het doen?' Ik knijp zachtjes in zijn pik. 'Ga je me een grotere geven?'

'Ja. Maar je kunt hem alleen dragen als ik het zeg.'

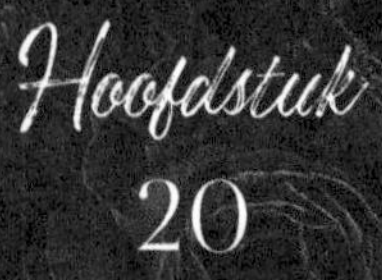

IK NEEM EEN SLOKJE VAN MIJN KOFFIE EN DOE ALSOF IK OP mijn telefoon bezig ben terwijl ik naar mijn omgeving kijk. Ik heb ermee ingestemd om Ajello om 19.00 uur te ontmoeten, maar toen ik een restaurant in het centrum had voorgesteld, verwierp hij het idee en had hij voor een klein door een familie gerund café in de buitenwijken gekozen. Vreemde keuze, maar ik accepteerde het. Wat nog interessanter is, is dat hij erop stond om een tafel buiten te nemen. Als hij met een konvooi bodyguards arriveert, zal het zeker de aandacht trekken van iedereen die voorbijkomt. Whatever. Ik heb alleen Marco meegenomen, maar hij wacht in de auto.

Vanuit mijn ooghoek zie ik een man de straat oversteken. Ik weet niet zeker wat me bezielt om mijn blik op hem gericht te houden, want er is niets dat opvalt. Hij lijkt eind twintig of begin dertig te zijn, heeft donker haar en hij draagt een zwart pak zonder jas. Lang. Atletisch. Vrouwen zouden hem waarschijnlijk knap vinden, maar aan de andere kant, is er niets overdreven bijzonders aan hem. Het enige ongewone aan hem is een zwarte leren handschoen aan zijn linkerhand. Terwijl hij de patio van de coffeeshop betreedt en mijn kant op komt, zie ik dat hij een beetje mank loopt. Het is heel subtiel, en ik zou het niet hebben gezien als ik niet zo op hem gefocust was. Hij nadert de tafel, pakt de stoel tegenover me en gaat zitten.

'Meneer Rossi.' Hij leunt achterover in zijn stoel. 'Ik ben blij je eindelijk persoonlijk te ontmoeten.'

'Meneer Ajello, neem ik aan?' vraag ik en kijk rond in het café terwijl ik zijn beveiliging probeer te vinden.

'Ik gebruik geen bodyguards, meneer Rossi.' Zijn lippen krommen naar boven en er is iets heel verontrustends aan zijn glimlach. Het is niet dat het nep lijkt. Ik ben gewend geraakt aan onechte glimlachen. Zo werkt onze samenleving blijkbaar. Mensen glimlachen het ene moment lief naar je en steken je het volgende in de rug. Dit lijkt echter alsof hij weet hoe een glimlach eruit zou moeten zien en hij het in plaats daarvan nabootst. Maar er zit niets achter zijn glimlach. Geen emotie. Niets. Het is getraind. Zoals een danser stappen moet leren op de muziek, heeft deze man geleerd om voor een gesprek te glimlachen, wanneer dat nodig is. Alleen is de beweging die van spieren die overeenkomen met het ritme van een inge-beeld lied. Ingestudeerd.

'Dus laten we naar het doel van deze ontmoeting gaan,' zeg ik.

De serveerster komt onze bestelling opnemen. Ajello kijkt niet eens naar haar, zwaait alleen met zijn gehandschoende hand en houdt zijn blik op mij gericht.

'Een man die recht door zee is. Dat respecteer ik.' Hij knikt. 'Ik heb de laatste tijd mijn bouwactiviteiten verbreed, een zeer comfortabele manier om drugsgeld wit te wassen, en ik heb een zakelijk voorstel voor je, meneer Rossi.'

'Ik luister.'

'Je koopt en verkoopt onroerend goed om je geld wit te wassen. Het moet vermoeiend zijn, om de hele tijd naar beschikbare panden op zoek te moeten zijn om te kopen. Zou het niet makkelijker zijn om een constante aanvoer van toplocaties te hebben?'

'Zeker.' Ik knik. 'Bied je een voorraad aan om te leveren?'

'Ja.'

'Over hoeveel nettowaarde hebben we het?'

'Twintig miljoen. Maandelijks.'

Ik denk over zijn aanbod na. 'Waarom ik? Waarom niet iemand anders?'

'Je bent het hoofd van je familie. Een don. Je weet hoe het in onze wereld werkt, maar je bent ook een zakenman. Bogdan mag je niet, wat in mijn boek een compliment is. Hij zegt ook dat je een harde onderhandelaar bent.'

Dus hij handelt ook met de Roemenen. Goed om te weten.

'Ik ben geïnteresseerd.' Ik knik.

'Perfect. Ik zal je de details sturen.' Terwijl hij opstaat, legt hij zijn handen op het tafelblad en ik zie dat de laatste twee vingers aan zijn gehandschoende hand zich in een enigszins onnatuurlijke positie bevinden, alsof hij ze niet volledig kan strekken. 'Ik hoop dat we een vruchtbare samenwerking zullen hebben, meneer Rossi.'

Ik aanschouw hem als hij vertrekt en vraag me af waarom hij alle andere capo's heeft vermoord. Als zijn enige doel was om de familie in New York over te nemen, dan zou het doden van de vorige don genoeg zijn geweest.

Ik laat geld achter voor de koffie en sta op, maar pak

onmiddellijk de zijkant van de stoel terwijl de pijn door mijn slapen snijdt. Het duurt een seconde of twee, en dan is het weg. De verdomde hoofdpijn wordt erger. Ik ga voor die verdomde controle zodra ik dat verdomde banket achter de rug heb.

Maar op dit moment kan ik niet wachten om naar huis te gaan, en terug naar mijn vrouw. Ik vraag me af of ik altijd zo gek op haar ben geweest, of dat het iets is dat is opgebouwd nadat we getrouwd waren en voor het ongeluk. Het lijkt me ongezond, dat ik niet kan stoppen met aan haar te denken, zelfs niet voor een moment. Zelfs als ik aan het werk ben, is Isabella constant in mijn gedachten. Haar ogen. Haar haren. De manier waarop ze elke avond tegen me aan kruipt. Maar bovenal is het haar sterke persoonlijkheid. Haar moed. Ze blijft me elke dag verbazen, deze kleine vrouw, die dit spel blijft spelen, en de hele familie voor de gek houdt. Ze wist vanaf het begin wat er op het spel stond. Ik niet. Damian had het pas een paar dagen geleden aan me uitgelegd. Als iemand erachter komt dat Isabella me beschermt, mijn toestand verbergt, dan zal de familie haar tot een verrader uitroepen — iemand die tegen de belangen van de familie handelt. Een straf voor zo'n daad is meestal de dood.

Als ik dit eerder had geweten, dan had ik haar nooit in deze shit verstrikt laten raken. Er is nu geen weg meer terug. Ik ben niet bang om dood te gaan. Maar als de waarheid op een gegeven moment naar buiten komt, en als iemand er zelfs maar aan denkt om Isabella pijn te doen, dan kunnen ze maar beter met alles wat ze hebben naar ons toe komen. Omdat ik elke man zal vernietigen die probeert een haar op het hoofd van mijn vrouw te krenken.

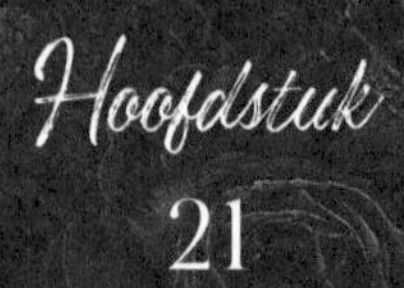

'LORENZO STAAT EROP ME MORGEN TE ZIEN,' ZEG IK terwijl ik mijn shirt losmaak. 'Ik weet niet waarom hij zo aandringt. We kunnen zaterdag tijdens het banket over zaken praten.'

'Hij wil zichzelf belangrijk voelen. Minderwaardigheidscomplex,' zegt Isabella vanuit het bed. 'Vooral nu, met jou als hoofd van de familie.'

'Wil je mee? Hij heeft een tafel bij Mirage geboekt.'

'Natuurlijk heeft hij dat,' snauwt ze. Ze stapt uit het bed, gaat achter me staan en slaat haar armen om mijn middel. 'Hij weet dat je de rekening zult betalen. Is het wel goed als ik meega? Het is tenslotte een zakelijke bijeenkomst.'

'Het kan me geen reet schelen dat het dat is.' Ik pak de doos die ik vanmorgen uit de speciaalzaak heb opgehaald die ik vaak ben gaan bezoeken en plaats hem op een dressoir. 'Ik heb iets voor je gekocht.'

'Wat?' Ze gluurt om me heen en ik zie haar ogen groter worden als ze de leren doos ziet. 'Is dat…?'

'Ja.' Ik pak haar arm en trek haar om me heen om voor me te staan. 'Wil je hem proberen?'

'Is hij veel groter?' vraagt ze en reikt naar de doos, maar ik pak haar hand in de mijne.

'Hij is groter. Doe je ogen dicht.'

Ze sluit onmiddellijk haar ogen en ik glimlach. Wie had verwacht dat iemand zo jong als zij zo gretig en ontvankelijk zou zijn voor al mijn onconventionele trekjes. Ik beweeg mijn handen langs haar royale heupen, schuif haar slipje naar beneden en vouw mijn vingers om het object dat in haar poesje zit. Twee dagen geleden had ik besloten haar te straffen voor het niet aantrekken van de jurk die ik had gevraagd en had ik haar vaginaplug verwijderd. Ze had gejammerd en gesmeekt om hem terug te plaatsen en ze had de hele tijd met haar kleine handen op haar poesje gedrukt. In plaats daarvan had ik mijn pik in haar begraven. Mijn kleine verslaafde. Isabella kan de gedachte niet verdragen dat ze mijn pik niet heeft of iets anders dat haar aan mij doet denken. Haar reacties maken me zo hard dat het voelt alsof ik ga ontploffen.

Zoals verwacht begint ze te klagen op het moment dat ik het speeltje eruit haal, dus ik duw tijdelijk mijn vinger in haar. 'Houd je ogen dicht,' zeg ik en open de doos.

Ik pak de nieuwe vaginaplug uit de doos. Ik heb hem al gewassen en een goede hoeveelheid smeermiddel over het dikke uiteinde gedaan omdat hij aanzienlijk groter is dan degene die ze gewend is.

'Spreid je benen een beetje. Ja, goed zo.' Ik plaats de punt van de nieuwe vaginaplug bij haar opening, trek mijn vinger eruit en begin het slanke zwarte speeltje in haar poesje te schuiven.

'Is alles goed?' vraag ik als haar ademhaling stokt. 'Als het te veel is, stop ik.'

'Niet stoppen.' Ze ademt uit en knijpt in mijn pols. 'Ik wil hem er helemaal in hebben. Nu, Luca.'

Ik schuif hem volledig naar binnen en pas vervolgens de dunnere punt aan zodat hij op haar clitoris drukt. 'Alles nog goed?'

'Wat als hij eruit glijdt?' vraagt ze.

'Dat zal niet gebeuren, tesoro.' Ik druk mijn handpalm op haar poesje. 'Zullen we proberen te lopen, hmm?'

Ze stapt naar voren en ik volg zonder mijn hand van haar af te halen. 'Zie je wel? Hij glijdt er niet uit. Je hoeft alleen maar aan een groter formaat te wennen. Laten we nog een paar stappen proberen.'

Wanneer ze naar het bed begint te lopen, laat ik haar poesje los. 'Hoe voelt dat?'

Ze draait zich naar me toe en laat zich op het bed zakken. Haar bewegingen zijn traag, haar ogen gesloten alsof ze van het gevoel geniet. Als ze zit en kreunt, kan ik mezelf er nauwelijks van weerhouden om haar te grijpen en als een gek te neuken.

'Hoe dat voelt?' herhaalt ze mijn vraag, bijt op haar onderlip en opent haar ogen. 'Het voelt alsof ik je pik in me heb, Luca.'

'Je moet echt nat zijn om deze te gebruiken, Isabella. Als dat niet zo is, gebruik dan smeermiddel. Als je jezelf pijn doet, dan gooi ik hem weg. Hoor je me?'

'Ja.'

Ik pak haar kin, kantel haar hoofd omhoog en ga met mijn duim over haar onderlip. 'Laten we hem nu verwijderen.'

'Nee.'

'Ja, Isabella. Als ik in de buurt ben, dan krijg je mijn pik,' zeg ik en begin mijn broek los te knopen. 'Op het bed, alsjeblieft.'

Ik laat me over haar zakken en reik om de vaginaplug eruit te trekken. Nu het speeltje weg is, schuif ik mijn pik in haar warmte. Isabella hijgt en kreunt terwijl ik mezelf in haar begraaf.

In plaats van hard in haar te stoten, glijd ik langzaam naar buiten en dan weer naar binnen, de hele tijd naar haar gezicht kijkend en van de geluiden van genot genietend die haar lippen verlaten. Mijn jonge vrouw die ik met mijn slechte manieren heb bedorven. Ik weet niet wat ik eerder voor haar voelde, maar ik weet wat ik nu voel, als ik haar mijn naam hoor kreunen. Ik stoot weer in haar en ze begint onder me te beven, maar ik blijf in en uit haar glijden, laat haar het orgasme berijden en sta mezelf alleen toe om te komen nadat ze klaar is. Als haar lichaam slap onder me wordt, buig ik mijn hoofd om in haar oor te fluisteren, 'Ik ben zo verdomd verliefd op je, Isabella.' Dan druk ik mijn lippen tegen de hare.

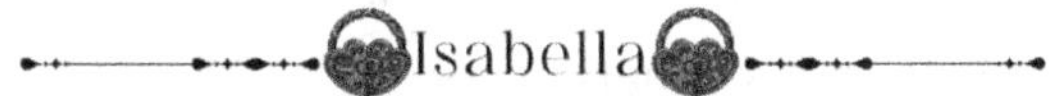

Ik kijk naar hem terwijl hij slaapt, zijn volle wenkbrauwen, zijn mond die de meest zondige dingen doet, zijn haar dat vrij over zijn gezicht valt. *Mijn Luca.* Ik leun tegen hem aan, stop mijn gezicht in zijn hals en inhaleer zijn geur.

Hij heeft gisteravond tegen me gezegd dat hij van me hield. Ik heb nooit durven hopen dat die woorden van zijn lippen zouden komen. Het is altijd een onmogelijke droom geweest. En nu ik eindelijk de woorden heb gehoord waar ik zo wanhopig naar verlang, ben ik in plaats van dolblij te zijn, doodsbang. Wat als zijn geheugen terugkomt? Ik denk niet dat ik het aankan als Luca weer zijn oude zelf wordt. Het zou nog erger zijn dan voor het ongeluk als hij weet dat ik hem in de farce heb laten geloven die ik heb gecreëerd.

Er wordt een arm om mijn buik geslagen en plotseling kijk ik naar de muur met mijn rug tegen Luca's borst gedrukt.

'Wat heb ik tegen je gezegd? Hoe ga je slapen?' vraagt hij, zijn woorden zijn een fluistering in mijn oor.

'Met je vinger in me,' zeg ik terwijl zijn vinger om mijn clitoris cirkelt en dan naar binnen glijdt, waardoor ik naar adem snak.

'Als ik je ooit nog op een andere manier naast me zie liggen, dan zullen er gevolgen zijn, Isabella.'

'Wat voor gevolgen?'

'Ik ga je in bed houden' — zijn vinger glijdt dan weer naar buiten — 'de hele verdomde dag', — hij knijpt in mijn klit — 'om je op deze manier te martelen, zonder je te laten komen.'

Zijn vinger verdwijnt uit mijn kern en ik schreeuw het uit, pak zijn hand en druk hem op mijn kern. 'Alsjeblieft, Luca.'

'Alsjeblieft wat? Wat heb je nodig?'

'Je pik. In mij.' Ik knijp mijn benen samen en probeer mezelf ten minste van een deel van het verlangen in mijn kern te ontlasten.

Hij draait me om, zijn grote handen houden me om mijn middel vast en plaatst me boven zijn pik, waarvan de eikel mijn ingang plaagt. Ik probeer erop te zakken, maar hij houdt me in zijn greep vast en ontzegt me mijn bevrediging.

'Hebben we een afspraak, Isabella? Over het slapen?'

'Ja.' Ik knik en grijp zijn onderarmen vast. 'Alsjeblieft. Ik kan er niet meer tegen.'

'Is dit beter?' vraagt hij terwijl hij me op zijn pik laat zakken.

Ik adem diep in en verwonder me over het gevoel dat hij me zo volledig vult. Ik begin mijn heupen te draaien en probeer nog meer van hem naar binnen te halen. Luca's hand komt tot rust waar onze lichamen samenkomen en hij masseert mijn klit terwijl hij van onderaf in me stoot. Ik ben er al dichtbij als zijn handen onder mijn kont komen, en hij me optilt om me alleen maar weer op zijn lid neer te laten komen. Ik slaak een kreet terwijl ik het orgasme voel naderen. Ik sluit mijn ogen. Hij tilt mijn lichaam weer op en ik krom mijn rug wanneer zijn lengte het volgende moment mijn poesje binnendringt. Op. En neer. Op. En neer. De druk in mijn kern schiet omhoog en ik kom met een schreeuw klaar.

Als ik op zijn borst val, voelt zijn pik nog steeds hard aan en is zijn ademhaling moeizaam. Ik til mijn hoofd op en trek mijn wenkbrauwen naar hem op. 'Waarom ben je niet klaargekomen?'

'Ik hou te veel van het gevoel van mijn pik in je,' zegt hij door opeengeklemde tanden.

'Luca...' Ik strek mijn hand uit en leg mijn hand op zijn wang, in een poging niet te lachen. 'Je gaat van de spanning een hartaanval krijgen, schat.'

'Nee!' blaft hij. 'En waag het niet om je te bewegen. Ik hang aan een zijdedraadje.'

'En hoelang ben je van plan dat we zo blijven liggen?'

'Zolang ik mezelf kan beheersen. Verroer je verdomme niet, Isabella.'

Hij is gek. Ik laat hem dit zichzelf niet aandoen.

'Ik moet je iets vertellen,' zeg ik.

'Wat?'

'Toen ik gisteren naar de kapper ging, heb ik de vaginaplug eruit gehaald.'

Zijn ogen worden groter en zijn handen knijpen in mijn billen. 'Je hebt wat?' gromt hij. 'Voor hoelang?'

'Twee uur.'

Zijn ademhaling versnelt en hij staart me aan, zijn neusvleugels trillen. 'Je hebt het huis verlaten met niets om je eraan te herinneren hoe mijn pik in je voelt?'

'Ja.'

Dat heb ik eerlijk gezegd niet gedaan. Dat was ik van plan. Ik wilde zien of ik zo lang zonder kon, maar ik was maar tot de auto gekomen voordat de behoefte te groot werd en ik terug naar de slaapkamer was gerend. Als iemand me eerder had verteld dat ik seksspeeltjes zou gebruiken, vooral op zo'n extreme manier, dan zou ik hebben gedacht dat ze gek waren.

De ader in zijn hals begint te pulseren. Hij slaat zijn arm om mijn middel, rolt ons om tot ik op mijn rug lig en pakt dan mijn polsen met zijn hand boven mijn hoofd.

'Je,' — hij stoot in me — 'zult,' — een andere stoot — 'verdomme nooit meer…'

Ik kreun terwijl mijn vagina weer om zijn pik begint te spasmen. Het is te snel, maar Luca zo door te zien slaan, windt me onmetelijk op.

'…het huis zonder dat ding verlaten.' Nog een stoot. 'Heb je dat begrepen, Isabella?'

'Ja, Luca.'

Hij kreunt als hij zijn orgasme krijgt wanneer de woorden mijn lippen verlaten en ik verbrijzel.

Hoofdstuk
22

Luca

'**S**LA HIER RECHTSAF,' ZEGT ISABELLA ALS WE HET kruispunt bereiken. 'Het is hier, net naast de grote bloemenwinkel.'

Ik volg haar aanwijzingen en parkeer voor het gebouw met een glazen gevel. Zelfs van buitenaf is het zichtbaar dat het restaurant een high-end soort plek is. Elke auto die op het terrein geparkeerd staat heeft een waarde van meer dan een ton. Ik kan de binnenkant niet zien omdat het glas gespiegeld is, maar ik weet dat het zwarte houten afwerkingen heeft en hoge plafonds met luxe ijzeren kroonluchters. In het midden is een enorme ronde ruimte met een open plafond waar de beste tafels neer zijn gezet. Ik weet dat allemaal zonder enige herinnering te hebben deze zaak ooit te hebben bezocht. Ik ben hier geweest. *Voor* het ongeluk.

Het heeft me wat tijd gekost om het concept van *ervoor* te accepteren. De eerste paar dagen na het ongeluk wist ik zeker dat mijn geheugen terug zou komen. Elke keer als ik wakker werd, verwachtte ik dat de herinneringen bij me binnen zouden komen. Ik was er zeker van dat mijn geheugenverlies tijdelijk was. Toen Isabella en Damian me over de details van mijn leven begonnen in te lichten, had ik aangenomen dat een deel ervan mijn hersenen zou activeren en een lawine van herinneringen zou veroorzaken. Dat gebeurde niet. En thuiskomen had ook niet geholpen. Mijn dochter zien was mijn laatste kans voor iets om mijn geheugen aan te wakkeren. Er was echter niets om aan te wakkeren. Geen trigger, helemaal niets. Ik zag het meisje met lang zwart haar in mijn armen rennen en ik voelde niet eens een vleugje van herkenning. Op het moment dat ik Rosa in mijn armen hield, besloot ik dat ik de situatie zou accepteren zoals het was. Ik bleef niet meer stilstaan bij de mogelijkheid dat mijn geheugen en oude leven op een dag terug zouden keren. Op een bepaalde manier besloot ik mijn verliezen los te laten en me op het nu te concentreren. Het *ervoor* werd slechts een tijdsaanduiding.

'Heb ik je op enig moment hier naartoe meegenomen?' vraag ik terwijl ik Isabella uit de auto help. Ze draagt een marineblauwe zijden jurk die met kant versierd is en over haar bovenlichaam valt en vanaf de taille wijd uitloopt. Ik heb hem voor haar gekozen. Ik blijf jurken kiezen met ruimvallende rokken omdat het idee van een andere man die naar haar kont kijkt, me gek maakt. Haar mooie achterwerk is alleen van mij om naar te kijken.

'Nee.' Ze haalt haar schouders op. 'Ik ben hier ooit met Angelo geweest.'

'Met Angelo Scardoni?'

'Ja. We waren een soort van verloofd.'

Ik pak haar hand en draai haar naar me toe. 'Wat?'

'Het was gewoon een overeenkomst die mijn vader had

gesloten toen ik achttien was. Er is niets van gekomen, zoals je al weet,' zegt ze en glimlacht. 'Maar ik moet zeggen dat je sexy bent als je jaloers bent.'

'Dus waarom had hij je mee uit eten genomen?'

'Omdat ik met iemand uit wilde gaan, in de hoop dat het me van mijn verliefdheid op jou zou genezen, Luca.' Ze steekt haar vrije hand op en neemt mijn kin tussen haar vingers. 'Een hint voor jou. Dat is niet gelukt. Niets en niemand slaagde erin om me zelfs maar een beetje geïnteresseerd te maken in iemand anders dan jij.'

'Hij is tien jaar jonger dan ik,' zeg ik door mijn tanden.

'Maar hij is jou niet. Ik heb altijd jou gewild.' Ze knijpt in mijn kin. 'Jou. Niemand anders.'

Ik staar haar aan, pak haar dan bij haar taille en trek haar tegen mijn borst. Dan druk ik mijn mond op de hare.

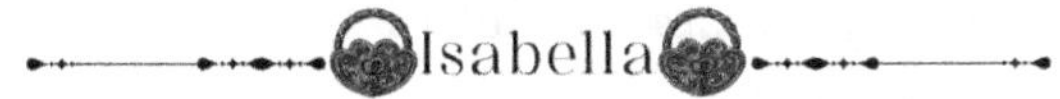

Isabella

Ik weet dat we de lul zijn op het moment dat we het restaurant binnenstappen en mijn ogen de tafel in het midden vinden waar Lorenzo zit. Hij is niet alleen. Naast hem zit een man van midden dertig, met zandblond haar en een bril. Als hij ons ziet naderen, staat hij met een brede glimlach op zijn gezicht op. Davide Barbini. Lorenzo's neef. En een van Luca's vrienden van school.

Mijn hart explodeert in een waanzinnig tempo terwijl mijn hersenen in overdrive werken terwijl ik probeer, en faal, om een manier te bedenken om ons uit deze klote situatie te krijgen. Damian en ik hebben Luca nooit over zijn jeugdvrienden ingelicht omdat geen van hen iets met de Cosa Nostra te maken had. Niemand, behalve Davide Barbini, die twee jaar geleden naar Italië is verhuisd en daar had moeten blijven, verdomme!

Er is geen tijd om Luca te waarschuwen omdat we hun tafel bijna hebben bereikt. Ze zouden het merken als ik iets tegen hem probeerde te zeggen. En we kunnen ons niet omdraaien en weggaan. Fuck! Denk na!

Een afstand van vijftien stappen scheidt ons van onze ondergang, en ik weet niets. Het is onmogelijk dat Luca een hele maaltijd vol kan maken zonder een fout te maken. Tien stappen. Er zullen grappen van de middelbare school zijn en vermeldingen van andere vrienden uit die tijd. We zijn verdoemd.

Zes stappen. Het geluid van een hoge lach bereikt me van de rechterkant. Mijn hoofd schiet opzij, mijn ogen zien een blonde vrouw aan de tafel in de hoek zitten. Ze lacht om iets wat een van haar vriendinnen zei. Simona. Ik had nooit gedacht dat Luca's ex me zo gelukkig zou maken. Ik zou die trut nu wel kunnen kussen. Twee stappen. Lorenzo staat op uit zijn stoel. Het is nu of nooit.

Ik trek mijn hand uit die van Luca, draai me abrupt naar hem toe en begin in zijn gezicht te schreeuwen. 'Hoe kon je!'

Luca

Ik staar Isabella verbijsterd aan. Wat de fuck?

'Je hebt het expres gedaan, hè?' gaat ze verder. 'Me vragen om met je mee te gaan, terwijl je wist dat zij hier zou zijn!'

Iedereen in het restaurant, inclusief Lorenzo en de blonde

man die bij hem is, is dodelijk stil geworden. Ik heb geen idee wie die vent is.

'Isabella, kalmeer,' zeg ik terwijl ik naar haar hand reik. Ik weet niet waardoor ze zo overstuur is om een scène te maken met minstens zestig mensen die toekijken.

'Kalmeren?' schreeuwt ze, terwijl ze met haar vinger naar links wijst. 'Ik weet dat je me met je ex hebt bedrogen, maar om erop aan te dringen dat we naar hetzelfde restaurant komen waar je wist dat zij zou zijn?'

'Wat?' Ik kijk naar de tafel waar ze naar wijst en zie Simona daar zitten, die net zo geschokt is als iedereen.

'Ik heb het incident met de dienstmeid laten gaan,' blijft Isabella schreeuwen en ze zwaait met haar handen door de lucht. 'Maar dit… dit is te veel! Ik blijf hier geen seconde langer.'

Een incident met een dienstmeisje? Waar heeft ze het verdomme over? We weten allebei dat het onzin is. Er is hier iets aan de hand. Van wat ik over Isabella weet — en ik denk dat ik haar inmiddels heel goed ken — zou ze zichzelf nooit in het bijzijn van een publiek voor schut zetten. Niet zonder een goede reden.

'Isabella,' zeg ik en probeer mijn arm om haar heen te slaan, maar ze zet een stap van me af.

'Fuck you, Luca,' snauwt ze naar me en stormt naar de uitgang.

Ik zie haar vertrekken en draai me dan om naar Lorenzo en de blonde man. Ook zij staren naar de deur waar Isabella net doorheen is gegaan.

'Het lijkt erop dat je een probleem hebt, Luca.' De blonde man lacht en kijkt me rechtstreeks aan, net op het moment dat een schok van pijn mijn hersenen doorboort. Ik maak me geen zorgen over het feit dat hij weet wie ik ben. In plaats daarvan draai ik mijn rug naar hen toe en ga naar de uitgang.

'We praten morgen, Lorenzo,' roep ik over mijn schouder en verlaat het restaurant, terwijl ik achter mijn exhibitionistische vrouw aanga.

Ik zie Isabella naast onze auto staan, met haar ogen dicht tegen de deur leunend. Ik krijg nog een steek terwijl ik naar haar toe loop. Als ik haar bereik, leg ik mijn handen aan weerszijden van haar en zet haar vast tegen de auto.

'Je hebt jezelf voor schut gezet, tesoro.' Ik buk tot onze gezichten op dezelfde hoogte zijn.

'Ik weet het,' zegt ze, terwijl ze haar ogen dichthoudt. 'En aangezien Simona erbij was om er getuige van te zijn, weet ik zeker dat de hele Cosa Nostra binnen een uur zal weten wat er is gebeurd.'

'Het was vanwege die man die bij Lorenzo was, nietwaar?'

'Davide Barbini.' Ze knikt. 'Jullie hebben samen op school gezeten. Als we waren gebleven, dan was het een ramp geweest. We hadden een uitweg nodig.'

'Dus je hebt vanwege mij jezelf voor schut gezet?' Ik til mijn hand op en leg hem achter in haar nek.

Isabella's ogen gaan open, ze kijkt me aan en houdt mijn blik vast. 'Er zijn niet veel dingen die ik niet voor je zou doen, Luca. Dat zou je nu inmiddels moeten weten.'

Ik kijk een paar ogenblikken naar haar, ets haar uitdagende ogen en koppige kin in mijn hoofd, en dan druk ik mijn mond tegen haar lippen in een adembenemende kus.

Hoofdstuk

23

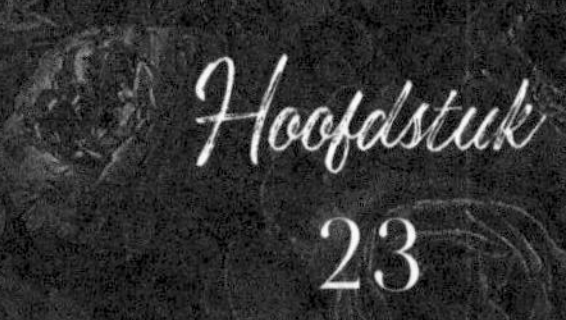 Luca

ET GEBEURT PLOTSELING ALS IK OP DE OCHTEND VAN het banket mijn shirt dichtknoop.

Isabella is in de badkamer aan het douchen. Ik heb haar vroeg wakker gemaakt door mijn pik in haar te schuiven terwijl ze nog sliep. Met alle mensen die aankomen om voorbereidingen te treffen voor vanavond, zal ze de hele dag bezig zijn, en er zal tot laat in de nacht geen tijd voor ons zijn. Ik kan haar niet de hele dag laten gaan zonder haar te hebben gehad.

Het begint met scherpe pijn, maar deze keer verdwijnt de pijn niet meteen. In plaats daarvan blijft het in golven door mijn slapen snijden, het is zo sterk dat ik op het bed moet gaan zitten. Ik knijp mijn ogen dicht, wachtend tot het voorbij is, maar de pijn blijft zich opbouwen totdat ik het gevoel heb dat mijn hoofd gaat exploderen. Dan is de pijn net zo plotseling als het begon verdwenen. Ik zou opluchting moeten voelen, maar ik kan me niet van mijn plek op het bed bewegen terwijl ik probeer de chaos in mijn hersenen op te lossen.

Als ik mezelf toestond om de mogelijkheid te overwegen dat ik mijn geheugen terug zou krijgen, ging ik er altijd van uit dat het een geleidelijk proces zou zijn — dat ik me één persoon per keer zou herinneren, of willekeurig bepaalde gebeurtenissen. Ik had nooit verwacht dat het me als een voorhamer zou raken, maar zo voelt het. Het ene moment is het enige wat ik weet de laatste twee maanden van mijn leven, en het volgende moment, materialiseren de afgelopen vijfendertig jaar zich uit het niets.

De badkamerdeur gaat open en Isabella rent naar buiten en houdt haar telefoon tegen haar oor terwijl ze haar jurk aanpast. 'Laat ze binnen, ik kom er zo aan,' zegt ze in de telefoon en ze kijkt me dan aan. 'Het decoratiebedrijf is vroeg, ik moet gaan.'

'Oké.' Ik knik en staar haar aan.

'Ga je naar kantoor?'

'Ja.'

'Kom niet te laat voor je eigen feestje.' Ze wijst met de telefoon in mijn richting. 'Als ik vroeg klaar ben, kom ik misschien rond het middaguur naar je kantoor.'

Ik sta op en loop door de kamer. Als ik voor haar sta, neem ik haar gezicht in mijn handen en staar haar alleen maar aan.

'Luca? Is er iets aan de hand?'

'Nee,' zeg ik, zonder mijn ogen van haar af te wenden. 'Hoezo?'

'Je hebt een hele vreemde blik in je ogen.'

De telefoon in haar hand gaat weer over. Isabella zucht en

kantelt dan haar hoofd omhoog om haar lippen tegen de mijne te drukken. 'Ik moet echt gaan,' zegt ze tegen mijn mond.

Ik volg haar met mijn ogen terwijl ze zich de kamer uit haast — mijn buitengewoon briljante vrouw, die ik er zo ten onrechte van had beschuldigd te jong te zijn om met mij en mijn werk om te kunnen gaan. Twee maanden. Ze heeft me twee maanden lang rondgeleid terwijl ik geen flauw idee had wie alle mensen om me heen waren. Ze was erin geslaagd om de hele familie te laten geloven dat er niets mis was met haar man. Of, zo lijkt het, iedereen behalve één persoon.

Ik pak mijn jas van de stoel, pak de autosleutels en mijn portemonnee en ga naar de deur. Het banket van vanavond zal ongetwijfeld veel interessanter zijn dan ik me had voorgesteld, want naast mijn leven herinner ik me ook het gezicht van de man die me had geprobeerd te vermoorden, en hij zal er waarschijnlijk bij zijn.

Ja, het zal een spannende avond worden.

Er wordt op de deur van het kantoor geklopt en Isabella's hoofd gluurt naar binnen. 'Stoor ik?'

'Ik bel je later, Franco,' zeg ik tegen de telefoon en gebaar naar haar om binnen te komen.

Ze loopt naar mijn bureau, doet haar zonnebril af en legt hem en haar tas op het houten oppervlak. Ik bestudeer haar en concentreer me op hoe haar grijze jurk in haar decolleté valt en niets aan de verbeelding overlaat.

'Ik kan me niet herinneren dat ik die outfit voor vandaag heb goedgekeurd.'

'Dat komt omdat je dat niet hebt gedaan.' Ze gaat voor

me staan, bukt en begint mijn broek los te knopen. 'Dus ik ben gekomen om het goed te maken.'

Mijn pik wordt meteen hard. 'Oké. Ik sta het deze keer toe. Maar je zult het niet nog een keer doen. Is dat duidelijk?'

'Ja, Luca.'

Mijn pik zwelt nog meer op. Het is ongelooflijk hoeveel het me opwindt als ze gehoorzaam is, omdat ik weet dat er geen enkel onderdanig botje in haar lichaam zit. Isabella is geen vrouw die een man haar ooit zou laten beheersen, maar ze gehoorzaamt mijn bevelen. Wat me zelfs nog meer opwindt, is weten dat ze het leuk vindt.

'Je mag doorgaan.' Ik leun achterover in mijn stoel.

Isabella knielt tussen mijn benen, haalt mijn pik tevoorschijn en brengt haar lippen naar de eikel. Ze likt eraan, neemt hem dan in haar mond en begint te zuigen. Ik pak de zijkanten van de stoel vast en probeer mezelf ervan te weerhouden meteen in haar mond te komen.

'Draag je je vaginaplug, Isabella?'

Ze geeft mijn pik een langzame lik, kijkt dan op en glimlacht. 'Nee.'

'Waarom niet?'

'Ik ben hierheen gekomen met de bedoeling om iets beters in me te krijgen.' Ze schuift haar hand over mijn lengte en knijpt er lichtjes in. 'Ik heb mijn slipje ook thuisgelaten.'

Ik grom, buk me dan om haar middel te grijpen en til haar op mijn schoot, direct boven mijn keiharde pik. Ze kreunt terwijl ik in haar glijd, haar heupen bewegen en ze neemt me helemaal.

Ik klauw in haar kont, til haar op en laat haar langzaam terug naar beneden zakken terwijl ze kreunt en mijn schouders pakt. Het gevoel van Isabella op mijn schoot, met mijn pik in haar, is onbetaalbaar. Helaas biedt de positie niet veel ruimte om te manoeuvreren. Ik ga met mijn rechterhand over mijn bureau en duw de mappen en andere dingen van het bureaublad.

'Luca!' gilt Isabella en ze kijkt naar de papieren die op de vloer liggen.

Terwijl ik haar onder haar dijen vast heb, sta ik op van de stoel en leg ik haar heerlijke kont op mijn bureau. De laptop ligt open achter haar rug. Ze kan zichzelf pijn doen als ze achteroverleunt, dus ik pak het ding en gooi hem ook op de vloer.

'Ben je gek geworden?' Ze staart me aan.

'Integendeel, tesoro.' Ik pak haar billen in mijn handen en trek haar naar de rand van het bureau. 'Zet je benen achter me vast en zet je schrap.'

Op het moment dat ze gehoorzaamt, stoot ik mezelf terug in haar. Het voelt zo verdomd goed als haar wanden zich aan mijn pik vastklampen terwijl ze met die prachtige ogen naar me kijkt. Ik weet niet zeker waar ik meer van hou — Isabella's adembenemend zondige lichaam, haar niet-aflatende en rotsvaste ziel, of haar briljante geest. Als het mijn jonge vrouw betreft, ben ik gek op alles.

Een kreun verlaat haar lippen als ik in haar begin te stoten, en ik neem elk geluid in me op terwijl ik haar sloop. Als ik voel dat haar wanden om mijn pik trillen, stop ik met mezelf in te houden en laat ik los, en vul haar met mijn sperma.

Mijn telefoon gaat. Het is op de een of andere manier aan het lot van de laptop en de mappen ontsnapt. Ik houd Isabella vast terwijl ik weer op de stoel ga zitten en pak dan de telefoon.

'Donato, ik heb het druk,' beantwoord ik de telefoon.

Isabella begint te bewegen en probeert op te staan, maar

ik knijp mijn arm om haar heen om haar tegen mijn lichaam te houden. Ik hou van het gevoel van mijn lid in haar.

'Er is een probleem met de nieuwste wapenlevering,' zegt Donato. 'We missen twee kratten met granaten.'

Er is een lik aan de zijkant van mijn nek. Dan, op mijn kaak, een beet.

'Trek het bedrag eraf dat gelijk is aan de kosten van zes kratten en maak het geld dan aan Bogdan over.'

Handen in mijn haar. Een kus op mijn mondhoek.

'Zes?' Donato slikt. 'Wat als hij er een probleem van maakt?'

Ik draai mijn hoofd en onze blikken ontmoeten elkaar. Ze glimlacht ondeugend en drukt haar lippen op de mijne.

'Herinner hem gewoon aan de laatste discussie die hij en ik hebben gehad,' zeg ik tegen Isabella's lippen, gooi de telefoon op mijn bureau en sla mijn hand om haar keel.

'Wat trek je vanavond aan?' vraag ik, terwijl ik mijn hand omhoogschuif om haar kaak vast te pakken.

'Geen beperkingen?' Ze trekt haar wenkbrauwen op.

'Geen beperkingen.' Ik druk mijn lippen tegen de hare. 'Maar alleen vanavond.'

Ze glimlacht, slaat haar armen om mijn nek en trekt mijn elastiek uit mijn haar. 'Je had gelijk, wist je dat? Ik *ben* geobsedeerd door je haar,' zegt ze en gaat met haar vingers door de lokken. 'Mijn eerste herinnering aan jou is zo. Maar toen was het nat.'

'Ik weet het, Isa.'

Isabella's vingers verstijven. Fuck. Het was nooit mijn bedoeling om dat eruit te laten glippen. Ik was van plan om haar vanavond te vertellen dat ik me alles herinner.

'Damian heeft me verteld dat ik je had gered, je uit het zwembad had gehaald toen je zes was,' voeg ik eraan toe.

'Ja, dat heb je gedaan.' Ze lacht. 'Ik moet weer terug. Ik moet nog enkele last minute controles doen, en ik moet me omkleden.'

'Zorg ervoor dat het niet te onthullend is, anders kan ik van gedachten veranderen.'

Haar lippen worden breder. 'Wat als dat wel zo is?'

Ik kantel haar hoofd zijwaarts om in haar oor te fluisteren, 'Er zullen gevolgen zijn, Isabella. Dat weet je.'

'Ja.'

'Goed.' Ik leun naar voren en druk op de intercomknop op mijn telefoon op het bureau. 'Magda, breng me de lijsten van vandaag.'

'Meteen, meneer Rossi.'

Isabella verschuift, van plan om van mijn schoot af te komen, maar ik span mijn arm om haar heen aan en houd haar op haar plaats.

'Luca? Je secretaresse kan hier elk moment zijn.'

'Ik weet het.' Ik kus haar schouder, pak haar billen vast en plaats haar weer op mijn, wederom, harde pik. 'En je blijft precies waar je bent. Is dat duidelijk, Isabella?'

Ze is even stil en draait dan haar hoofd zodat haar lippen vlak bij mijn oor zijn. 'Ja, meneer Rossi,' fluistert ze, en mijn pik wordt nog harder. 'Heb je enig idee' — ze begint haar bekken naar voren te bewegen, dan langzaam terug — 'hoe erg het me opwindt' — een lichte draaiing van haar heupen — 'wanneer je me commandeert?'

Ik knars op mijn tanden en probeer beheerst te blijven, maar een grom slaagt er nog steeds in mijn lippen te verlaten. 'Vertel het me.'

'Het maakt me zo nat dat ik serieus overweeg om twee slipjes te dragen als je doorgaat.' Ze bijt in mijn oorlel. 'Weet je wat me nog natter maakt?'

Jezus. Zeg het niet.

'Als ik gehoorzaam, Luca.'

Ik ontplof in haar op het moment dat mijn naam haar lippen verlaat. 'Fuck.'

Er wordt op de deur geklopt en Magda komt binnen met een stapel papieren in haar hand, maar stopt dan halverwege haar stap. Haar blik gaat over de omvergeworpen laptop op de vloer, de papieren die verspreid liggen en ze stopt uiteindelijk bij Isabella die op mijn schoot zit. Het bureau biedt wat dekking, maar ze kan Isabella's jurk die tot net onder haar borsten omhoog is getrokken, niet hebben gemist.

'I-is dit een slecht moment?' stottert ze.

Isabella gaat rechtop op mijn schoot zitten en werpt een blik over haar schouder. 'Helemaal niet, Magda. Leg de papieren maar op de bank, alsjeblieft.'

Mijn secretaresse haast zich om de papieren neer te leggen, en snelt dan in een recordtijd het kantoor uit en ze sluit met een knal de deur.

'Ik heb twee minuten nodig,' zeg ik door mijn tanden. Ik kan niet geloven dat ik ben gekomen zonder op haar te wachten. Alsof ik een of andere tiener ben.

'Geen tijd. Ik moet naar huis.'

Ik knijp in haar kont. 'Je verlaat dit kantoor niet met een lagere orgasmescore dan ik.'

Ik houd haar onder haar kont vast, sta op en draag haar naar het toilet, waar ik ons schoonmaak en draag haar dan weer terug. Ik zet haar op het bureau, ga in mijn stoel zitten en plaats mijn handen achter haar knieën. 'Ga liggen.'

'Wat als er iemand binnenkomt?'

'Dan zullen ze zich omdraaien en weggaan.' Ik zet haar vast met mijn blik. 'Liggen. Spreid je benen.'

'Als u het zegt, meneer Rossi.' Ze glimlacht en laat haar rug op het bureau zakken.

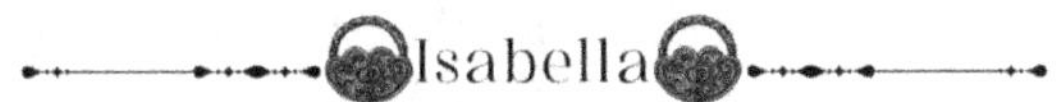

Ik maak de laatste knoop achter in mijn nek vast en kijk naar mezelf in de spiegel. Het beige materiaal van de jurk omhelst mijn lichaam vanaf de hoge halslijn tot iets onder de knieën, waardoor mijn rondingen worden benadrukt. Ik draai me om en kijk naar mezelf vanaf de zijkant, en dan vanaf de achterkant, en kijk naar mijn heupen. Het corrigerende ondergoed dat ik onder de jurk draag doet wonderen. Mijn kont lijkt minstens twee maten kleiner. Misschien zelfs drie.

Toen ik me voor vanavond voor het eerst had aangekleed, had ik spijt van het feit dat ik me door Luca had laten overtuigen om de kilo's die ik was afgevallen weer aan te komen. Ik had me een beetje mee laten slepen en in plaats van alleen die vijf kilo aan te komen, was ik er zeven aangekomen. Het was niet zo moeilijk, ik was gewoon zo rigoureus als ik normaal doe met het tellen van calorieën gestopt. Ik wou dat ik dat niet had gedaan. Het grappigste is dat ik nog steeds dezelfde maat shirts draag. Al die extra kilo's, en mijn borsten zijn maar iets voller geworden. Al het andere belandde in het onderste deel van mijn lichaam — een beetje op mijn dijen, maar voornamelijk op mijn heupen en kont. Net zoals ik had gevreesd dat er zou gebeuren.

Ik was niet onzeker over mijn lichaam tot het moment dat ik mezelf, in deze jurk, in de spiegel zag. Mijn ogen focusten zich op mijn achterste, wat me aan een patiënt deed denken, wiens implantatenoperatie vreselijk mis was gegaan. Ik had in eerste instantie de jurk bijna uitgetrokken, denkend dat ik iets aan zou trekken wat minder strak zou zitten. Maar toen herinnerde ik me het gekke corrigerende ondergoed dat ik in een opwelling had gekocht. Het is erg strak en nogal ongemakkelijk, maar het kan me niet schelen. Misschien moet ik het elke dag gaan dragen, tenminste totdat het me lukt om een paar centimeter rond mijn heupen kwijt te raken.

Het zit in mijn genen. Mijn moeder heeft een soortgelijke peervormige bouw — een smal bovenlichaam en een grote kont. Oma had hetzelfde. Maar ik leek met het meest goed bedeelde... achterwerk te zijn geëindigd. Gelukkig wil Luca meestal dat ik jurken draag. Dat stelt me in staat om de grootte van mijn kont te verbergen. Ik betwijfel of hij het heeft opgemerkt als we intiem zijn. Mannen merken dat soort dingen meestal niet tijdens de seks.

Het beeld van Simona komt in me op. Ze is veel langer dan ik, maar ik denk niet dat ik, zelfs op mijn vijftiende, in staat zou zijn geweest om in haar huidige maat broek te komen. Luca blijft zeggen dat hij mijn lichaam mooi vindt, en ik denk niet dat hij liegt, maar toch... Hij moet zich aangetrokken hebben gevoeld tot zijn ex-vrouw als hij ervoor had gekozen om bij haar te zijn. Als hij zich tot haar lichaam aangetrokken had gevoeld, hoe kan hij dan van het mijne houden, wat het tegenovergestelde is?

Genoeg. Nu is niet het moment voor onzekerheden wanneer er bijna vijftig mensen arriveren, die verwachten dat alles perfect is. Misschien moet ik de gastenlijst nog een keer bekijken, om er zeker van te zijn dat ik niemand heb gemist waar ik Luca over moet inlichten. Ik kam met mijn hand door mijn haar, wat ik los heb hangen, controleer nog een laatste keer mijn spiegelbeeld om er zeker van te zijn dat het corrigerende ondergoed niet zichtbaar is en verlaat de badkamer.

Luca zit in de fauteuil aan de andere kant van de kamer en typt op zijn telefoon. Als ik binnenkom, tilt hij zijn hoofd op en bekijkt hij me.

'Je bent het mooiste ding waar ik ooit naar heb mogen kijken,' zegt hij met een tevreden glimlach op zijn lippen, gaat dan met zijn blik naar beneden, maar hij stopt halverwege. 'Draai je om.'

Ik trek mijn wenkbrauwen op, maar draai me langzaam om. Als mijn ogen naar hem terugkeren, glimlacht hij niet meer.

'Ben je weer op dieet, Isabella?'

'Nee. Hoezo?'

'Je kont is kleiner.'

Dus, hij heeft het opgemerkt. 'Ik draag corrigerend ondergoed onder de jurk,' zeg ik. 'Vind je het leuk?'

'Corrigerend ondergoed?' Hij fronst. 'Wat de fuck is dat?'

'Het wordt onder kleding gedragen om het lichaam er slanker uit te laten zien.' Ik ga nog een keer met mijn handen langs mijn benen en controleer of er zichtbare naden zijn. 'Het zit verdomd strak, maar het werkt geweldig.'

Luca's neusvleugels trillen en zijn ogen vernauwen zich. 'Trek die rotzooi uit.'

'Wat?'

'Nu, Isabella.'

Ik knars op mijn tanden, trek de jurk tot aan mijn middel

omhoog en trek het corrigerende ondergoed uit die ik eronder aan had. Ik gooi het weg en trek mijn jurk weer recht.

'Zo. Tevreden?' snauw ik. Hij zegt niets, en kijkt alleen maar naar me. Misschien houdt hij niet van corrigerend ondergoed. 'Ik was alleen van plan om het te dragen totdat ik weer op mijn oude gewicht was, oké?'

Luca zegt nog steeds geen woord. Het rekbare materiaal van de jurk zit tegen mijn lichaam geplakt en toont elke extra kilo die ik ben aangekomen. Ik wacht tot hij me vertelt het corrigerende ondergoed weer aan te trekken wanneer hij plotseling van de fauteuil op staat, de telefoon laat voor wat hij is en naar me toe loopt. Is hij boos op me? Hij kan niet boos zijn omdat ik ben aangekomen, of wel? De uitdrukking op zijn gezicht is heel vreemd.

Ik doe een stap achteruit en dan nog een paar tot ik weer in de badkamer beland, waar Luca me naar binnen volgt. Hij buigt zijn hoofd, zijn adem streelt mijn wang terwijl zijn handen naar zijn riem gaan en hij hem los begint te maken. Ik kijk met grote ogen toe terwijl hij zijn broek losknoopt en zijn pik eruit haalt die al helemaal rechtop staat.

'Draai je om,' zegt hij.

Ik draai mijn rug naar hem toe, een beetje verward, en voel zijn handen op mijn kont landen.

'Jezus.' Hij haalt diep adem. 'Ik zou kunnen komen door alleen maar naar je te kijken.'

'Vind je het... mooi?'

'Oh, tesoro.' Hij pakt mijn heupen en drukt me tegen zijn lichaam. 'Waarom heb je die corrigerende rotzooi aangedaan?'

'Ik... mijn kont is enorm, en deze jurk zit echt strak. Het laat alles zien. Ik dacht dat je het niet aantrekkelijk zou vinden.'

'Hmm. Wil je dat ik je laat zien wat ik van je lichaam vind?'

Hij buigt zijn hoofd om in mijn oor te fluisteren, 'Om er zeker van te zijn dat er geen misverstanden zijn?'

'Oké?'

'Doe een stap naar voren, zodat ik je beter kan zien.' Hij gaat met zijn handen van mijn billen naar mijn heupen. 'Doe je kont ietsje omhoog.'

Als ik doe wat hij zegt, haalt hij diep adem. 'Verdomde perfectie.'

Zijn handen gaan van mijn heupen en ik hoor een kreun achter me. Ik kijk in de spiegel en kijk hem aan. Zijn rechterarm gaat heel hard op en neer en ik realiseer me dat hij zichzelf aftrekt terwijl hij naar mijn kont kijkt. Hij trekt een gezicht, alsof hij pijn heeft, maar dan is er een pure euforische blik als hij komt. Ik draai me om en zie dat Luca zijn pik in zijn hand heeft en over zijn vingers klaarkomt. Hij reikt naar een van de handdoeken, maakt zichzelf schoon en knoopt zijn broek dicht.

'Is het nu duidelijk voor je, tesoro? Dat ik alleen maar door naar je kont te kijken klaar kan komen.'

Ik knik, en ben een beetje geschokt.

'Goed. Heb je je vaginaplug in, Isabella?' Hij schuift zijn hand onder mijn jurk, drukt zijn hand op mijn slipje, en pakt mijn vagina vast.

'Je weet dat dat zo is.'

'Perfect. Laten we dan naar beneden gaan.'

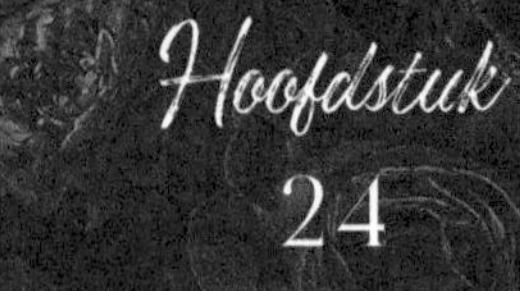

ISABELLA PAKT EEN GLAS VAN DE OBER EN LEUNT NAAR ME toe.

'Emiliano Caruso,' mompelt ze. 'Damian zei dat jullie in januari samen aan een project hadden gewerkt, maar hij heeft geen details. Emiliano probeert al jaren de hiërarchieladder te beklimmen. Hij wil Donato's plek, maar m'n grootvader wilde het niet aan hem geven. Hij was een paar jaar geleden de hoofdverdachte in een zaak met illegale hondengevechten, en nonno wilde niemand op die plek die ooit op de radar van de politie was geweest.'

Ik knik, streel met mijn hand langs Isabella's rug en geef een kus op haar hoofd. We begeven ons al bijna twee uur tussen de mensen. Ze heeft me over elke gast details gegeven toen ze aankwamen, en ik heb het haar laten doen, ook al is het niet meer nodig. Ik weet niet precies waarom ik haar vanmorgen niet heb verteld dat mijn geheugen is teruggekomen. Misschien omdat ik haar vanavond in actie wilde zien. Het is verbazingwekkend hoeveel informatie ze in haar hersenen heeft. In de afgelopen twee dagen heeft ze me over elk lid van de familie ingelicht dat naar verwachting het banket zal bijwonen, hun rollen, familieleden en vuile was. Mensen zouden geschokt zijn als ze wisten hoeveel details van hun leven in Isabella's mooie hoofd zit opgeslagen.

'Waarom heb je Rosa vanavond naar het huis van haar vriendin gestuurd?' vraagt Isabella. 'Ze had zo'n zin in het feest, vooral in de taart.'

'Ik wilde haar hier niet hebben voor het geval er iets ergs gebeurt,' zeg ik.

'Het is een feestje, Luca. We hebben een ton beveiliging. Er gaat niets gebeuren.'

Ik kijk naar haar en streel met mijn duim langs de lijn van haar kin terwijl mijn lippen een glimlach vormen. 'We zullen zien.'

Isabella's ogen worden groter. 'Wat vertel je me niet?'

Er klinken verschillende opgewonden kreten aan de andere kant van de kamer en we kijken allebei naar de commotie bij de deur.

'Shit!' Isabella pakt mijn hand en knijpt. 'Wat de fuck doet Davide Barbini hier? Hij staat niet op de gastenlijst en ik heb de jongens aan de deur verboden om iemand toe te laten die niet op de lijst staat.'

'Het lijkt erop dat Lorenzo hem mee naar binnen heeft genomen,' zeg ik en zie mijn onderbaas naast zijn neef staan terwijl de mensen zich verzamelen om met de nieuwkomer te praten.

'Ik begrijp nog steeds niet wat Davide in Chicago doet,' fluistert ze.

'Ja, heel interessant, vind je niet?' Ik glimlach en neem haar hand in de mijne. 'Laten we gedag gaan zeggen.'

'Wat!' fluistert ze. 'Damian kon alleen wat algemene informatie over hem delen. Wat als hij iets noemt dat is gebeurd toen jullie twee naar school gingen?'

'Ik zal improviseren.'

'Ga je improviseren?' snauwt ze. 'Ben je gek geworden?'

Ik stop, draai haar naar me toe en til met mijn vinger haar kin op. 'Vertrouw me, tesoro,' zeg ik en geef een kus op haar lippen.

De groep met Lorenzo en Davide heeft zich naar het midden van de kamer verplaatst, waar meer dan een dozijn ronde tafels zijn neergezet. Terwijl we in hun richting lopen, werp ik een blik op de hoek waar Marco staat, en wanneer onze blikken elkaar kruisen, knik ik discreet naar hem. Hij kantelt zijn hoofd en spreekt in zijn oortje, en in mijn ooghoek zie ik Emilio de voordeur vergrendelen en hem met zijn lichaam blokkeren.

Tegen de tijd dat we het midden van de kamer bereiken, zijn twee van mijn beveiligers bij elke uitgang gepositioneerd. Precies zoals ik had opgedragen. Het is misschien overkill, want dit is een evenement waar geen wapens zijn toegestaan, maar ik wil het niet riskeren.

'Davide,' zeg ik en klop hem op de rug. 'Het spijt me dat we laatst geen kans kregen om bij te praten. Laten we eten en dan kun je ons over je leven in Italië vertellen.'

Hij opent zijn mond om iets te zeggen, maar ik duw tegen zijn schouder totdat hij op de stoel gaat zitten.

'Je kunt bij ons komen zitten, Lorenzo.' Ik draai me naar mijn onderbaas. 'Als ik het me goed herinner, zei je dat je iets belangrijks te bespreken had.'

Lorenzo glimlacht en gaat naast Davide zitten. De berekenende blik die ze snel uitwisselen, ontgaat me niet. Isabella zegt geen woord, maar blijft gewoon in mijn hand knijpen en ze laat niet los, zelfs niet als we om de tafel heen lopen en tegenover hen gaan zitten.

'Ik hoor dat je twee maanden geleden een ongeluk hebt gehad,' zegt Davide. 'Ik hoop dat het niets ernstigs was.'

'Nee, helemaal niet. Een lichte hersenschudding. Wat brandwonden en snijwonden.'

'Je bent altijd koppig geweest, Luca.' Hij grijnst. 'Weet je nog dat we de auto van je vader hadden gestolen en naar Luigi's waren gereden? En we nog geen kilometer na het verlaten van het terrein een ongeluk kregen?'

Isabella's hand knijpt onder de tafel in de mijne en ik voel haar vingers trillen. Ik leun achterover in mijn stoel en kantel mijn hoofd naar Davide en richt dan mijn blik op Lorenzo. Hij kijkt me met een kwaadaardige glinstering in zijn ogen en een nauwelijks zichtbare zelfvoldane glimlach op zijn lippen aan. Ja, het lijkt erop dat ik gelijk had in mijn veronderstellingen.

'Weet je het niet meer?' gaat Davide verder, maar ik blijf naar Lorenzo kijken, wiens glimlach met de seconde breder wordt.

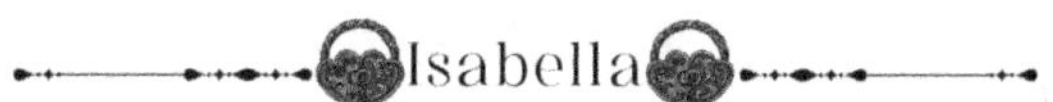

We zijn zo de lul.

Ik hou mijn ogen op de tafel voor me gekluisterd en probeer een manier te bedenken om ons uit deze klotezooi te krijgen. Waarom zegt hij niet gewoon dat hij het zich herinnert, zodat dit voorbij is? Daarna kan ik proberen de richting van het gesprek te veranderen.

'Ik kan niet zeggen dat ik me dat herinner, Davide,' zegt Luca naast me en mijn hoofd schiet omhoog.

Waarom heeft hij dat bekend? Ik richt mijn blik op Lorenzo en zie hem glimlachen. Hij lijkt niet verbaasd te zijn over Luca's antwoord. In feite lijkt hij... opgewonden te zijn. Ik begin me iets te beseffen en ik knijp met al mijn kracht in Luca's hand. Hoe is Lorenzo achter Luca's geheugenverlies gekomen?

'Hoe kan het dat je je dat niet herinnert?' vraagt Davide.

'Omdat het nooit is gebeurd, Davide,' zegt Luca met een koude stem.

Mijn lichaam verstijft. Hoe zou hij dat kunnen weten? Heeft Damian hem over die gebeurtenis verteld?

'Dat is het verhaal dat Philip ons vertelde toen we bij hem thuis aan het kaarten waren,' gaat Luca verder. 'Het was de zomer na de brugklas, als ik het me goed herinner. De goede oude tijd.'

Ik voel een vreemde sensatie, alsof ik val, en ik draai bijna door, terwijl paniek me overneemt. Oh mijn God, hij herinnert het zich weer.

Ik durf niet naar Luca te kijken, ik kan het niet verdragen om de walging op zijn gezicht te zien. Hij haat me nu waarschijnlijk. Het is voorbij. Ik knijp mijn lippen samen, bedwing de tranen die dreigen te vallen en probeer mijn hand uit Luca's greep te trekken. De greep die hij om mijn vingers heeft, wordt alleen maar sterker. Ik haal diep adem en verzamel op de een of andere manier de moed om naar hem op te kijken, maar in plaats van een blik van woede die ik had verwacht te zien, zie ik een zelfvoldane glimlach op zijn lippen verschijnen. Zijn hand gaat naar mijn gezicht en hij veegt met zijn duim een verdwaalde traan weg. Mijn ogen worden groter terwijl hij naar voren leunt om een snelle kus op mijn lippen te geven en wendt zich dan naar Davide.

'Ik vraag me af, Davide,' zegt hij, 'wat is je beloofd om me van die weg te rijden?'

Met een gezicht dat doodsbleek is, staart Davide naar Luca. Een stoel piept, en in het volgende moment, rent Davide in de richting van de dichtstbijzijnde deur. Marco grijpt hem halverwege.

De kamer is stil geworden.

'Baas.' Marco wendt zich tot Luca. 'Waar wil je hem hebben?'

'De keuken is goed,' zegt Luca. 'We hebben daar een tegelvloer, het is gemakkelijker om het bloed weg te spoelen.'

Marco knikt en begint Davide naar de deur aan de andere kant van de kamer te slepen. De meeste gasten zaten midden in hun maaltijden, maar nu is iedereen gestopt met eten, en tientallen ogen staren naar Davide, die schopt en slaat en schreeuwt terwijl hij zichzelf probeert te bevrijden. Marco geeft hem een klap en blijft hem dan in de richting van de keuken slepen.

De deur aan de linkerkant vliegt plotseling open en er lopen drie mannen naar binnen, gevolgd door Emilio en Tony. Ik herken de eerste twee niet, maar degene die volgt, is een van Lorenzo's bodyguards. Hun handen zijn op hun rug gebonden en ze hebben blauwe plekken op hun gezicht. Emilio duwt een van hen met zijn pistool, en de man struikelt. Ik richt mijn blik op Lorenzo, die stijf in zijn stoel zit en naar de vastgebonden mannen staart.

'Ook naar de keuken. Ik reken later wel met ze af.' Luca slaat zijn armen over elkaar en draait zich om naar Lorenzo. 'Ik vraag me af wat je Davide hebt beloofd. Een positie als capo wanneer je de familie over zou nemen nadat ik uit beeld was? Was dat het plan?'

'Ik heb geen idee waar je het over hebt,' mompelt Lorenzo.

'Nee?' Luca glimlacht en leunt naar voren in Lorenzo's gezicht. 'Er was één ding dat me dwars bleef zitten. Waarom heb je het niet nog een keer geprobeerd? En toen wist ik het. Je wist dat ik me niets herinnerde. Vertel me eens, wat heeft me verraden?'

Lorenzo kijkt een paar seconden naar hem en knarst dan met zijn tanden. 'Ik heb de dokter gevonden die je had behandeld toen je in het ziekenhuis werd opgenomen.'

'Maar je moest het zeker weten, nietwaar? Voordat je het aan de familie zou onthullen. Dus, had je Davide meegenomen naar de lunch gisteren om te zien hoe ik zou reageren. En toen dat niet lukte, nam je hem mee hierheen. Het spijt me dat ik je plannetje heb verpest.'

'Je hebt mijn plaats ingenomen!' snauwt Lorenzo. 'Het was van mij! Ik heb tientallen jaren Giuseppe's kont gelikt, en toen kwam jij binnen walsen, trouwde met deze kut, en verknalde alles!'

Iemand aan een tafel in de buurt snakt naar adem, maar anders dan dat, blijft de kamer griezelig stil.

Luca springt uit de stoel, pakt Lorenzo's haar en slaat hem met zijn gezicht op het tafelblad. De borden en het zilverwerk kletteren op elkaar van de kracht van de klap. Lorenzo zwaait heen en weer, naar Luca's hand reikend en probeert zich los te wurmen, maar Luca slaat zijn gezicht weer tegen de tafel. En opnieuw. Het servies rinkelt en rammelt elke keer. Twee van de borden en verschillende glazen vallen uiteindelijk op de grond, het brekende geluid van het porselein en kristal dragen bij aan de symfonie van wreedheid.

De snakken naar adem en het gemompel onder de gasten gaat door terwijl mijn man zijn best doet om Barbini kapot te slaan. Uiteindelijk trekt Luca Lorenzo omhoog en heeft hij hem nog steeds aan zijn haar vast. 'Bied mijn vrouw je excuses aan.'

Ik leun achterover in mijn stoel en staar naar de bloederige puinhoop van Lorenzo's gezicht. Hij kijkt op en spuugt dan in mijn algemene richting, bebloed speeksel spat op het witte tafelkleed.

De ogen van de mensen in de kamer gaan van Luca naar Lorenzo, wachtend op wat er vervolgens zal gebeuren.

'Weet je, ik vind het prima dat je mij probeert te vermoorden,' zegt Luca en hij kijkt naar de tafel. 'Dat is zakelijk. Je hebt het geprobeerd. Het is mislukt. Ik schiet je in het hoofd en we gaan allemaal verder met ons fijne leven.' Hij reikt naar een kurkentrekker op de tafel en stapt dan dichter naar Lorenzo toe.

'Maar niemand is respectloos tegen mijn vrouw, Lorenzo,' blaft Luca en kijkt dan op naar Marco en Emilio die achter de onderbaas staan. 'Houd hem vast.'

Luca's mannen grijpen Lorenzo vast en houden hem in de stoel. Terwijl ik toekijk, steekt mijn man de kurkentrekker in de zijkant van Lorenzo's nek, net onder zijn oor. Lorenzo schreeuwt en probeert van de stoel te komen, maar Marco en Emilio duwen hem terug naar beneden en houden hem vast terwijl Luca de kurkentrekker eruit trekt. Er spuit bloed uit de wond en het doordrenkt de voorkant van Luca's shirt, evenals Marco's handen. Een aantal gasten schreeuwt.

'Heb ik een verontschuldiging gehoord?' Luca buigt zijn hoofd alsof hij wil horen wat Lorenzo zegt, maar de enige klanken die Barbini's mond verlaten zijn verstikkende geluiden. 'Nee, ik denk niet dat het een verontschuldiging was,' zegt hij en duwt de kurkentrekker opnieuw in Lorenzo's hals, deze keer van voren.

Ik sluit mijn ogen, niet in staat om nog langer naar het bloedbad te kijken. Maar ik kan het gejammer niet buiten sluiten. Verstikkende geluiden. Ik slik gal door.

Een minuut of zo later houden de verstikkingsgeluiden op en dwing ik mezelf mijn ogen te openen. Luca staat voor Lorenzo, met de kurkentrekker in zijn hand. Zijn rechterarm is met bloed bedekt. Zijn voorkant ook. Ik ga met mijn blik naar Lorenzo, of eigenlijk naar zijn lichaam, en snak naar adem. Er is een lange rode lijn om zijn hals te zien. Er stroomt bloed uit minstens een dozijn steekwonden en langs zijn romp. Bij het zien van al het bloed komt er gal in mijn keel omhoog. Ik knars mijn tanden op elkaar, haal diep adem en dwing mezelf om stil te blijven zitten. Ik ga niet flauwvallen terwijl de hele familie toekijkt.

Luca draait zich om, zet me met zijn blik vast en gooit de bebloede kurkentrekker op tafel. Ik volg hem met mijn ogen terwijl hij de afstand tussen ons in een paar lange stappen overbrugt en gaat voor me staan terwijl iedereen naar hem staart.

'Het spijt me dat ik je feestje heb verpest, tesoro.'

Ik knipper met mijn ogen naar hem. Moet ik iets zeggen?

'Laten we naar boven gaan.' Hij pakt mijn hand met zijn bloedvrije hand en leidt me naar de foyer en dan de twee trappen op.

Wanneer we de slaapkamer bereiken, gaat Luca direct naar de douche. Ik loop naar het bed, ga op de rand zitten en wacht, mijn ogen zijn aan de badkamerdeur gekluisterd. Ik ben net getuige geweest van een man die voor mijn ogen werd afgeslacht, maar in plaats van dat te verwerken, raak ik in paniek omdat Luca zich duidelijk alles herinnert.

Wat gebeurt er nu? Zal hij me eruit gooien? Van me scheiden? Ik denk niet dat ik met hem in hetzelfde huis kan wonen als hij weer zijn oude zelf wordt, maar alleen al de gedachte dat ik niet dicht bij hem ben, zorgt ervoor dat ik wil schreeuwen. Het geluid van water stopt en ik houd mijn adem in.

De badkamerdeur gaat open en Luca stapt naakt naar buiten. Zijn haar is nat en valt aan weerszijden van zijn gezicht, net als in mijn eerste herinnering aan hem. Ik sta op en zie hem naar me toekomen. Als hij recht voor me staat, tilt hij zijn hand op, pakt mijn kin, terwijl hij mijn hoofd omhoog kantelt.

'Het spijt me dat ik tegen je gelogen heb,' fluister ik.

Hij buigt zijn hoofd tot onze neuzen nauwelijks een centimeter uit elkaar zijn. 'Waarover?'

'Dat je verliefd op me bent,' zeg ik moeizaam.

Luca's mondhoeken komen omhoog. 'Maar je loog niet, Isabella.' Zijn hand gaat van mijn kin langs mijn hals en borst naar beneden en reist vervolgens rond mijn middel naar mijn onderrug. 'Zie je, ik was voor het ongeluk al gek op je.'

Mijn adem stokt. Ik doe mijn mond open om iets te zeggen, maar er komt niets uit.

'Het spijt me zo dat ik een idioot ben, Isa. Voor het feit dat ik je wegduwde, zelfs nadat ik verliefd op je was geworden.' De arm om mijn buik wordt strakker en drukt me tegen zijn lichaam. 'Ik was bang dat je te jong was.'

'Je had het mis,' zeg ik, terwijl tranen van geluk zich in mijn ooghoeken verzamelen. Ik heb nooit durven hopen dat ik die woorden zijn lippen zou horen verlaten.

'Ik weet het.' Hij drukt zijn lippen op de mijne. 'Mag ik je laten zien hoeveel spijt ik heb?'

'Misschien.'

Luca's ogen fonkelen. 'Misschien?'

Ik hef mijn armen op om mijn vingers door zijn natte lokken te halen en kijk recht in zijn ogen. 'Je gaat me neuken. Eerst met je mond. Dan met je hand. En tot slot, met je pik.'

'Oké.'

'Maar, Luca...' Ik knijp in zijn haar. 'Je mag niet komen totdat je me helemaal verzadigd hebt.'

Er komt een kwaadaardige glimlach op zijn lippen en het volgende moment word ik op het bed gegooid.

'Ik denk niet dat ik je ooit heb verteld,' — zegt hij terwijl hij over mijn lichaam kruipt — 'hoe volkomen verliefd ik op je sluwe geest ben.'

'Alleen mijn geest?' vraag ik, dan snak ik naar adem wanneer een scheurend geluid de kamer vult. 'In godsnaam, Luca. Stop met het vernielen van mijn kleren.'

'Ik zal alles vernietigen wat tussen mij en jouw lichaam komt.' Een kus belandt aan de zijkant van mijn nek, dan beweegt zijn mond naar beneden, over mijn sleutelbeen en borst, naar mijn borsten. Ik reik achter mijn rug en maak snel de beha los, zodat deze niet ook vernietigd wordt.

Luca's enorme handen knijpen zachtjes in mijn borsten. 'Ik hou van je mooie borsten.' Hij bijt in de linker en dan in de rechter. 'Net als van de rest van je lichaam.' Hij trekt kusjes over mijn buik. 'En je hebzuchtige poesje.'

Hij pakt de tailleband van mijn slipje en even later landt er gescheurd beige kant op de vloer. Ik grijp hijgend zijn haar vast, terwijl hij langzaam de vaginaplug verwijdert. Een kreun verlaat mijn lippen wanneer hij zijn gezicht tussen mijn benen begraaft en aan mijn klit zuigt.

'Ik ben van gedachten veranderd, ik heb je pik nu nodig,' jammer ik. De behoefte om hem in me te hebben maakt me gek. Luca pakt mijn benen en gooit ze over zijn schouders.

'Nog niet.' Zijn tong glijdt tussen mijn plooien en ik huiver.

Luca likt aan mijn vagina, wisselt tussen likken en zuigen alsof het een ijsje is en de druk tussen mijn benen bouwt zich op totdat ik het gevoel heb dat ik van binnenuit ga smelten. Ik krom mijn rug, trek aan de lange donkere strengen tussen mijn vingers en duw zijn hoofd nog meer naar beneden. Mijn lichaam trilt al als hij langzaam zijn vinger naar binnen begint te schuiven. Ik kom voordat hij zelfs maar halverwege is.

'Je smaakt zelfs naar verdomde vanille, Isa,' zegt Luca terwijl hij al mijn nattigheid weg likt, dan laat hij mijn benen zakken en torent boven me uit. Zijn vinger zit nog steeds in mijn hitte, in en uit me stotend.

'Dus je bent niet boos dat ik heb gelogen?' fluister ik tegen zijn lippen.

'Je loog niet. Ik heb het al tegen je gezegd,' zegt hij— terwijl hij er nog een vinger aan toe voegt en ze dieper in me stoot — 'ver voordat ik mijn geheugen verloor, was ik al voor je gevallen, tesoro. Door je koppige persoonlijkheid. Door de manier waarop je je mannetje stond en tegen me in ging als ik me weer eens als een idioot gedroeg.'

'Ja, dat heb je heel vaak gedaan.' Ik pak zijn brede arm en berijd zijn vingers.

'Het spijt me.' Er is een beet op mijn kin, en nog een aan de zijkant van mijn nek. 'Vanaf nu beloof ik je dat ik je zal behandelen zoals ik dat vanaf het begin had moeten doen.'

'En hoe zou dat zijn?'

Zijn vingers blijven even stil, maar dan duwt hij ze zo hard naar binnen dat ik naar adem snak. 'Als een verdomde koningin, Isabella.'

Zijn woorden. Zijn vingers. Hij. Het is te veel.

Ik kom weer, dit keer met tranen in mijn ogen en een brede glimlach op mijn lippen.

Luca's arm komt om me heen en hij draait me om tot ik op mijn buik lig. 'En nu ga ik je heel erg neuken. Met je prachtige nobele kont de hele tijd in het zicht.' Hij grijpt mijn heupen, tilt mijn bekken op en begraaft zichzelf in me.

Ik pak het hoofdeinde vast en houd me met al mijn kracht vast terwijl Luca van achteren in me stoot, en ik probeer mijn ademhaling aan zijn tempo aan te passen. Als hij in me stoot — adem ik diep in. Ik adem uit als hij naar buiten glijdt. Ik denk niet dat ik genoeg lucht krijg omdat ik me licht in het hoofd voel. Het kan te wijten zijn aan het gebrek aan zuurstof of misschien omdat ik voor de derde keer in minder dan tien minuten klaarkom, en mijn lichaam moeite heeft om dat te verwerken. Luca's hand beweegt zich tussen mijn benen en zijn vingers vinden mijn klit. Hij stoot weer in me en drukt tegelijkertijd op mijn knopje en witte sterren barsten achter mijn oogleden los. Ik schreeuw als ik kom, de geluiden vermengen zich met zijn gekreun terwijl hij in me explodeert.

Een kus aan de basis van mijn nek, dan nog een. 'Slaap je?'

Ik open mijn ogen en werp een blik over mijn schouder. 'Ja. En ik ben halfdood, dus je kunt het vergeten.'

Het is een uur geleden dat hij me op de best mogelijke manier heeft vernietigd, en ik kan mezelf nog steeds niet dwingen om te bewegen.

'Weet je het zeker?' Hij duwt zijn vinger nog dieper in me.

'Ja, ik weet —'

BANG!

Ik verstijf. 'Was dat een schot?'

'Daar lijkt het wel op.' Luca beweegt zijn lippen naar mijn schouder.

'Ga je niet kijken wat er aan de hand is?'

'We hebben op dit moment meer dan veertig beveiligers op het terrein. Laat ze hun loon maar verdienen.'

Ergens in de tuin klinkt nog een schot en dan bereikt het geluid van het geschreeuw van een man ons door het raam.

'Jij stuk stront! Ik ga je verdomme afmaken!'

Ik kijk naar Luca. 'Dat klonk als Franco.'

'Jezus fuck.' Hij schudt zijn hoofd, reikt naar zijn telefoon en belt iemand. 'Marco, leeft mijn broer nog?'

'Twee minuten geleden nog wel toen hij het huis uit rende met alleen zijn broek aan. Losgeknoopt,' zegt Marco's stem van de andere kant van de lijn. 'Meneer Conti heeft hem met juffrouw Arianna in de bibliotheek gevonden.'

'Geweldig. Moet ik naar beneden komen?'

'Ik denk dat dat een goed idee zou zijn, baas.'

Luca beëindigt het gesprek en kijkt op me neer. 'Ik ga naar beneden om met Franco af te rekenen en de rest van de gasten uit ons huis te jagen. Ik had gehoopt dat ze na het bloedvergieten zouden vertrekken.'

'Maak je een grapje? Het zal de komende zes maanden de belangrijkste bron van roddels zijn.'

Hij glijdt met zijn hand naar mijn kont en knijpt in mijn bil. 'Ik ben over twintig minuten terug. Dan gaan we verder.'

'Natuurlijk, Luca.' Ik grijns.

Zijn ogen fonkelen en hij buigt zijn hoofd tot zijn lippen de mijne raken. 'Ik hou van je, mijn mooie, sluwe Isa.'

EPILOOG

Vier jaar later

MIJN TELEFOON GAAT OVER OP HET NACHTKASTJE. Ik leg de map neer die ik vast had en neem met mijn linkerhand de telefoon op, omdat mijn rechter het poesje van Isabella vast heeft, met mijn vinger erin begraven. En tenzij er een brand of iets dergelijks is, ben ik niet van plan om hem te verwijderen. Ik kijk naar het scherm met de naam van de beller en frons met mijn wenkbrauwen.

'Wie is het?' mompelt Isabella slaperig.

'Salvatore Ajello,' zeg ik en neem het telefoontje aan. 'Ja?'

'Meneer Rossi. We hebben misschien een probleem.'

'Iets met betrekking tot het laatste bouwproject?'

'Nee. Dit is een persoonlijke kwestie,' zegt hij. 'Er is hier iets van jou. Iets dat niet in mijn stad had mogen zijn, meneer Rossi.'

Jezus fuck. Als iemand van onze familie gek genoeg was

om zonder toestemming New York binnen te gaan, dan is hij dood en dan kan ik er niets aan doen.

'Wie is het?' vraag ik.

Er zijn een paar momenten van stilte voordat hij eindelijk antwoord geeft.

'Milene Scardoni.'